Marie Matisek
Mutter bei die Fische

Marie Matisek

# Mutter bei die Fische

Ein Küsten-Roman

List

List ist ein Verlag
der Ullstein Buchverlage GmbH

ISBN: 978-3-471-35075-1


Gesetzt aus der Minion Pro
Satz: Pinkuin Satz und Datentechnik, Berlin
Druck und Bindearbeiten: CPI – Clausen & Bosse, Leck
Printed in Germany

*Meinen Eltern, denen ich unendlich viel verdanke*
*– unter anderem Heisterhoog*

# Prolog

Genüsslich vergrub Falk Thomsen die Zehen im Sand, der sich in der Mittagssonne so stark aufgeheizt hatte, dass die Haut an den Füßen zu prickeln begann. Falk liebte das Gefühl, er ließ sich ganz in den feinen weißen Sand fallen und schloss die Augen. Hinter seinen Lidern glühte es rot von der Sonne, die auf ihn herunterbrannte. Lange würde er es nicht aushalten, aber im Moment gefiel es ihm, dass sein Körper sich anfühlte wie ein Brötchen im Backofen.

Falk machte eine Pause von seiner harten Arbeit. Er war gerade dabei, die erste Sandburg seines Erwachsenenlebens zu bauen. Den Wassergraben hatte er bereits ausgehoben und daneben einen ansehnlichen Schutzwall errichtet. Auf diesem hatte er mit dem pinkfarbenen Zinnenförmchen der Kinder die Mauer der Vorburg aufgebaut. Im Inneren erhob sich stolz die Thomsen-Feste: ein großer Haufen aus feuchtem Sand, der darauf wartete, durch Falks Hände zu Mauern, Erkern, Höfen und Türmen geformt zu werden.

Aber jetzt war erst mal eine Pause angesagt. Falk drehte sich zur Seite und warf einen Blick in Richtung Wasser, wo sich die Badenden tummelten. Irgendwo da vorne war Gina mit den Jungs. Falk würde gleich die beiden Minibademäntel bereitlegen, um die Zwillinge darin einzuwickeln und zu knuddeln, wenn sie aus der frischen Nordsee kämen, kleine bibbernde Wonneproppen. Vorne an der Wasserkante wuselten unzählige Mamis und Papis mit ihren Kindern herum, man hörte das babylonische Ermahnungswirrwarr bis hier hinten. Als von rechts ein orangefarbenes Sonnensegel angeflogen kam, dem eine verzweifelte Mittfünfzigerin folgte, wurde er jäh aus seinen Betrachtungen gerissen. Die mollige Frau hatte die Hände ausgestreckt und versuchte vergeblich, einen Zipfel der langen Stoffbahn zu erhaschen, aber immer wenn sie es mit den Fingerspitzen berührte, wurde das Segel von einem Windstoß ergriffen und flog weiter davon. Die beklagenswerte Verfolgerin hatte nur Augen für das Segel und bemerkte dadurch nicht, dass sie auf die straff gespannte Schnur einer Strandmuschel zulief. Falk sprang auf und wollte die Frau warnen, aber sein Ruf kam zu spät, und so flog die Geplagte in hohem Bogen bäuchlings in den Sand. Der Besitzer der Strandmuschel kam sofort aus der grellfarbenen Nylonhöhle geschossen und zeigte der Frau einen Vogel. Dann kümmerte er sich hingebungsvoll um den Hering, den die Frau bei ihrem Sturz herausgerissen hatte, anstatt ihr aufzuhelfen.

Falk hatte Mitleid mit der geplagten Dame und hechtete dem Sonnensegel hinterher, das in Armesbreite an ihm vorbeiflog. Er konnte es einfangen und kehrte zu der Frau zurück, die sich mittlerweile erhoben hatte und sich kleinlaut beim Strandmuschelbesitzer entschuldigte. Als Falk ihr das Sonnensegel übergab, bedankte sie sich überschwänglich und eilte dann sofort zu ihrem Liegeplatz zurück. Falk blickte ihr nach. Sie wurde bereits von ihrem Ehemann erwartet, der die Alustangen für das Segel ineinandergesteckt und samt der Schnüre und der Heringe in der exakten späteren Standposition des Segels auf dem Sand ausgebreitet hatte. Er empfing seine Frau mit Vorwürfen. Einige Fetzen seiner Beschimpfungen – »wie kann man sich nur so blöd anstellen«, »dusselige Kuh« – drangen bis an Falks Ohr. Falk schüttelte den Kopf und ging die paar Schritte zu seinem Strandkorb zurück. Niemals würde er in diesem Ton mit seiner Liebsten reden, auch nicht nach fünfzig Jahren Ehe. Er war noch immer bis über beide Ohren in Gina verliebt, ja vielleicht noch mehr denn je, seit sie die Zwillinge geboren hatte. Falk kuschelte sich in den hellblauen Strandkorb mit der Nummer 105 und dem geschwungenen Schriftzug »Thomsens Strandkörbe« auf der Rückseite, als er sie kommen sah. Louis war natürlich der Erste, er rannte, so schnell ihn seine kleinen Beinchen über den heißen Sand trugen, hatte die Arme ausgestreckt und schrie: »Papaaa!« Hinter ihm lief Lino, er hatte die Arme um seinen Oberkörper geschlungen und zitterte am ganzen Körper. Gina, ganz die stolze Mama, kam hinter den beiden und trug die Schwimmflügel, das Gummikrokodil, einen roten Eimer und zwei Schäufelchen. Falk stand auf, ging erwartungsvoll in die Hocke und breitete seine Arme weit aus, um Louis in Empfang zu nehmen. Aber dieser rannte einfach an ihm vorbei, ohne ihn nur eines Blickes zu würdigen, auf das DLRG-Häuschen zu, direkt in die Arme des Strandsheriffs Thies Hoop, der den kleinen Wicht hochhob und sich mit ihm einmal um die eigene Achse drehte. Louis jubelte laut, und nun beeilte sich Lino ebenfalls und rief: »Papa, will auch!« Der lang aufgeschossene Lucky-Luke-Verschnitt mit dem tiefschwarzen Outfit und der noch schwärzeren Zigarette im Mundwinkel setzte Louis ab, wirbelte nun den anderen Zwilling in die Luft und schloss dann Gina in seine Arme. Er ließ seine Hände über ihren schlanken Körper und den wohlgeformten Po gleiten und küsste Gina dabei lange und innig auf den Mund, bis …

Mit einem erstickten Schrei wachte Falk auf. Er war schweißgebadet und musste sich erst einmal in der Schwärze der Nacht orientieren. Was für ein Alptraum! Falk blinzelte und tastete mit seiner rechten Hand neben sich im Bett umher. Er fühlte das zerknautschte Laken, die warme Höhle der Bettdecke und schließlich Ginas Rücken darunter. Bedeckt von einem T-Shirt und gottlob ohne die tatschenden Hände von Thies Hoop darauf.

Erleichtert atmete Falk durch. Er lauschte auf Ginas leises

Schnarchen und schlug die Bettdecke zurück. Es war kalt in der Kate, trotzdem stand er auf und ging barfuß zum Fenster. Es war März, und sie hatten noch einmal einen Wintereinbruch auf Heisterhoog, so kurz vor Ostern. Fasziniert beobachtete Falk durch die Butzenscheiben, wie dicke Schneeflocken leise und dicht vom Himmel fielen. Sie blieben auf den Sanddünen liegen und ließen diese wie eine Landschaft aus Zuckerbaisers aussehen. Falk lächelte. Zum Glück hatte er nur geträumt. Er drehte sich zum Bett und betrachtete verliebt Ginas Gestalt: zusammengekuschelt und bis über die Ohren zugedeckt. Ob er wohl jemals mit dieser Frau Kinder haben würde?

# 1.

Konzentriert beobachtete Falk den Dirigenten, bevor er gemeinsam mit den anderen Tenören zum Refrain ansetzte. »Ein Schiff wird kommen« erklang machtvoll, und nach den zarten hohen Stimmen der Damen, die allesamt gesungen hatten, sie seien Mädchen aus Piräus, legten sich die Tenöre so richtig ins Zeug, bis die Wände des kleinen Pfarrhauses wackelten. Natürlich war der Text dieses Liedes vollkommen schwachsinnig, aber Falk Thomsen sang jeden zweiten Samstagabend mit Inbrunst im Shantychor von Heisterhoog, der von Bürgermeister Jörn Krümmel leidenschaftlich und mit harter Hand geleitet wurde.

An den Winterabenden oder jetzt, im März, bildete die wöchentliche Chorprobe oft das Highlight der gesamten Woche. Denn ein Strandkorbvermieter wie Falk Thomsen hatte nur dann so richtig Arbeit, wenn die Strandkörbe auch gebraucht wurden. Also in der Hauptsaison, und die begann erst an Pfingsten. Und gerade deswegen waren der Herbst und der Winter auf der kleinen Nordseeinsel so ganz nach Falks Geschmack gewesen. Er hatte nämlich einfach das getan, was er am liebsten tat, und das war: nichts. Ein bisschen untertrieben vielleicht, aber in den Augen seiner gut beschäftigten Freundin Gina war das kleine bisschen Beschäftigung, mit dem Falk sich die Zeit vertrieb, nicht der Rede wert.

»Und? Was hast du heute so gemacht?«, fragte Gina ihn bei ihren abendlichen Telefonaten.

»Öh … Ich war in der Halle, mit Nille. Wir haben ein paar Auszugsschienen der Fußteile entrosten müssen und …«

Gina seufzte. »Also auf gut Deutsch: nichts.«

Falk wusste daraufhin selten etwas Sinnvolles zu erwidern, was nicht sofort in einen Streit münden würde, also zog er es jedes Mal vor, nicht zu widersprechen, und fragte freundlich nach Ginas Tagesgeschäft. Daraufhin begann seine reizende Freundin aufzuzählen, womit sie sich den lieben langen Tag herumgeschlagen hatte während der 12-Stunden-Plackerei im Architekturbüro. Welche Schikanen ihr Chef Gerd Jonkers sich heute wieder ausgedacht hatte, welche Sonderwünsche der extravagante Kunde geäußert hatte, wie blöd die Kollegen waren und dass all dieser Ärger schließlich dazu führte, dass Gina praktisch stündlich daran dachte, wie es wäre, einfach aufzuhören.

Falk schwieg immer dazu und ließ das Gewitter an sich vorbeiziehen. Er wusste, was er an Gina hatte. Wie schön es war, wenn sie zusammen waren, was leider höchstens einmal im Monat vorkam, denn die Strecke Heisterhoog–Berlin ließ sich dank Fähre und Bummelzug nicht unter sieben Stunden bewältigen. Falk hatte nicht das nötige Kleingeld, um öfter nach Berlin zu pendeln, und Gina hatte dank des anstrengenden Jobs keine Zeit. Also telefonierten sie jeden Abend miteinander. Gina rief ihn an, kaum dass sie das hippe Büro in Berlin-Kreuzberg verlassen hatte. Da lag Falk oftmals schon im Bett. Aber er wusste, dass die abendlichen Telefonate mit ihm wichtig für den Aggressionsabbau waren. Denn Gina, aufstrebende und ehrgeizige Architektin, litt seit langem darunter, dass sie es mit Ende zwanzig noch nicht zu einer Festanstellung gebracht hatte. Letzten Sommer war sie kurz davor gewesen, doch dann hatte sich – nicht zuletzt wegen Falk – alles zerschlagen. Das gleiche Architekturbüro Jonkers & Jonkers engagierte sie nun immer wieder, für Wettbewerbe oder besondere Aufträge als Teamverstärkung. Schlecht bezahlt und ausgenutzt. Gina ärgerte sich völlig zu Recht, am meisten aber ärgerte sie sich über sich selbst, weil sie sich nicht aus der künstlerischen Knechtschaft befreien konnte. Also ließ sie bei den fernmündlichen Gesprächen Berlin–Heisterhoog bei ihrem Freund Dampf ab und war am Ende des Telefonats wieder so besänftigt, dass sie den Kampf am nächsten Arbeitstag von neuem aufnehmen konnte.

Insgeheim befand Falk allerdings, dass er seine Funktion als Klagemauer selbst verschuldet hatte. Er hatte im vergangenen Sommer tatsächlich ein Millionengeschäft ausgeschlagen und es vorgezogen, sein Dasein als mittelloser Strandkorbvermieter zu fristen. Als Millionär hätte er Gina einfach einen Antrag gemacht, sie finanziell unterstützt und ihr so einen Start in die Selbständigkeit ermöglicht. Stattdessen saß er auf Heisterhoog und lebte davon, dass der örtliche Immobilienhai und Bauunternehmer Hubsi von Boistern ihn ab und an als Hausmeister, Baugehilfe und Putzmann beschäftigte.

Aber nun kam der Frühling, und Falk sah der kommenden Saison frohen Mutes entgegen. Er würde diesen Sommer in nur vier Monaten mit seiner Strandkorbvermietung und dem dazugehörigen Kiosk bestimmt so viel verdienen, dass er mühelos den nächsten Winter überstehen könnte.

Falk wurde jäh aus seinen Gedanken gerissen, als Jörn Krümmel vorne am Pult streng über seine Halbbrille schaute und rief: »Ich erwarte also eure Kooperation und vor allem: üben, üben, üben!«

Obwohl Falk nicht mitbekommen hatte, worum es ging, nickte er so engagiert wie möglich. Fischbrat-Piet, der Seeräuber unter den Insulanern, grinste Falk breit an.

»Wegen der CD«, raunte er Falk zu, während sich der Chor zerstreute und nach und nach das Pfarrhaus verließ. Falk guckte verständnislos, und Piet klärte ihn auf.

»Jörn will mal wieder eine CD aufnehmen«, erläuterte er

Falk mit gesenkter Stimme und zwinkerte mit einem Auge verschwörerisch.

»Aber das kauft doch eh keiner«, flüsterte Falk noch leiser zurück. »Wir singen miserabel, und wer interessiert sich schon für den Heisterhooger Shantychor?«

Piet erwiderte nichts mehr darauf, sondern blickte ertappt über Falks rechte Schulter, von wo nun eine strenge Stimme erscholl.

»Zum Beispiel die vielen Touristen, die jährlich unsere schöne Insel frequentieren«, vernahm Falk nun Jörn Krümmels Bass.

Falk drehte sich um und lächelte möglichst unschuldig.

Jörn setzte sofort nach. »Und wenn nur ein paar Prozent von denen die CD kaufen, sind das vielleicht 2000 verkaufte Exemplare. Wir bieten sie im Buchhandel an, auf der Fähre und in der Kurverwaltung. Jeder Laden von Süderende bis Norderende muss die an der Kasse haben – wirst mal sehen, Falk, das geht weg wie geschnitten Brot.« Jörn war total in Fahrt.

Falk grinste. Geschäftstüchtigkeit war eigentlich nicht das vordringlichste Markenzeichen des Bürgermeisters, aber während des geruhsamen Winters hatte Jörn einen Fernkurs in Tourismusmanagement und Marketing belegt. Offenbar war das Projekt »Shanty-CD« ein erstes Ergebnis der Fortbildung.

»Und der Erlös fließt in die Vogelstation«, strahlte Jörn nun triumphierend.

»Nicht schlecht«, zollte Falk seinem Freund und Skatgenossen den nötigen Respekt. »Also, dann werde ich mir ordentlich Mühe geben und üben, üben, üben.«

Er klopfte Jörn Krümmel freundlich auf die Schulter und nahm seine Wetterjacke vom Haken, um den anderen Chorsängern nach draußen zu folgen.

»Du bleibst hier«, hielt ihn Jörn zurück und fasste Falk am Oberarm. »Ich muss was mit dir besprechen.«

Falk beschlich bei dieser Ankündigung ein ungutes Gefühl.

Seit er im letzten Sommer entschieden hatte, dass er die Strandkorbvermietung seines verstorbenen Onkels Sten übernehmen würde, dann aber durch eine Sturmflut die Einnahmen der gesamten Saison verloren hatte, kümmerten sich die Heisterhooger reizend um Falk. Was hieß, dass sie ihm alle mit Jobangeboten unter die Arme griffen, allen voran eben Hubsi von Boistern, der sich Falks Arbeitskraft auch am ehesten leisten konnte. Oftmals waren die Arbeitsangebote zwar gut gemeint, aber trafen nicht unbedingt Falks Kernkompetenzen. So hatte Falk schon der Töpferin Silke Söderbaum bei der jährlichen Inventur ihres durch und durch chaotischen Ladens geholfen, sich bei Ole Reents in der »Rum-Ba-Bar« als Barkeeper versucht und gemeinsam mit dem Vogelwart und selbsternannten Strandsheriff Thies Hoop Zugvögel beringt. Nichts von alledem war besonders vielversprechend gelaufen, und Falks Bedarf an »Almosen-Jobs« war eigentlich gedeckt. Aber Jörn zog ihn schon aus dem Pfarrhaus und kündigte an, Falk ein Angebot zu machen, das dieser keinesfalls ablehnen konnte: »Komm, wir gehen zu Gino, und ich lade dich ein.«

Eineinhalb Stunden und drei Gänge von Ginos köstlicher süditalienischer Küche später goss Jörn den letzten Tropfen sizilianischen Rotwein in Falks Glas und sah ihn gespannt an.

»Und? Was sagst du?«, erkundigte er sich.

Falk sagte erst einmal gar nichts, in seinem benebelten Gehirn jagten sich die Gedanken. Er sollte Marita ersetzen? In der Kurverwaltung? »Nur für acht Wochen«, hatte Jörn ihm versichert. Solange Marita noch im Mutterschutz war.

»Aber ich habe von Tourismusmanagement keine Ahnung«, wandte Falk vorsichtig ein.

»Marita doch auch nicht!«, wischte Jörn den Einwurf fröhlich beiseite und orderte bei Gino eine zweite Flasche von dem guten Roten.

»Du musst einfach nur darauf achten, dass die Anzeigen

rechtzeitig geschaltet werden, dass die Infos auf der Website immer aktualisiert sind, dass die Künstler, die in dieser Saison bei uns gastieren, ihre Verträge rechtzeitig zurückschicken und so. Wenn die heiße Phase kommt, ist Marita wieder zurück, das hat sie mir zugesichert.«

Falk mümmelte nachdenklich an einer mit Olivenpaste bestrichenen Bruschetta und überlegte. Eigentlich war das ein lahmer Job, bei dem er gut verdiente. Seine Strandkörbe hatte er dank seines Gehilfen Nille so weit alle saisonfertig gemacht. Was noch an Arbeit blieb, schaffte Nille allein. Der war in handwerklicher Hinsicht ohnehin viel besser als Falk. Und die Bezahlung, die Jörn ihm für die acht Wochen Halbtagsstelle angeboten hatte, war absolut okay.

»Ich mach's.« Falk hielt Jörn optimistisch die Hand hin, welche dieser sogleich erfreut ergriff.

»Super, vielen Dank, Falk. Du wirst sehen, da kann gar nichts mehr schiefgehen!«

Das abendliche Telefongespräch mit Gina, welches Falk mit schwerer Zunge führte, verlief zum ersten Mal ganz anders als die vorhergehenden.

»Falk, das ist ja super! Wer weiß, vielleicht ist das genau das Richtige für dich. Dann kannst du ja später eine Zusatzausbildung machen oder ein Fernstudium oder so und dich bei Jörn auf eine feste Stelle bewerben. Tourismusmanager werden da oben auf den Inseln immer gebraucht, das wäre doch mal eine Perspektive!«

Falk gab sich alle Mühe, Gina zu bremsen. Tourismusmanager wurden seines Wissens gar nicht gebraucht, jedenfalls nicht auf Heisterhoog, wo Marita den Job in der Kurverwaltung einfach so übernommen hatte, ohne irgendetwas in der Richtung gelernt zu haben. Sie machte den Job perfekt und mit Schwung und würde bestimmt bis zur Rente die Stelle besetzen. Aber Gina war dauernd auf der Suche nach einer irgendwie akademisch angehauchten Perspektive für ihn, während Falk ganz zufrieden damit war, wie es eben war. Sein Onkel Sten hatte die Strandkorbvermietung auch bis ans Ende seines Lebens geschmissen, und Falk hatte nie das Gefühl gehabt, dass dem Alten etwas im Leben gefehlt hatte. Aber er wollte Gina nicht das Gefühl geben, dass er keinen Wert auf »Perspektive« legte, also dämpfte er ihren Enthusiasmus nur wenig.

»So superinteressant ist der Job jetzt aber auch nicht …«

»Aber ein Einstieg!« Ginas Stimme war hell vor Begeisterung.

»Gina, es sind nur acht Wochen. Da ist alles vorbereitet, ich muss einfach nur aufpassen, dass nichts schiefgeht. Ich kann praktisch nichts verkehrt machen.«

»Du kannst den Job doch kreativ gestalten. Dir was ausdenken, ein Event vielleicht.«

»Ich glaube nicht, dass das gewollt ist«, wandte Falk ein. »Die Saison ist schon verplant. Und ich muss mich dann ja wieder *full-time* um die Strandkorbvermietung kümmern.«

»Okay«, Gina seufzte. »Dich muss man wirklich zu deinem Glück tragen.«

Falk, der die leichte Enttäuschung in ihrer Stimme hörte, sah sich zur Verteidigung gezwungen. »Ich glaube nicht, dass diese Stelle mein großes Glück ist«, sagte er und schob liebevoll hinterher: »Das bist doch du.«

Schon wenige Wochen später sollte sich zeigen, wie recht Falk mit dieser Einschätzung hatte.

# 2.

»Ein Offshorewindpark?« Falk ließ entgeistert die Zeitung sinken und blickte in das käseweiße Gesicht von Jörn Krümmel. »Direkt vor unserem Strand? Fünfzig Windräder in der Optik? Das gibt's doch nicht!«

Jörn schüttelte betrübt den Kopf. »Das gibt's auch nicht, beziehungsweise das entspricht nicht der Wahrheit. Aber jetzt ist die Meldung raus.«

»Und wie konnte das passieren?« Falk, der einerseits den Medien grundsätzlich misstraute, konnte andererseits nicht glauben, dass alle seriösen Blätter durch die Bank eine Meldung druckten, die nicht richtig war.

Jörn zuckte desinteressiert mit den Schultern und zog Falk die Zeitung wieder vom Tisch, um selbst einen weiteren missmutigen Blick auf die Meldung zu werfen. »Keine Ahnung. Vermutlich wollte sich der Betreiber profilieren oder die Landesregierung oder was weiß ich. Mit Enten dieser Art haben wir schon öfter zu tun gehabt. Die Meldungen haben weder Hand noch Fuß – aber das Leben machen sie uns trotzdem schwer.«

Jörn zog sich resigniert die Lesebrille von der Nase, ließ sich in den Besucherstuhl fallen, der Falks Schreibtisch gegenüberstand, und rief durch die geöffnete Zimmertür nach draußen: »Biggi? Machst du uns bitte mal ein Teechen?«

Als Antwort kam aus dem Nebenzimmer nur das unangenehme Geräusch von scharrenden Stuhlbeinen, die energisch auf dem Boden zurückgeschoben wurden.

Falk und Jörn saßen im Büro der Kurverwaltung in Norderende, einer liebevoll restaurierten Villa aus den Anfängen der Seebäderwelle des späten 19. Jahrhunderts. Sie war gleichzeitig auch Sitz des Rathauses und beheimatete somit ebenfalls Jörns Büroräume. Falk war hier seit vier Wochen halbtags tätig, in Maritas Büro. Marita hatte ihn am ersten Tag in den Job eingeführt und ihm das Nötigste gezeigt – ihrer Meinung nach. Tatsächlich war sie, ganz stolze Mama, mit ihrem eine Woche alten Sohn im Kinderwagen angefahren gekommen, hatte ihr Baby von allen Mitarbeitern und Mitarbeiterinnen im Amt bewundern und verhätscheln lassen und war nach einer knappen Stunde wieder nach Hause aufgebrochen, um Jeremias zu stillen.

Falk hatte sich vergeblich bemüht, zwischen »ist der aber süß« und »dutzi, dutzi« sowie »ganz die stolze Mama« ein paar Sachfragen zu stellen, die ihm allesamt mit »irgendwo gibt's eine Datei« beantwortet wurden. Jedenfalls war er nach der »Übergabe« durch Marita genauso schlau wie zuvor gewesen. Kollegin Biggi im Nebenzimmer, die vornehmlich die Büroleitung von Jörn Krümmel war, hatte sich auch nicht als große Hilfe gezeigt. Bei jeder Frage von Falk hatte sie mit den Augen gerollt, mit den Schultern gezuckt und Falk deutlich zu verstehen gegeben, dass sie sich mit Problemen dieser banalen Art nicht abgeben konnte. Sie fand grundsätzlich, dass Falk sich alleine durchwursteln sollte, so schwer könnte der Job schließlich nicht sein. Dann widmete sie sich wieder konzentriert dem Geschehen auf ihrem Computer.

Biggi, eine wohlbeleibte Mittfünfzigerin, gab sich stets den Anschein, sehr im Stress und hochkonzentriert zu sein, um den nicht eben geringen Anforderungen ihres verantwortungsvollen Jobs gerecht zu werden. Tatsächlich aber spiegelte sich der Monitor ihres Computers, den sie wohlweislich so gedreht hatte, dass er den neugierigen Blicken von Chef und Kollegen entzogen war, in der Fensterscheibe hinter ihr und Falk wusste demnach immer, ob Biggi gerade auf einer der von ihr favorisierten Websites war: Facebook oder eBay.

Tatsächlich hatte Falk es binnen einer Woche ohne fremde Hilfe geschafft, sich in Maritas Job einzuarbeiten. Denn Marita hatte alles penibel geordnet, ihre Ablage, ihre Verteiler, ihre Kontakte und den Schriftverkehr – alles war picobello abgelegt. Und Falk hatte festgestellt: Diesen Job konnte er auf einer Arschbacke absitzen. Er kam also morgens um neun, arbeitete brav Maritas Agenda ab, erledigte Mail- und Telefonverkehr und war um elf Uhr reif für die erste Kaffeepause.

In dieser Hinsicht zeigte sich die sonst so ruppige Biggi durchaus kooperativ, sie übernahm grundsätzlich alle Arbeiten, die mit der leiblichen Versorgung der gesamten Kurverwaltung zu tun hatten. Das lag daran, dass Biggi die hiesige Tupperware-Vertretung innehatte. Sie präsentierte also allwöchentlich stolz ihre neuen Produkte – und was wären diese ohne die gleichzeitige Demonstration, was man sinnvoll damit anfangen konnte. Ob rote Grütze, Kartoffelsalat oder Eistee – Biggi hatte für alles die richtige Plastikverpackung. Dank ihr hätte man eine fünfstöckige Erdbeertorte bei Windstärke sechs auf einem Krabbenkutter über die Nordsee aufs Festland befördern können – ohne dass die Torte auch nur eine Delle bekommen würde. Davon waren Biggi und all ihre weiblichen Adepten überzeugt.

Und so barg jede Kaffee- und Mittagspause eine neue süßsalzige Überraschung. Die Kollegen, die seit Jahr und Tag von Biggi gemästet wurden, revanchierten sich bei ihr für den erhöhten Kücheneinsatz, indem sie ab und an schlechten Gewissens einige ihrer Plastikboxen kauften. Auch Falk hatte bereits einige äußerst praktische Produkte erstanden, von deren Unentbehrlichkeit Biggi ihn überzeugt hatte. Vor allem jedoch hatte Falk in den vier Wochen gefühlte fünf Kilo zugelegt. Aber, so beruhigte er sich, nur noch vier Wochen, bis Marita zurückkehrte, und weitere zwei Wochen bis zum Saisonbeginn. Dann würde er sein Sportprogramm wiederaufnehmen und von früh bis spät an der frischen Luft sein. Die Pfunde würde er ganz einfach in Muskelmasse umwandeln. Schließlich war er erst knackige neunundzwanzig, da hatte man gefälligst noch nicht mit Figurproblemen zu kämpfen.

Ein Thema, das Jörn Krümmel, seines Zeichens deutlich über vierzig, offensichtlich nicht umtrieb. Denn der saß Falk nun gedankenverloren gegenüber, nippte an Biggis »Teechen« und knabberte dazu einen Schoko-Cookie nach dem anderen weg.

Falk, der noch nicht ganz begriffen hatte, inwieweit die Falschmeldung über den Offshorepark vor Heisterhoog ihn betraf, entschloss sich, Jörn aus seiner Grübelei zu holen.

»Wenn es eine Falschmeldung ist, müssen wir doch nur eine Gegendarstellung verfassen, an den großen Presseverteiler verschicken, und schon hat sich das Problem erledigt.«

Aus dem Nebenzimmer ließ Biggi ein verächtliches Schnaufen vernehmen.

Jörn legte den angeknabberten Cookie zur Seite, ganz so, als hätte er jetzt erst bemerkt, dass er die Kalorienmenge eines ganzen Tages in sich hineinstopfte, und sah Falk mitleidig an.

»1996 lief der Tanker *Sea Empress* vor Wales auf Grund. Rund 70 000 Tonnen Öl flossen in die Nordsee. Wir hatten daraufhin fünfzehn Prozent Stornierungen in der Hauptsaison. Ein schwarzes Jahr für Heisterhoog.«

»Aber«, hakte Falk verständnislos nach, »die Küste vor Wales, das hat doch mit uns nichts zu tun.«

»Eben«, Jörn zog grimmig die Stirn in Falten, »das ist ja, was ich dir begreiflich machen möchte. Der Urlauber ist sensibel. Zumindest kurz vor den Ferien oder wenn er gebucht hat. Da reicht das Stichwort ›Öl in der Nordsee‹, und er fährt doch lieber in den Süden. Quallenplage, Robbensterben und jetzt eben Windpark – hat alles denselben Effekt.«

»Aber im Jahr drauf hat er es doch wieder vergessen.« Falk fand, dass Jörn die Tragweite etwas übertrieb.

»Das ist ein Jahr zu spät. Wir alle leben hier vom Tourismus. Die einen mehr, die anderen weniger. Für manch einen ist eine Einbuße von fünfzehn Prozent existenzbedrohend.«

Falk dachte an Silke Söderbaum, die Töpferin, oder Fischbrat-Piet mit seinem Imbiss in Norderende. Jörn hatte recht. Sie lebten vom Tourismus, sie hatten allerdings bei weitem nicht so ein dickes Stück vom Kuchen abbekommen wie beispielsweise Hubsi von Boistern. Den würden ein paar Stornierungen in der Saison wenig jucken. Aber die kleinen Unternehmer, die, die der Sommer durch den Winter bringen musste, für die konnte es unter Umständen tatsächlich hart werden. Nicht zuletzt für Falk selbst.

»Okay. Was tun wir also? Außer der Gegendarstellung.«

Falk gab sich tatkräftig. Bislang hatte der Job ihn ein müdes Lächeln gekostet, vielleicht lag hier ja die Chance einer Herausforderung. Er wollte gerne zeigen, was in ihm steckte, und wenn er Jörn behilflich sein konnte, die Misere zu lösen, dann tat er es umso lieber.

»Wir müssen uns etwas einfallen lassen, um den möglichen Stornierungen zuvorzukommen. Beziehungsweise neue Gäste rekrutieren.« Jörn begutachtete den Schoko-Cookie, als steckte tief im Keks die Lösung für das Problem. Dann schob er das Gebäck kurzerhand ganz in den Mund und erhob sich.

»Lass dir was einfallen.« Ein paar Krümel stoben aus seinem Mund. »Du bist schließlich jung und kreativ. Mach was Neues, Anderes, nie Dagewesenes. Dafür habe ich dich ja geholt.«

Jörn zwinkerte Falk freundlich zu und verließ das Zimmer. Falk blickte ihm sprachlos und überfordert hinterher. *Er* sollte es nun richten? Im Alleingang? Das war doch etwas zu viel der Herausforderung. Er wollte dem Bürgermeister noch etwas nachrufen, aber da steckte Biggi den Kopf in die offene Tür und grinste süffisant.

»Teechen?«

Den Abend verbrachte Falk am Telefon. Zuerst mit Grit, seiner Mutter, dann mit Gina. Beide Gespräche hatten gleich begonnen: »Ihr bekommt einen Windpark? Direkt vorm Strand? Das ist ja schrecklich!«

Falk, der Mühe hatte, beiden Frauen zu erklären, dass es sich um eine Falschmeldung handelte, dass der freie Blick an Heisterhoogs schönem Strand keineswegs mit Windrädern verstellt würde, begriff, welche Eigendynamik so eine Falschmeldung entwickeln konnte und dass die winzig kleine Gegendarstellung, die morgen oder übermorgen in den Zeitungen erscheinen würde, keineswegs diese Reichweite hätte. Obwohl er nach dem Telefonat mit Gina todmüde war, entschloss er sich dazu, sich mit dem Problem der drohenden Stornierungen gedanklich auseinanderzusetzen. Und sei es nur, um das Gefühl zu haben, er hätte den Job von Marita zu Recht übernommen und würde die Sache nicht nur einfach aussitzen. Befeuert von einer Flasche eiskaltem Bier und Matjes auf Vollkornbrot, machte Falk sich Notizen, wen man wie für einen Urlaub auf Heisterhoog begeistern könnte. Eigentlich fand er ja, dass die Insel für sich selbst sprach – wer einmal hier gewesen war, kam entweder nie oder immer wieder. Aber diese Ansicht schien heute überholt, und so knobelte er ein paar Konzepte aus, wie von Jörn gefordert.

Es war kurz vor drei, als ihm der Stift aus der Hand fiel und der Kopf aufs Papier. Falk schaffte es gerade noch mit letzter Kraft, sich vom Esstisch seiner kleinen Kate in sein Bett zu rollen.

Am anderen Tag tauchte er motiviert in Jörns Büro auf und legte diesem seine Vorschläge zur Gästerekrutierung dar.

»Also, zunächst einmal habe ich mir Gedanken über die Zielgruppe gemacht«, begann Falk seinen Vortrag. »Heisterhoog zeichnet sich dadurch aus, dass es vornehmlich Individualtouristen anspricht, vor allem Familien …«

»… die einen naturnahen, kinderfreundlichen Urlaub ohne Fremdanimation in ruhiger, gesunder und spektakelfreier Umgebung wünschen«, setzte Jörn seinen Satz fort.

Falk blickte irritiert auf seine Notizen. »Äh, ja, genau.«

Noch während er suchte, an welcher Stelle er nun fortfahren sollte, fiel ihm Jörn erneut ins Wort.

»Den Teil mit der Zielgruppe kannst du überspringen.« Er holte aus einer seiner Schubladen eine großformatige Kladde hervor, auf deren Cover der breite, menschenleere Strand von Heisterhoog im Sonnenuntergang abgebildet war.

»Ich lasse alle drei Jahre eine Marktforschung vornehmen, um zu gucken, ob wir mit dem, was wir so anbieten, noch auf der Höhe sind oder eventuell etwas verbessern sollten. Also, das mit der Zielgruppe …« Jörn winkte nur müde mit der Kladde und ließ diese dann wieder in den Untiefen seines Schreibtisches verschwinden.

»Verstehe.« Falk wollte sich nicht anmerken lassen, dass er etwas aus dem Konzept war, fragte sich aber dennoch, warum er von Jörn zum Retter auserkoren worden war, wenn diesem doch bereits ausgeklügeltes Profimaterial vorlag.

Jörn kam ihm mit der Antwort zuvor, als hätte er Falks Gedanken lesen können. »Hier geht es um langfristige Projekte. Golfplatz ja oder nein, werden wir in Zukunft mehr Senioren oder mehr Kinder hier beherbergen, und so weiter. Was ich von dir will, ist das Feuerwehrkonzept. Die Rettungsinsel, die sich in Sekunden von selbst aufpumpt. Du weißt schon.«

Falk überprüfte mutlos seinen Zettel. Eigentlich konnte jetzt nur noch eine Idee bestehen.

»Ein sportliches Großereignis. Beachvolleyball-Meisterschaft.« Falk versuchte, eine große Portion Enthusiasmus in das Wort Großereignis zu legen, aber Jörn sah ihn nur weiterhin reglos und nachdenklich an.

»Studienreisen, Gewinnspiele, Aktivferien für die 60+-Generation …?«, legte Falk zögerlich nach.

Jörn erhob sich seufzend. »Das ist eine schöne Idee mit dem Volleyball. Wirklich, Falk, ich werde es mir mal durch den Kopf gehen lassen.« Jörn erhob sich, quälte sich ein Lächeln ab und machte Falk deutlich, dass die Audienz beim Bürgermeister für heute beendet war.

»Findest du es nicht gut?« Falk wollte sein Scheitern nicht begreifen.

»Doch, doch. Sehr gut sogar. Aber weißt du, wie lange so eine Meisterschaft geht? Eine Woche. Wenn's hoch kommt. Die meisten Gäste, die deswegen herkommen würden, sind junge Leute, die campen und ihr Geld beisammenhalten. Außerdem muss man sich als Austragungsort für so etwas erst einmal einen Namen machen. Ich fasse das gerne ins Auge. Vielleicht für nächstes oder übernächstes Jahr.« Jörn klopfte Falk kameradschaftlich auf die Schulter. »Wir sehen uns heute bei Silke zum Skat. Und vielen Dank für deine Mühe. Tolle Idee.«

Falk begriff, dass er einem alten Hasen in Sachen Tourismus nichts vormachen konnte. Jörn war mit allen Wassern gewaschen, er kannte den Ferienbetrieb auf Heisterhoog wie seine Westentasche. Er wusste natürlich viel besser als Falk, was ging und was eben nicht. Aber anstatt beleidigt zu sein, beschloss Falk, seine Niederlage sportlich zu nehmen. Schließlich hatte Jörn, den er immer als ausgleichenden und großzügigen Menschen erlebt hatte, einfach nur versucht, Falk eine Chance zu geben, sich zu profilieren. Das war ihm nicht gelungen, schade drum. Aber er würde hocherhobenen Hauptes vom Spielfeld gehen.

Biggi setzte ihr spöttisches Grinsen auf und öffnete den Mund, doch Falk kam ihr zuvor.

»Kein Teechen, danke.« Er ging an Biggis Schreibtisch vorbei in sein Büro, drehte sich vorher aber noch mal um. »Weißt du eigentlich, dass im Meer sechsmal mehr Plastikmüll schwimmt als Plankton?«

Biggis Lächeln fror ein.

Falk schloss seine Bürotür und ballte die Faust. Verdammt, nachgetreten in der letzten Spielminute.

Den Nachmittag verbrachte Falk wie immer in seiner Lagerhalle. Seit die Strandkörbe am Saisonende im vergangenen Herbst ins Trockene gebracht worden waren und dort auf Sanierung warteten, kamen Falk und Nille Tag für Tag um drei Uhr nachmittags dort zusammen. Die Lagerhalle gehörte zu dem Grundstück, das sein Onkel Sten ihm vererbt hatte, und lag inmitten der Dünen. Sie war keine Schönheit, ein langgezogener Steinbau mit rechteckigem Grundriss, einem Wellblechdach und in der Höhe von vier Metern einer Reihe erblindeter Fenster. Ein billiger Zweckbau aus den Fünfzigern. Aber wenn Falk das schwere hohe Metalltor aufzog, um die Halle zu betreten, entfaltete diese ihren Zauber. Vor allem im Winter, wenn der Allesbrenner in der Ecke bullerte und die fünfhundert Strandkörbe sich wie eine Herde Pinguine zusammenkuschelten. An den Wänden und von der Decke hingen alte Netze und Taue herab, die allerhand Strandgut beherbergten, das über die Jahre an Heisterhoogs Küste geschwemmt wurde. Oder die Fundstücke, die in den Strandkörben verblieben, nachdem die Gäste abgereist waren. Gummitiere, Sandspielzeug, Badeanzüge, Sandalen, aber auch Bücher, Thermoskannen, Brettspiele und sogar Pfeifen hatten sie schon gefunden.

Beim Betreten der Lagerhalle schlug einem der unverwechselbare Geruch vom Peddigrohrgeflecht der alten Körbe, von Salz und Sand und natürlich vom Meer entgegen. Es duftete nach Algen, vertrockneten Quallen oder Krebsen und Teer. Nicht zu vergessen nach dem Kaffee, den Nille immer schon aufgebrüht hatte, wenn Falk kam.

Nille der Klabautermann, wie er genannt wurde, in seinem gelben Ölzeug, den übergroßen Gummistiefeln und dem dunkelblauen Troyer, umarmte Falk stets, als hätte er ihn jahrelang nicht gesehen, und legte vertraulich den Kopf auf Falks Schulter, bis Falk ihn begütigend auf den Rücken klopfte. Falks Gehilfe war geistig nur eingeschränkt fähig, aber er war hilfsbereit, eifrig und immer von sonnigem Gemüt. Nille war schon dem alten Sten zur Hand gegangen, und Falk hatte ihn gerne übernommen. Zwar konnte er Nille nicht wirklich angemessen für seine Tätigkeit bezahlen, aber erstens wurde Nille von den Insulanern mit Klamotten, Lebensmitteln und allem, was er zum Leben brauchte, versorgt, und zweitens arbeitete Nille nicht vorrangig in der Strandkorbvermietung, um Geld zu verdienen, sondern weil sein Herz daran hing. Nille kannte jeden einzelnen Strandkorb und seine Macken. Er war in der Lage, alles zu reparieren, und Falk war voll tiefer Bewunderung für Nilles handwerkliches Geschick. Wie er das Korbgeflecht der Stühle ausbesserte oder die kleinen Holzbrettchen, die als Minitischchen auf einer Seite in den Strandkörben angebracht waren, zurechtsägte und abschliff oder die Metallstreben, an denen die ausziehbaren Fußstützen befestigt wurden, wieder geradedengelte – Nille war ein Meister seines Fachs!

Als Falk an diesem Nachmittag die Halle betrat und seinen Gehilfen umarmte, spürte er sofort, wie sich seine Laune hob. Hier, in der warmen Lagerhalle, mit Nille und den Körben und einem heißen Kaffeebecher in der Hand, relativierte sich die Niederlage vom Vormittag sofort. Während er ein paar neue Holzbretter abschliff und mit Öl behandelte, erzählte er dem Klabautermann von der Zeitungsente mit dem Windpark, von Jörns Befürchtung über die ausbleibenden Gäste und seinem fehlgeschlagenen Versuch, sich ein zündendes Konzept auszudenken. Nille nickte zu allem eifrig, obwohl Falk überzeugt war, dass er nicht mal ein Viertel von dem Gesagten verstanden hatte.

Nille zuckte daraufhin mit den Schultern, grinste Falk an und sagte: »A-a-aber wir s-s-sind da, F-f-falk.« Und dann lachte er fröhlich.

Und Falk fand, dass Nille einfach recht hatte. Sie waren da, und das war im Moment alles, was zählte.

Gutgelaunt stellte Falk das kleine Transistorradio mit der Drahtbügelantenne an, und gemeinsam hörten sie auf Radio Schleswig-Holstein den nachmittäglichen Kinderfunk. Kurz vor den 5-Uhr-Nachrichten klingelte Falks Handy. Es war Bertie, Falks bester Kumpel aus Hamburger Tagen. Falk war überrascht, denn der Kontakt zu Bertie war seit letztem Sommer etwas eingeschlafen. Zum einen, so vermutete Falk, weil Bertie sich mit Falks Ex, Bille, zusammengetan hatte und die beiden ihm gegenüber nicht zugeben wollten, wie ernsthaft ihre Beziehung zu werden drohte, zum anderen aber, weil Bertie mit Ende zwanzig einen Jobwechsel vorgenommen und beim Film angefangen hatte. Zunächst als Fahrer (eigenes Handy, dienstlich genutzt, keiner weiß den Namen), dann war er zum Set-Aufnahmeleiter-Praktikanten (immer noch eigenes Handy, aber Funkgerät von der Firma und der Caterer kennt dich) aufgestiegen, und seit ein paar Wochen war er ganz wichtig. Er war nämlich Set-Aufnahmeleiter-Assistent (endlich Diensthandy plus zwei Funkgeräte und der Name erscheint in der Stabliste). Bille, die als DJane in Hamburgs angesagten Clubs arbeitete, war an Filmfuzzi-Berties Seite offensichtlich sehr viel glücklicher als an der des gescheiterten Soziologiestudenten Falk, wie dieser nicht ohne Neid bemerken musste.

Dass Bertie ihn anrief, mitten am Tag, ohne dass gerade irgendwo ein EM- oder WM-Fußballspiel übertragen wurde (der einzige Grund, der es rechtfertigte, vom Set aus anzurufen), deutete auf ein handfestes Problem hin. Hoffentlich gab es keinen Zoff mit Bille, dachte Falk, denn auf Beziehungsgequatsche, seine Exfreundin betreffend, hatte er jetzt gar keinen Bock.

»Na, Alter, was geht?«, eröffnete Bertie wie üblich das Gespräch.

Falk, der fand, dass er langsam in ein Alter kam, in dem man sich einfach nur mit »Hallo« begrüßen konnte, konterte ebenfalls wie gewohnt. »Muss ja. Und selbst?«

Bertie plänkelte zurück, Falk dito, und so dauerte es fünf Minuten, bis Bertie endlich auf den Punkt kam.

»Alter, ich brauch 'nen Job«, rückte er heraus.

»Und da fragst du ausgerechnet mich?« Falk war total baff. Das Letzte, was er von Bille und Bertie gehört hatte, war, dass es für seinen Freund beim Film steil nach oben ging.

Bertie stöhnte. »Nur für ein paar Wochen. Uns ist grad ein Dreh geplatzt. Im August geht's dann wieder weiter, da bin ich schon bei einem Movie eingetaktet, aber der Dreh für die nächsten Wochen ist weg. Und da hab ich gedacht ... Bei euch ist doch immer Saisongeschäft?«

Falk versprach Bertie, sich umzuhören, denn soviel er wusste, hatte sein Strandnachbar Thies Hoop noch keinen Bademeister für die neue Saison gefunden, und Bertie war vor hundert Jahren mal Landesmeister im Freistil gewesen. Sein Kumpel war sofort Feuer und Flamme. Den ganzen Tag am Strand rumlungern und heiße Ischen anglotzen war ganz nach seinem Geschmack.

Falk grinste. »Lass das nicht Bille hören. Und heiße Ischen sind hier nur minimal vertreten. Am Textilstrand gibt's mehr Windelpopos und Papabäuche als alles andere.«

Bertie ließ sich die Euphorie nicht nehmen. Er malte sich aus, wie es wäre, mit Falk ein paar Wochen abzuhängen.

Falk meldete leise Zweifel an. »Meinst du nicht, dass Bille auch noch ein Wörtchen mitzureden hat? Schließlich ist unsere Beziehung letztes Jahr unter anderem deshalb in die Binsen gegangen, weil ich auf der Insel geblieben bin. Ob sie das so prickelnd findet, wenn du auch noch hierherkommst?«

Bertie schnaubte. »Die soll froh sein! Wir wollten nämlich

eigentlich auf Mallorca drehen, und Bille hat mir schon vorher eingeheizt, dass ich die Finger von den Beachgirls lassen soll. Die wäre mit Heisterhoog besser bedient.«

»Malle? Cool. Was sollte das denn für ein Film werden?«, erkundigte sich Falk neugierig.

»Invasion am Nordatlantik. Ein Event-Movie. Aber dann ist kurzfristig die Drehgenehmigung geplatzt. Jetzt müssen sie es im Studio drehen. Und da brauchen sie nur zwei Set-Aufnahmeleiter.«

Aha, dachte Falk bei sich, du bist also nur der Dritte von links. Aber er verkniff sich eine diesbezügliche Bemerkung und fragte stattdessen, wie man es schaffte, die Invasion in der Normandie im Studio zu drehen.

»Keine Ahnung«, grummelte Bertie, »ist mir auch egal. Aber die kriegen so schnell jetzt kein anderes Set her.«

Doch, schoss es Falk durch den Kopf. Denn ihm war schlagartig klargeworden, wie er und Bertie zwei Fliegen mit einer Klappe schlagen konnten.

»Sag mal, Bertie«, flötete Falk ins Handy, »ich hab da eine Idee. Hast du Bock, von der Nummer drei zur absoluten Nummer eins am Set aufzusteigen?«

# 3.

»Hosen runter!« Triumphierend knallte Falk seine Karten auf den Tisch, nachdem er den ersten Stich kassiert hatte.

»Schweinepriester«, konterte Thies Hoop, der Lucky Luke von Heisterhoog, nachdem er einen schnellen Profiblick auf Falks aufgeblätterte Karten geworfen hatte.

Silke Söderbaum dagegen prüfte Karte für Karte, ob es wirklich sein könnte, dass Falk nun jeden Stich einsacken würde und den Grand Hand zu Recht ausgerufen hatte. Doch schließlich kapitulierte auch sie vor Falks bombastischem Blatt.

Thies rollte sich eine von seinen rabenschwarzen Zigaretten, und bevor er das Blättchen anleckte, musterte er seinen Sitznachbarn Falk wohlwollend. »Wird ja langsam.«

Falks Brust schwoll an vor Stolz, aber er ließ sich nichts anmerken. Für Thies, den selbsternannten Strandsheriff, kam diese Äußerung einem überschwänglichen Lob gleich. Er spielte damit darauf an, dass Falk, als er im vergangenen Sommer auf die Insel gekommen war, nicht einmal wusste, wie rum man beim Skat die Karten hielt. Dennoch war er von Jörn, Silke und Thies zum vierten Mann auserkoren worden. Denn in den Schlechtwetterphasen während der Saison mussten sich diejenigen, die in ihren Häuschen am Strand ausharrten, um ihren Dienst am wettererprobten Nordseeurlauber zu versehen, die langen Tage vertreiben. Thies Hoop saß an solchen Tagen in seinem DLRG-Häuschen, das gleichzeitig seine Frühjahrs-, Sommer- und Herbstbehausung darstellte, und beobachtete Vögel. Falk hockte dann ein paar Meter weiter in seiner Strandbude, trank Kaffee und las und wartete auf Kunden, die trotz Regen oder dunkler Wolken entweder einen Strandkorb mieten oder Getränke aus seinem Sortiment ordern wollten. Wenn Jörn oder Silke vorbeischauten, rotteten sie sich sofort zum Skat zusammen.

Heute allerdings hatte sich die Runde nicht am Strand getroffen, sondern bei Silke Söderbaum in Süderende. Die Saison war schließlich noch nicht eingeläutet, und da war es dreien von vier im DLRG-Häuschen zu ungemütlich. Silke, eine fragil aussehende Blondine mittleren Alters mit hoher Durchsetzungskraft, führte ein Töpferatelier, welches im hinteren Teil ihres zweihundert Jahre alten Reetdachhäuschens untergebracht war. Nun erhob sie sich vom Tisch und verteilte vier irdene Suppenschüsseln in schimmernden Grüntönen auf dem Tisch.

»Tom Ka Gai?«, fragte sie in die Runde und erntete bei den anwesenden drei Herren begeistertes Kopfnicken. Silke war anerkanntermaßen die Suppenqueen in ihrer Runde, und weder Thies noch Jörn und schon gar nicht Falk unternahm jemals auch nur den geringsten Versuch, Silke an die Wand kochen zu wollen.

Während Thies sich zum Rauchen in den Windfang verzogen hatte und die Töpferin in die Küche ging, erkundigte sie sich betont beiläufig bei Jörn nach dem Stand der Dinge in Sachen Offshorewindpark.

»Die Gegendarstellungen sind raus«, brachte Jörn sie auf den neuesten Stand, nicht ohne Falk dabei wohlwollend zuzunicken.

Silke atmete erleichtert auf, während sie die thailändische Hühnersuppe aus der Küche holte. Falk lief das Wasser im Mund zusammen, als er das starke Aroma von Galgant und Zitronengras, Thai-Basilikum, Kokosmilch und scharfem Curry einatmete.

»Aber«, Jörn machte ein zerknautschtes Gesicht, »wir haben

trotzdem jede Menge Stornierungen. Und das Telefon steht nicht mehr still. Dauernd rufen Leute an, die besorgt sind. Biggi dreht total am Rad.«

Falk wollte einen bissigen Kommentar lancieren, aber den verkniff er sich, als er Silke ansah, die sich sorgenvoll auf die Unterlippe biss, während sie behutsam die Suppe in ihre wunderschön getöpferten Schüsseln füllte.

»Natürlich kann ich die, die anrufen, beruhigen«, beeilte sich Jörn zu beschwichtigen, dem Silkes Miene ebenfalls nicht entgangen war, »aber eine hundertprozentige Auslastung werden wir in dieser Saison wohl nicht erreichen.«

Silke klopfte an die Scheibe des Windfangs, um dem rauchenden Thies zu signalisieren, dass das Essen auf dem Tisch stand.

»Wenn es nur ein paar Leute sind, macht es ja nichts«, wandte sie ein, »aber noch mal so einen Einbruch wie '96 – das wäre wirklich bitter für mich.«

Klagen wollte so gar nicht zu Silke passen, die eine tapfere Kämpferin gegen Ungerechtigkeiten und Missstände jeder Art war. Sie beeilte sich auch, ihre Besorgnis damit zu rechtfertigen, dass ihrem alten Häuschen eine dringende Sanierung bevorstand – der Keller war feucht und fing an zu schimmeln.

»Du kannst im Herbst bestimmt sanieren. Du wirst sehen, deine Kurse bekommst du auch in diesem Jahr voll, Silke«, Jörn tätschelte Silkes Hand und drückte sie dann fest. »Notfalls machen wir im Heisterhooger Anzeiger noch ein bisschen mehr Werbung.«

Die Töpferin war eine der ganz wenigen auf der Insel, die nicht noch nebenher vermieteten, und ihr fehlte somit eine zweite Einnahmequelle. Sie hielt sich mit dem Verkauf ihrer Tonwaren über Wasser, aber den größten Teil des Einkommens bestritt sie durch Töpferkurse, die sie während der Saison ganztägig anbot.

Thies, der an den Tisch zurückgekehrt war und sofort wusste, worum sich das Thema mittlerweile drehte, ließ sich zu einer außergewöhnlich liebevollen und privaten Geste hinreißen. Er küsste Silke in den Nacken und raunte ein kaum zu hörendes »Wir schaffen das, Baby« in ihren Haaransatz.

Jörn und Falk wechselten einen kurzen verschwörerischen Blick, denn dass Silke und Thies ein Liebespaar waren, war das bekannteste Geheimnis auf der Insel.

Als alle ihre Gläser hochhoben und sich zuprosteten, fand Falk, dass es Zeit für die *breaking news* war.

»Ich habe gute Neuigkeiten«, setzte er hoffnungsfroh an, und auf den Gesichtern seiner drei Freunde spiegelte sich unverhohlene Überraschung und Neugierde, die Falk noch ein bisschen auskostete, bevor er mit seinem Coup herausrückte. »Wir könnten das Fernsehen hier haben. In vier Wochen würden die Dreharbeiten anfangen.«

Stolz blickte Falk in die Runde. Während Thies und Jörn noch aussahen, als ob sie die Nachricht noch nicht ganz verarbeitet hätten, fiel Silke fast das Glas aus der Hand.

»Fernsehfuzzis?«, ihre Stimme wurde schrill. »Nur über meine Leiche!«

Falk, der vorsichtig mit friesisch-zurückhaltender, eigentlich aber stürmischer Begeisterung, keinesfalls aber mit solcher Ablehnung gerechnet hatte, verschluckte sich augenblicklich an seinem Bier und glaubte ersticken zu müssen, während Thies ihm mit offensichtlichem Wohlgefallen seine Pranke auf die Schulter hieb. Als Falk schließlich wieder einigermaßen Luft holen konnte, rieb er sich die Tränen aus den Augen und sah Silke fragend an.

»Ich versteh gar nicht, was du hast, das ist doch super. So ein Filmteam …«

»… macht nur Ärger. Die halten sich an keine Regel, die trampeln in den Brutgebieten der Vögel rum, schmeißen ihren Müll in die Dünen, feiern bis in die Puppen in der »Rum-Ba-Bar«, so dass kein Mensch die Augen zumachen kann …«

Silke holte tief Luft, und den Moment nutzte Jörn aus, um vermittelnd einzugreifen.

»Wir hatten schon zweimal Dreharbeiten auf der Insel, und es war jedes Mal, wie soll ich sagen? Eine grenzwertige Erfahrung.« Entschuldigend sah er Falk ins Gesicht.

»Also, ihr könnt euch eure Gäste in Zukunft auch selber schnitzen, mal ehrlich!«

Jetzt wurde Falk so richtig wütend, angesichts der Ignoranz der Insulaner. Jörn hatte ihn am Vormittag schon so abblitzen lassen, und das nervte ihn langsam.

»Junge Sportler campen und geben nicht genug Geld aus, die Alten sind irgendwie zu alt, die Reichen zu versnobt, die Fernsehleute bringen eure schöne Ordnung durcheinander – euch ist ja keiner recht!«

Falk hatte sich in Rage geredet und holte Luft, um den dreien vor sich ordentlich die Meinung zu geigen, als Thies die Stirn runzelte und Falk prüfend ansah. Falk fing den bohrenden Blick seines Strandnachbarn auf, und schlagartig brach ihm der Schweiß aus. Er wusste, was jetzt kam. Denn Thies hatte ihn durchschaut.

»Du hast schon zugesagt, oder?«

Falk schluckte trocken, nickte dann und gestand flüsternd: »Ich dachte, das ist 'ne ganz tolle Idee.«

Als Falk ein paar Stunden später seiner Freundin Gina von der seinem Geständnis folgenden Diskussion erzählte, lachte diese herzlich. Sie kannte Silke, Jörn und Thies und wusste ebenso wie Falk, dass bei denen nichts so heiß gegessen wurde wie gekocht.

»Silke hat dich also erst mal rundgemacht, stimmt's?«

Falk musste zugeben, dass Silke über der Tom Ka Gai kein gutes Haar an ihm gelassen hatte. Von wegen »Zugereister« und »keine Ahnung von der Insel« und »Wie kannst du nur, ohne uns zu informieren?«. Falk, der immer noch überzeugt von seiner Rettungsaktion zugunsten der Bettenauslastung war, hatte gewusst, dass Widerstand zwecklos war, hatte in seine Suppe gestarrt und sie im wahrsten Sinne des Wortes ausgelöffelt. Bürgermeister Jörn Krümmel hatte schließlich vermittelnd eingegriffen und Falk nach den genaueren Umständen der avisierten Dreharbeiten gefragt. Falk hatte ihm detailliert dargelegt, was er mit Bertie (der natürlich Feuer und Flamme gewesen war), ausbaldowert hatte. Bertie sollte der Produktionsfirma Heisterhoog als alternativen Drehort für Mallorca vorschlagen. Das würde die Produktion vermutlich sogar billiger kommen, als die Invasion in der Normandie im Studio zu simulieren. Sollte die Firma Interesse haben, käme ganz schnell jemand und würde sich die Location vor Ort ansehen, gegebenenfalls mit Jörn die Drehbedingungen aushandeln. In schon vier Wochen könnte gedreht werden. Falk würde sich bis dahin um die Unterbringung des Filmteams kümmern. Falk beteuerte, dass ausschließlich am Strand gedreht werden würde, von den Ortschaften würden sich die Fernsehleute fernhalten, die sahen dann doch nicht sehr nach Normandie aus. Lediglich die Landung der Alliierten sollte auf Heisterhoog realisiert werden, der restliche Film entstünde in den Hamburger Studios. Als Thies gehört hatte, dass es sich um ein geschichtliches Event-Movie handelte, hatte er zu Silkes Empörung die Seiten gewechselt. Solange ihm die Filmheinis nicht ins Gehege kamen, sich gut benahmen und vor allem die Gebiete der Brutvögel mieden, konnte die Sache doch sehr unterhaltsam werden, fand Thies. Und gestand, dass er hoffte, bei Abschluss der Dreharbeiten vielleicht das ein oder andere Requisit – sein Interesse reichte vom Karabiner bis zum Originaljeep – abstauben zu können. Silke hatte daraufhin die Augen verdreht und etwas von »Jungsspielen« geseufzt. Am Ende des Abends und der Diskussion waren sich alle einig, dass Jörn mit der Produktionsfirma in Verhandlungen treten sollte, klare Regelungen vereinbaren und, sollte man auf einen gemeinsamen Nenner kommen, den Deal abschließen. Falk hatte ein paar Zahlen in den Raum geworfen, die Bertie ihm als Größenordnung genannt hatte, wie die Höhe der Kosten für die Drehgenehmigung und welche Preise die Produktionsfirma des »großen deutschen Event-Movies« gemeinhin bereit war für die Unterkunft ihrer Stars zu bezahlen. Daraufhin war Jörn Krümmel klargeworden, dass sich dadurch nicht nur die Stornierungen ausgleichen lassen würden, sondern obendrein noch ein wenig mehr Cash in die Kasse der Gemeinde gespült werden würde. Silke hatte nicht mehr protestiert, sondern allen einen kleinen Kümmelschnaps eingegossen und vor sich hin gegrummelt. Thies und Jörn dagegen hatten Falk auf die Schulter geklopft und ihn zum Verantwortlichen für den ordentlichen Ablauf der Dreharbeiten erklärt.

»Waaas?!« Gina stöhnte laut ins Telefon. »Bist du irre, Falk, weißt du, was du dir da antust?«

Falk versuchte, Gina zu beruhigen. »Ist halb so wild. Bertie ist doch dabei, der hat mir versichert, dass er alles im Griff hat.«

»Als dritte Knallcharge von links? Ich bitte dich, Falk.« Gina lachte. »Und erinnere dich bitte mal, welche Schoten Bertie dauernd vom Drehen erzählt.«

Falk war etwas angefressen, dass ihm nach Jörn, Thies und Silke nun auch von seiner Freundin Skepsis entgegenschlug.

»Bertie steigt zum ersten Set-AL auf, wenn die Idee durchgeht«, gab Falk eine Spur zu patzig zurück, »und damit hat er die volle Verantwortung, dass der Dreh reibungslos abgeht. Die haben sowieso nur zehn echte Drehtage hier auf Heisterhoog. Der Rest ist Vorbereitung und so Kram.«

»Ich wünsch dir ja, dass das glattgeht, Falk«, flötete Gina etwas versöhnlicher in den Hörer. »Aber ich glaube, du wirst noch dein blaues Wunder erleben.«

Und weder sie noch Falk ahnte, wie recht Gina damit behalten würde.

# 4.

Knappe vier Wochen später stand Falk an der Mole in Norderende und wartete auf die Fähre. Die Sonne war gerade durch die Wolken gebrochen, der Wind wehte in Stärke drei bis vier, und die Möwen stritten sich kreischend um Krabben und Schlickwürmer, die sich im von der Ebbe freigegebenen feuchten Sand tummelten.

Falk sog den salzigen Duft tief in die Nase und fragte sich, wie er all die Jahre mitten in der Stadt hatte leben können, ohne tiefe Sehnsucht nach dem Duft, dem Wind und dem Gefühl der Freiheit zu haben, das ihn erfüllte, seit er auf Heisterhoog lebte. Er spürte ein wohliges Kribbeln von den Zehenspitzen bis ins Rückenmark, so gut ging es ihm. Gina war für ein verlängertes Wochenende bei ihm gewesen, und sie hatten nichts anderes getan, als stundenlang Hand in Hand am Strand zu spazieren, Tee mit Rum in seiner Hütte zu trinken und sich zu lieben.

Der erste Tag war wie immer der anstrengendste gewesen, Gina war angespannt und gestresst gewesen. Falk wusste, dass er sich total zurücknehmen musste, so lange, bis von Gina jeder Druck abgefallen war. Und am Ende der drei Tage, als sie genau hier an der Mole gestanden hatten, hatten sie einander nicht mehr loslassen wollen.

»Was soll ich denn machen?«, hatte Gina leise geflüstert, und in ihren Augen hatten Tränen geglitzert.

Falk hatte nicht gewusst, was er sagen sollte. Denn dass Gina unglücklich mit ihrer Situation war, sowohl mit der Arbeit als auch mit der Fernbeziehung, lag auf der Hand, und sie machte auch keinen Hehl daraus. Aber beiden war klar, dass sich die Lage nicht wesentlich verbesserte, wenn Falk arbeits- und mittellos nach Berlin ziehen würde. Und Gina wiederum hielt eisern an ihrem Beruf fest. Schließlich hatte sie einen Eins-a-Hochschulabschluss und eine glänzende Vita vorzuweisen. Sie hatte für die renommiertesten Büros Berlins gearbeitet und für diese an hochrangigen Wettbewerben teilgenommen. Dass sie dabei kaum einen Cent verdient hatte, stand zwar nicht im Lebenslauf, war aber natürlich die Ursache für Ginas stetig wachsenden Frust. Auch sie ging auf die dreißig zu und wollte in absehbarer Zeit Kinder und Familie haben. Falk fand, Gina sollte den Ausbeuterberuf der Dauerpraktikantin hinschmeißen, zu ihm auf die Insel kommen und mit ihm glücklich werden, aber Gina schaute ihn dann stets mit diesem gequälten Gesichtsausdruck an, der Bände sprach: »Du kannst dich selbst kaum über Wasser halten, du armer Irrer, was soll ich dann auch noch hier? Strandkörbe flicken und mich von selbstgefangenen Krabben ernähren?«

Sie musste es nicht aussprechen, Falk konnte ihre Gedanken lesen, als stünden sie in gedruckten Buchstaben über ihrem Kopf. Eine Zeitlang hatte er sich das Hirn zermartert, wie er es anstellen könnte, sich auf Heisterhoog zusätzlich zur Strandkorbvermietung eine sichere Existenzgrundlage zu schaffen, die auch Karriere-Gina davon überzeugen würde, dass sie sich bei ihm in gesicherten Verhältnissen befand. Aber er hatte keine zündende Idee gehabt. Und das lag daran, dass Falk mit dem Ist-Zustand seiner beruflichen Existenz vorerst sehr zufrieden war.

Und so stand er jetzt an einem Freitagnachmittag Ende Mai in seinen Kapuzenpulli gehüllt am Landesteg und wartete auf die Fähre. Er war fast allein auf der Mole, denn das Schiff, auf das er wartete, verkehrte nicht planmäßig. Das Filmteam hatte bei der Reederei eine zusätzliche Fahrt beantragt und gegen einen Haufen Cash auch bekommen. Nur so war es möglich, das gesamte Equipment, die Lastwagen für Licht und Kamera, die Baubühne, das Kostüm, die Maske und den Ton mit einem Mal auf die Insel zu transportieren. Auch ein Heer von Statisten war an Bord, die allerdings, das wusste Falk von Bertie, den An- und Abreisetag nicht als Arbeitstag bezahlt bekamen. Sie sollten, so Bertie in einem Tonfall, den Falk von seinem sonst so kapitalismusfeindlichen Kumpel nicht kannte, froh sein über die kostenlose Überfahrt.

Bertie war bereits vor zwei Wochen mit Regisseur, Ausstatter und Produzent sowie deren Gefolge auf die Insel gekommen, und sie hatten mit Jörn Krümmel die Eckdaten der Drehgenehmigung verhandelt. Silke Söderbaum war ebenfalls mit von der Partie gewesen, außerdem Falk und Hubert von Boistern. Während Silke und Falk klare Aufgaben übernommen hatten – Beauftragte für die Einhaltung der Naturschutzauflagen einerseits und Verantwortlicher für den reibungslosen Ablauf der Dreharbeiten in Koordination mit dem Fremdenverkehr andererseits –, war Falk zunächst nicht ganz klar gewesen, wieso Immobilienhai und Allroundunternehmer Hubsi schon wieder mitmischte. Aber Jörn hatte ihm gesteckt, dass es immer besser war, bei allen größeren Entscheidungen Hubert auf der eigenen als auf der gegnerischen Seite zu haben. Denn dieser war ein Intrigant, wie er im Buche stand, immer auf seinen Vorteil aus, den er hemmungslos gegen jeden, der ein Stück vom Kuchen haben wollte, verteidigte. Und er war auch Inhaber eines Großteils der Ferienhäuser in Süderende. Als solcher sollte er den wichtigen Teil des Filmteams, also sowohl alle, die am Set etwas zu sagen hatten, als auch die wichtigsten Darsteller beherbergen. Und tatsächlich hatte Hubsi in den Verhandlungen mit den Filmleuten sofort den richtigen Ton getroffen und den Hamburger Jungs Honig ums Maul geschmiert, was Silkes herbe Attacken sofort abschwächte. Die Hamburger fühlten sich willkommen auf Heisterhoog, waren happy, dass sie ihren D-Day in der »geilsten Kulisse *ever*« drehen konnten, und hatten versprochen, die gutgeschmierte Tourismusmaschinerie auf der kleinen Insel nicht zu stören.

»Sie werden sehen, nach drei Wochen sind wir wieder weg, und Sie merken gar nicht, dass wir da gewesen sind«, hatte der Produzent vollmundig versprochen. Dann hatte er Bertie auf die Schulter geklopft, woraufhin dieser betont cool das Victory-Zeichen gemacht hatte – ganz Ackermann, wie Falk feststellte. Bertie, dem der Produzent den Tipp mit Heisterhoog zu verdanken hatte, war tatsächlich, wie von Falk prophezeit, zum ersten Set-Aufnahmeleiter aufgestiegen und grinste seitdem wie ein Honigkuchenpferd – sogar im Schlaf, wie Bille Falk am Telefon anvertraut hatte. Falk war glücklich, dass er seinem Kumpel aus der Patsche geholfen hatte und sich vor Jörn profilieren konnte. Außerdem freute er sich darauf, ein paar Abende unter Hamburgern zu verbringen. Ein paar der Leute vom Team kannte Falk von früher; aus den Clubs, in denen Bille auflegte, oder aus der St.-Pauli-Fankurve. Das brachte etwas Abwechslung in die von Skat und Shantychor bestimmten Abende, so hoffte Falk. Außerdem hatte er heute seinen letzten Tag in der Kurverwaltung gehabt. In der vergangenen Woche hatten Nille und er bereits ein paar Strandkörbe an den Strand gebracht, die Saison konnte beginnen.

Falk konnte die *Aurora*, das Flaggschiff der Reederei, die kurz zuvor noch ein winziger schwarzer Punkt am Horizont gewesen war, schon erkennen.

»Na, mein Lieber, jetzt werden wir berühmt, was?« Hubert von Boistern schlug Falk seine fette Pranke auf die Schulter, so dass dieser, der die Ankunft des Friesencowboys nicht bemerkt hatte, um ein Haar nach vorne über die Molenkante ins Hafenwasser gekippt wäre.

Falk drehte sich mit halb gespielter Empörung zu Hubsi um, dessen rotgeschwitztes, fettes Gesicht unter einem weißen Stetson zur Hälfte verborgen war.

Hubsi lachte schallend und zog Falk an der Kapuze seines Sweaters an sich, legte einen Arm um seine Schultern und drückte so fest, dass Falk seine Knochen knacken hörte.

»Falk, mein Freund«, Hubsi rüttelte und schüttelte seinen »Freund« noch ein wenig durch, bevor er ihn aus dem Zangengriff freiließ, »das war eine Bombenidee von dir. Keiner hier hätte dir das zugetraut, aber ich habe gleich gesagt: Unterschätzt mir den Jungen nicht!«

Falk rang sich ein Lächeln ab. Er kannte Hubert von Boistern, der eigentlich Bernd Frekksen hieß, mittlerweile lange genug, um zu wissen, wie dieser tickte. Frekksen genoss es, der unumstrittene König von Heisterhoog zu sein, und er ignorierte dabei geflissentlich, dass es bei dem Titel, den er trug, lediglich um Macht- und Geldpunkte, nicht aber um Sympathiewerte ging. Denn dann hätte er gewiss am unteren Ende der Skala rangiert.

An Hubsis selbstzufriedenem Grinsen erkannte Falk, dass dieser kurz davorstehen musste, ein Geschäft abzuschließen. Denn allein die Tatsache, dass er seine überteuerten Luxusapartments an ein Filmteam vermietete, reichte nicht aus, um die fetten Backen derart aufzublasen.

»Holt der Chef seine Mieter jetzt schon persönlich von der Fähre ab?«, tastete Falk sich mit verhaltener Neugier vor.

Hubert von Boistern nickte, so dass die Backen vor Begeisterung wackelten.

»*Service included*«, sagte er und schob den Stetson etwas aus der Stirn. Dann fingerte von Boistern ein weißes Stofftaschentuch aus der dunkelblauen Baumwollhose und tupfte sich damit die Schweißperlen von der Stirn. »Das sind ganz besondere Gäste, mein lieber Freund, ganz besondere Gäste.«

»Wer wohnt denn bei dir?«, hakte Falk nach.

»Karli, Max und Jasemina«, grunzte Hubsi zufrieden. »Und noch ein bisschen Fußvolk. Der Kameramann und der Coach.«

Eigentlich wollte Falk wissen, wer die drei Erstgenannten

waren, denn er hatte sich von keinem einzigen der Fernsehheinis den Vornamen gemerkt, aber dann wunderte er sich laut über den seltsamen Vornamen Jasemina.

»Sie heißt eigentlich Jasmin und kommt aus Eisenhüttenstadt«, raunte Hubert ihm belustigt zu, »aber das verkauft sich nicht so gut in der Branche. Also nennt sie sich Jasemina und hat angeblich iranische Wurzeln.«

Falk zog nur die Augenbrauen nach oben und enthielt sich jeden Kommentars. Sein wuchtiger Nebenmann riss sich jetzt den Stetson vom Kopf und wedelte damit ausgreifend nach der *Aurora*, die unaufhaltsam auf den Landungssteg zuhielt und auf der man bereits die ersten Passagiere auf dem Oberdeck schemenhaft ausmachen konnte.

»Waren bei der Landung der Alliierten denn überhaupt Frauen dabei?«, erkundigte sich Falk harmlos.

Hubert von Boistern schüttelte den Kopf und funkelte Falk mit seinen Schweinsäuglein belustigt an. »Quatsch mit Soße. Aber du weißt doch, wie das heute funktioniert beim deutschen Film: Ohne Lovestory geht da gar nichts. Also spielt Jasemina eine aufopferungsvolle Krankenschwester, die sich um den verwundeten Max kümmert und dann knickknack, verstehste.«

Damit hatte sich die Frage, wer Max und Jasemina sein könnten, also schon beantwortet: ganz offensichtlich die beiden Hauptdarsteller.

»Wieso weißt du eigentlich plötzlich so genau, wie's beim deutschen Film zugeht?«, wunderte sich Falk.

Hubert knuffte Falk vertrauensvoll in die Seite. »Ich bin mit dem Produzenten, Karli, nach unserer Besprechung gleich in die ›Auster‹. Tja, und da haben wir so ein bisschen geschnackt. Über Geschäfte. Aber davon verstehst du ja bekanntlich nichts, Falk.«

Nicht von den Geschäften, die Hubert von Boistern so an Land zog, jedenfalls. Das war im letzten Sommer klargeworden, als Falk und Hubsi miteinander in geschäftliche Beziehungen getreten waren. Ebenfalls in der »Auster« – Heisterhoogs bestem Restaurant, fest in Hubsis Hand, der dort regelmäßig zu speisen und offensichtlich jeden Geschäftstermin abzuhalten pflegte. Falk war aus dem Geschäft mit Hubsi zwar gerade noch mit heiler Haut herausgekommen, aber sie hatten beide ordentlich Federn lassen müssen.

»Tja«, Hubert setzte sich den Stetson wieder aufs Haupt und rieb die feisten beringten Pranken aneinander. »Ich suche ja immer nach Möglichkeiten, mein Geld unters Volk zu bringen, und wollte von Karli wissen, wie die TV-Branche so funktioniert. Ob damit Geld zu machen ist.«

»Und?« Falk musste grinsen, wenn er sich vorstellte, wie sich die Familie von Boistern, Hubsi mit Gattin Thea und Tochter Nancy, auf dem roten Teppich so machen würde. Denn das war es, was die von Boisterns so unbedingt wollten: runter von der Insel, hinein in die bunten Blätter. Auf die Gesellschaftsseiten, Wange an Wange mit Lothar Matthäus, der Frau von Boris Becker oder am besten: mit Vroni Ferres.

Hubert zuckte die Schultern. »Ich weiß nicht. Richtig überzeugt hat er mich nicht. Aber jetzt verkaufe ich dem Karli erst mal schön 'ne Immobilie, und dann sehen wir weiter.«

Nun war also die Katze aus dem Sack. Von Boistern gehörte nicht nur viel Grund auf Heisterhoog, er kaufte und verkaufte, baute und vermietete. Da es aber keine neu ausgewiesenen Baugrundstücke auf Heisterhoog mehr geben würde und alle, die ein Häuschen oder eine Wohnung auf der Trauminsel ergattert hatten, daran festhielten, waren die Preise ins Unermessliche gestiegen. Dennoch standen die Kaufinteressenten Schlange.

Die *Aurora* drehte gerade bei und wühlte das Meer in weißer Gischt auf, als Falk sich erkundigte, ob Hubsi denn überhaupt ein entsprechendes Objekt zum Verkauf hätte, denn soviel er wusste, war derzeit gar nichts im Angebot.

Hubsi verschränkte seine Finger, ließ sie einmal knacken und schlenderte gemächlich zur Landebrücke.

»*Top secret*, mein Lieber, *top secret*«, gab der Friesencowboy Falk zu verstehen. Zwinkerte ihm zu und richtete seine Aufmerksamkeit ganz auf die Fähre.

Falk zuckte mit den Schultern und tat es ihm gleich, in der Hoffnung, Bertie irgendwo zu erspähen. Er ließ seine Augen über die Passagiere an Deck gleiten, aber im Unterschied zu den Urlauberfähren, die hier sonst anlandeten, winkte niemand, kein Kindergeschrei scholl herüber, und statt der bunten T-Shirts und Regenjacken dominierte nur eine Farbe: Schwarz. Basecaps und Kapuzenpullis, die typische Streetware junger hipper Großstädter. Aber genau wie die Urlauber drängelten auch die Filmleute ungeordnet und hektisch auf den Landungssteg, sobald die Fähre angelegt hatte. Zuerst die Fußgänger – in der Hauptsache junge Männer mit militärischen Kurzhaarschnitten, wie sich Falk wunderte, dann die Pkws. Davon befanden sich nur wenige auf der Fähre, und die Hälfte von denen wiederum waren Jeeps in Tarnfarbe. Die Filmautos also, kombinierte Falk. Den Rest stellten große Lkws und Bullis dar, manche mit der Aufschrift der Produktionsfirma, auf wieder anderen stand »Arri«, der Name einer Firma für Kameratechnik, wie Falk wusste.

Durch die Menschenmenge, die nun die Mole überflutete, drang mit einem Mal hysterisches Hupen. Falk sah sich nach dem Wagen um, aus dem der durchdringende Ton kam, und erspähte einen weißen Bulli, aus dessen Seitenfenster sich eine ihm bekannte Gestalt heraushängte: Es war sein Kumpel Bertie. Dieser wedelte hektisch mit den Armen und bedeutete Falk, sich zu ihm zu bewegen. Falk wäre der Aufforderung nur zu gerne nachgekommen, aber die Scharen von Filmheinis, die mit ihren Lkws, Autos und zu Fuß die Straße vor dem Landungssteg verstopften, ließen nicht zu, dass sich jemand in entgegengesetzter Richtung durch sie hindurchquetschte, und

Falk entschied sich, den Gegenverkehr abzuwarten. So eilig konnte es ja wohl nicht sein.

Doch Bertie hatte mittlerweile ein Megaphon zu Hilfe genommen, um Falk zu sich zu zitieren.

»Falk, verdammt, komm doch mal her, *urgent*!«, scholl es durch die Flüstertüte, und Falk bekam eine schwache Vorahnung von dem Irrenhaus, in das sich Heisterhoog durch das Filmteam verwandeln würde.

Er wurstelte sich durch die Fußgänger, die, allesamt mit Isomatten, Schlafsäcken und Zelten ausgestattet, ziellos umherirrten, und trat an den Bulli, in dem Bertie saß. Anstatt einer netten Begrüßung unter Kumpels begann Bertie sofort, hektisch auf Falk einzuquasseln.

»Hör mal, du, der Statistenführer hat die Fähre verpasst, der kommt dann mit der nächsten nach. Wir brauchen jemanden, der die Leute zum Campingplatz bringt, ja?!«

Falk starrte Bertie verständnislos an. Er sollte das Filmteam eigentlich nur begrüßen und zur Verfügung stehen, falls Fragen auftauchten. Dann wollte er sofort wieder zu Nille in die Lagerhalle fahren und darauf warten, dass Bertie Zeit hätte für ein Bierchen in der »Feuerqualle«. Jetzt erteilte Bertie ihm Arbeitsbefehle – Falk glaubte sich wortwörtlich im falschen Film.

Bertie, der sah, dass Falk nicht sofort begeistert reagierte, setzte nach. »Nur zum Campingplatz, ja? Die wissen ja nicht, wo sie hinsollen.« Er drückte Falk das Megaphon in die Hand. »Da, das wirst du brauchen. Es sind hundertfünfzig Leute, sieh zu, dass du die alle zusammenkriegst. Ich meld mich später. Ciao, ciao!« Dann gab der Bulli Gas, ohne im Geringsten Rücksicht auf die Passanten zu nehmen, und Falk blieb mit dem Megaphon und einem undankbaren Auftrag zurück. Er war stinksauer auf Bertie, aber er erkannte auch, dass Wut ihn jetzt nicht weiterbringen würde, also wartete er, bis die Fahrzeuge der Filmproduktion sich zerstreut hatten. In der Ferne erkannte er Hubert von Boistern, der drei Figuren in seinen weißen Mercedes Jeep half und dann mit einem Affenzahn und lautem Hupen die Landebrücke verließ. Falk setzte das Megaphon an die Lippen und bat alle Statisten, die zum Campingplatz wollten, sich bei der Bushaltestelle einzufinden.

Eine Viertelstunde später hatte sich eine Menge aufgeregter Kleindarsteller um Falk geschart, der unmöglich den Überblick behalten konnte, ob die Menge vollzählig war oder nicht. Der Bus, der laut Plan in fünf Minuten eintreffen sollte, würde aber nur achtzig Leute aufnehmen können, also müsste die andere Hälfte zu Fuß zum Campingplatz laufen. Nicht weiter tragisch, denn die Strecke führte nur ein kleines Stück aus Norderende hinaus in die Dünen, in einer halben Stunde konnte man den Campingplatz von der Mole aus erreichen. Falk war ohnehin mit seinem Fahrrad da und beschloss, den Fußtrupp anzuführen. Die anderen sollten mit dem Bus fahren und an der Haltestelle auf ihn warten.

Er machte eine weitere Megaphondurchsage, was nervöse Aufregung in das Heer der Statisten brachte, die es offensichtlich gewohnt waren, immer nur im geschlossenen Rudel aufzutreten und einheitliche Anweisungen entgegenzunehmen. Die Entscheidung, ob sie den Bus nehmen oder zu Fuß laufen sollten, war für den Großteil der jungen Männer eine Entscheidung zu viel. Falk lief also los, und ihm folgten weit über die Hälfte der Komparsen, die mit ihren Rucksäcken und Zelten und den offensichtlich jetzt schon auf 1944 getrimmten Haarschnitten wirkten wie Bundeswehrrekruten auf ihrem ersten langen Marsch mit Gepäck. Zu Beginn gab es ein kleines Gedrängel um den Platz an der Spitze, neben Falk, aber als die Ersten mitbekommen hatten, dass Falk mit dem Filmteam gar nichts zu tun hatte, flaute das Interesse an ihm rasch ab. Die Fragen danach, wo der Produzent wohnte oder wie hoch die Gage der Hauptdarsteller war oder was man unternehmen konnte, um an einen Satz aus dem Drehbuch zu kommen, konnte Falk allesamt nicht beantworten, und noch schlimmer: Er zeigte keinerlei Interesse daran, was dazu führte, dass sich von den Komparsen kaum noch einer mit ihm unterhalten wollte. Stattdessen tauschten sie untereinander Anekdoten von ihren Erlebnissen bei anderen Drehs aus.

Lediglich einer der jungen Männer ging beharrlich neben Falk her, und er zeigte reges Interesse, nicht am Film, sondern an Heisterhoog. Er erkundigte sich nach den drei Dörfern, dem Strand und den Insulanern. Er wusste außerordentlich gut Bescheid, und Falk, der sich wunderte, dass sich der Typ für den kurzen Aufenthalt so gut eingearbeitet hatte, unterhielt sich gerne mit dem aufgeschlossenen Jungen.

In gut zwanzig Minuten hatten sie die Bushaltestelle beim Campingplatz erreicht, wo ein versprengtes Häuflein Statisten bereits auf sie wartete. Gerade als Falk sich des Eindrucks nicht erwehren konnte, dass er vom Anlanden der Fähre bis zur Ankunft beim Campingplatz einen Teil des Komparsenheeres verloren hatte, verabschiedete sich auch der junge Mann, mit dem er sich so nett unterhalten hatte. Falk war erstaunt.

»Wohnst du nicht mit den anderen auf dem Campingplatz?«

Der Junge schüttelte den Kopf.

»Nee, ich hab mit dem Film nichts zu tun. War Zufall. Ich wollte sowieso auf die Insel, und als die Fähre da lag, bin ich halt rauf. Dass die alle vom Film sind, wusste ich nicht.«

Er lachte und hob zum Abschied lässig die Hand. »Man sieht sich!«

Dann drehte er sich um und wanderte die Straße weiter in Richtung Tüdersen, dem nächsten kleinen Ort nach Norderende. Schade, dachte Falk, der Einzige, der ihm vom Film einigermaßen sympathisch war, war natürlich gar nicht vom Film. Er sah dem Typ noch kurz hinterher und hatte für den Bruchteil einer Sekunde das Gefühl, dass ihm diese Silhouette irgendwie bekannt vorkam. Doch dann verwarf er den Gedanken wieder und schlug sich, gute hundert Männer im Schlepptau, in die Dünen.

»Nee. Keine Chance.« Franziska ließ ihre Augen über die Komparsen gleiten, die sich erschöpft, als hätten sie eine Tagestour hinter sich, in den Sand hatten fallen lassen.

Franziska führte mit ihrem Mann Roland zusammen den Campingplatz von Heisterhoog, der sich zwischen Leuchtturm und Norderende unauffällig in die Dünen schmiegte. Es war ein großer Platz, inklusive eines FKK-Bereichs und des Quartiers für die Dauercamper, aber Franziska hatte Falk nur entgeistert angestarrt, als dieser mit den Leuten im Schlepptau angekommen war.

»Aber hat euch denn niemand angerufen und gebucht?«, fragte Falk, der seinerseits aus allen Wolken gefallen war, als Franziska ihm sagte, dass sie allenfalls für die Hälfte der Männer einen Platz hatte.

»Nee!« Franziska steckte sich eine ihrer langen weißen Eve-Zigaretten an und sog daran derart heftig, dass Falk befürchtete, die Glut würde in einem Rutsch die Zigarette verbrennen und dann noch Franziskas Finger. Dann stakste Franziska in ihren hautengen weißen Caprihosen, Größe 46, und den Holzclogs mit Absatz in ihr Büro. Sie winkte Falk mit der Zigarettenhand und bedeutete ihm, ihr zu folgen. Im Büro schlug sie ihr großes, in schwarzes Kunstleder gebundenes Buchungsheft auf und fuhr mit dem dicken Finger darin herum.

»Siesse, Falk, alles voll! Mensch, jetzt kommen erst mal die Ferienlager, Katholische Jugend, Pfadfinder, Klassenreisen. Gruppen hammwa hier, da träumse von.« Ein rasselnder Raucherhusten unterbrach Franziskas vom Gelsenkirchener Dialekt gefärbtes Lamento.

»Da müssen die vom Film woll früher aufstehn.« Sie schob die angegilbte Spitzengardine vor ihrem Bürofenster zur Seite, warf einen Blick auf die im Sand liegenden Komparsen und seufzte. »Die armen Jungens.« Sie zog an der Zigarette, kniff die Augen zusammen und sah Falk durch den ausgestoßenen Rauch scharf an. »Die eine Hälfte nehme ich dir ab.«

Wie auf dem Viehmarkt, dachte Falk für sich, laut aber fragte er: »Und was mache ich mit der anderen?«

Franziska schlug das Buchungsheft mit einem Knall zu und zuckte mit den Schultern.

»Keine Ahnung.« Und als könnte sie Falks Ratlosigkeit damit abmildern, hielt sie ihm ihre geöffnete Blümchenpackung mit den langen weißen Zigaretten hin. »Auch eine?«

# 5.

Biggi servierte ein Teechen, während Jörn Falk über seine Halbbrille hinweg mitleidig anguckte.

»Das geht ja schon gut los«, meinte er.

Falk nickte. »Ich hab natürlich sofort Bertie angerufen. Und der hat dann irgendeinen anderen angerufen und der wieder einen und so weiter. Fazit ist: Keiner ist schuld, niemand versteht, wie das passieren konnte, großer Mist bla, bla, bla. Fakt ist aber: Wir haben siebzig Jungs ohne Schlafplatz. Und es sieht nach Regen aus.«

Beide blickten zum Fenster, wo der Wind schwere dunkle Wolken über die Salzwiesen trieb.

»Haben die von der Produktionsfirma wenigstens irgendjemanden dafür abgestellt, der sich darum kümmern soll?«, erkundigte sich Jörn missmutig. »Schließlich ist das nicht wirklich unser Problem.«

»Immerhin ist der Statistenführer mittlerweile hier eingetroffen«, murmelte Falk, als ob das ein Trost wäre. Er hatte vorhin mit dem Mann ein paar Worte gewechselt und diesem die Lage erklärt, woraufhin der Hobbystatist, Mitte fünfzig, im wirklichen Leben Versicherungskaufmann, rot angelaufen war und hysterisch seine Jungs zusammengetrommelt hatte, um diesen mitzuteilen, dass eine »absolute Katastrophe« passiert war, sie im Freien nächtigen mussten, »im Mai! An der Nordsee!«, wo sie sich mindestens »den Tod holen« würden. Falk hatte gleich begriffen, dass von dieser Panikmaschine keine Hilfe zu erwarten sein würde. Zumal ja sowieso alle in Zelten schlafen sollten, die Frage war jetzt nur, wo diese aufstellen?

Jörn klopfte auf ein paar Seiten Papier, die vor ihm auf dem Schreibtisch lagen. »Biggi hat mir die freien Quartiere ausgedruckt. Viele sind es nicht, es ist ja Pfingstwochenende, aber immerhin«, Jörn blätterte durch die Papiere, »so an die zwanzig Leute dürften wir unterkriegen. Wird natürlich die Leute vom Film 'ne Stange Geld kosten.«

»Bertie hat das Okay vom Produzenten. Für eine Nacht zahlt die Produktionsfirma, morgen müssen die Komparsen selbst gucken.«

Jörn starrte Falk entsetzt an. »Geht's noch? Die Apartments kosten ja zum Teil mehr, als die Jungs am Tag verdienen!«

»Wir werden mit allen Vermietern reden müssen«, meinte Falk achselzuckend, »vielleicht sind manche ja kulant. Ist schließlich ein Notfall.«

Biggi schob ihren kurzgelockten Kopf in die Tür und winkte. »Tschüssi! Und schönes Wochenende! Ich mach jetzt mal Feierabend.« Sie sah auf ihre Uhr, dann wieder Jörn an. »Kurz vor fünf, ich schreibe drei Überstunden auf, ja?« Biggi zwinkerte Jörn allerliebst zu, schwenkte den Einkaufskorb mit den leeren Tupperdosen und verschwand.

Jörn und Falk guckten sich stumm an.

Dann brüllte Jörn mit gefühlten hundert Dezibel: »Biggiiii! Vergiss den Feierabend!« Daraufhin grinste er Falk an.

Als Biggi ihren Kopf wieder in das Büro steckte – mit zutiefst ratlosem Blick –, verschwand das Grinsen von Jörns Gesicht, und mit gespieltem Bedauern wedelte er mit den Ausdrucken.

»Klemm dich gleich mal ans Telefon. Wir haben einen Notfall.«

Biggi war zu fassungslos, um zu protestieren, aber als sie sich gefangen hatte und verstand, dass sie um ihren Feierabend gebracht werden sollte, schickte sie einen bösen Blick zu Falk, der klarmachte, dass sie ihm allein die Schuld an der Katastrophe gab. So schnell würde es keine Cookies mehr für Falk geben, aber das war insofern nicht weiter tragisch, als seine Zeit in der Kurverwaltung ohnehin abgeleistet war. Am Montag sollte Marita wiederkommen.

Jetzt klatschten erste dicke Tropfen gegen die Scheibe, und Falk wechselte einen besorgten Blick mit Jörn.

»Was machen wir jetzt mit den Jungs? Die müssen sich wenigstens unterstellen.«

Jörn nickte. »Und es kommt auch noch Sturm auf. Kann bis zu Stärke fünf, sechs werden heute. Das wird auch für die auf dem Campingplatz kein Spaß.«

Falk knallte beide Handflächen auf Jörns Schreibtisch und erhob sich.

»Das ist doch scheiße. Ich bring die jetzt zu meiner Halle. Da sind sie wenigstens im Trockenen, und dann sehen wir weiter.«

Jörn stand jetzt auch auf.

»Bis dahin haben Biggi und ich vielleicht was erreicht und ein paar von den Jungs untergebracht. Im Pfarrhaus können bestimmt welche schlafen. Und ich habe bei mir Platz für zwei. Na ja, wenn sie zusammenrutschen, für drei.«

Falk wollte sich bei Jörn bedanken, aber dieser ließ ihn nicht zu Wort kommen.

»Nee, lass mal stecken. Du kannst ja nichts dafür. Der Produzent kann sich bei mir bedanken. Schließlich hat er doch versprochen, dass wir von den Dreharbeiten gar nichts mitkriegen. Haha, wer's glaubt.«

Falk schnaubte und verließ dann die kleine Villa. Er packte seinen Drahtesel und strampelte gegen den Wind wieder zurück zum Campingplatz, wo er die Komparsen vorerst in Franzis Obhut zwischengelagert hatte. Der Wind kam direkt von vorn, und er wurde stärker. Ebenso der Regen, der jetzt noch in vereinzelten dicken Tropfen fiel, aber bald schon waagerecht übers Land jagen würde. Falk verdammte sich, dass er sich von Bertie hatte einspannen lassen. War das der Dank dafür, dass er Bertie zu einer besseren Position verholfen hatte?! Jetzt hatte er das Heer der Komparsen alleine an der Backe, Bertie machte einen auf stumm und ging nicht mehr an sein Handy.

Falks Feierabend war im Eimer. Er könnte jetzt so gemütlich in seiner Halle sitzen und mit Nille Kaffee trinken. Stattdessen riss er sich hier draußen den Arsch auf. Na warte, Bertie, das zahl ich dir heim, dachte Falk, während er verbissen in die Pedale trat.

Am Campingplatz angekommen, war Franziska nirgendwo zu sehen, stattdessen konnte man vereinzelte junge Männer in den Dünen sehen, die sich im aufkommenden Sturm mit ihren Zwei- und Dreimannzelten abkämpften. Falk war skeptisch, ob diejenigen, die heute auf dem Campingplatz bleiben konnten, wirklich das große Los zogen. Vermutlich war Franziska jetzt irgendwo auf dem weitläufigen Gelände mit ihrem Mann Roland unterwegs, um den armen Statisten beim Zeltaufbau unter die Arme zu greifen.

Die andere Hälfte der Komparsen hatte sich bereits zusammengerottet, einige hielten Zeltplanen über die Köpfe, um sich vor dem aufkommenden Starkregen zu schützen.

Falk steuerte den Komparsenführer an und erklärte ihm die Lage. Der Mann nickte nur stumm und wurde immer blasser, als ihm klar wurde, dass die nächtliche Unterbringung alles andere als gesichert war. Bei dem Anblick des Häufchen Elends vor ihm und der Menge junger Männer, die sich wie Schafe auf dem Weg zur Schlachtbank ergeben in ihr Schicksal fügten, packte Falk die kalte Wut. Er nahm das Megaphon zur Hand und brüllte Befehle hinein.

»Achtung! Wir marschieren jetzt! In Zweierreihen Aufstellung nehmen, Gepäck auf den Buckel und dann im Trab hinter mir her! Aber zackig!«

Das war so ungefähr die militärischste Ansage, die Wehrdienstverweigerer Falk auf dem Kasten hatte. Aber es funktionierte. In Windeseile hatten sich die Männer aufgestellt, und dann zogen sie in geordneten Zweierreihen durch die Dünen zur Straße am Leuchtturm. Dort waren vereinzelt Radler unterwegs, die es schnell noch in ihre kuscheligen Feriendomizile schaffen wollten, bevor das große Nordseeunwetter losbrach. Die Urlauber warfen den jungen Männern, die von Falk auf dem Fahrrad angeführt wurden, irritierte Blicke zu, denn die Truppe wirkte tatsächlich wie Soldaten im verdeckten Einsatz: Die Haare der Jungs waren bereits in Hamburg von der Maskenbildnerin militärisch kurz geschoren worden, und das Marschgepäck und die Zweierformation taten das Ihre, um den Eindruck des Militärischen zu verstärken. Eine gute Übung für den morgigen Drehtag, dachte Falk verschmitzt.

Schließlich erreichten sie Falks Lagerhalle, die unweit von Tüdersens Strand in den Dünen lag. Falk bedeutete seiner Einheit, dass man am Ziel angelangt sei – keine Minute zu früh, denn nun begann es aus vollen Eimern zu schütten. Falk öffnete das große Metalltor, und innen, in der warmen Halle, saß ein gutgelaunter Nille vor dem Bullerofen, ölte penibel ein paar Schlösser und lauschte dem Sandmännchen, das gerade, vor den 18-Uhr-Nachrichten, den Kinderfunk beendete. Als er Falk sah, grinste er und legte den Finger an die Lippen.

»Wir haben Besuch«, platzte Falk in das Idyll. Und noch bevor er Nille behutsam auf die Ankunft von über siebzig tropfnassen Statisten vorbereiten konnte, wurde ihm das Metalltor aus der Hand gerissen, und die jungen Männer drängten sich Hals über Kopf in die Lagerhalle. Draußen tobte der Sturm, und alle versuchten, noch rechtzeitig das rettende Dach über dem Kopf zu erreichen.

Falk konnte es ihnen nicht verübeln und schob noch die Letzten in die Halle, bevor er das Metalltor hinter sich zuzog. In Sekundenschnelle begann die Luft in der Halle von den nassen Klamotten und den Ausdünstungen der mehr als siebzig Männer zu dampfen. Die Jungs schoben und drückten, alle sprachen durcheinander, und Falk sah keine andere Möglichkeit, als sich erneut mit Hilfe des Megaphons Gehör zu verschaffen.

»Rückt nach hinten durch, verteilt euch bis zum Ende der Halle, setzt euch in die Strandkörbe, wenn ihr könnt. Keine Zigaretten, kein offenes Feuer! Brandgefahr!«

Erschöpft lehnte er sich mit dem Rücken an das Hallentor und rutschte dann langsam daran herunter. Falk hoffte inständig, dass Biggi und Jörn nichts unversucht ließen, um Schlafplätze zu organisieren, aber ihm war klar, dass es an ein Wunder grenzte, wenn auch nur die Hälfte der Jungs ordentlich unterkommen würde. In diesem Moment fühlte Falk, wie sein Handy vibrierte. Er zog es aus der Hosentasche und erkannte an der Nummer, dass Jörn versuchte, ihn zu erreichen. Falk nahm ab, verstand aber kaum ein Wort von dem, was Jörn ihm versuchte mitzuteilen. Er hatte ohnehin schlechten Empfang in der Halle, und bei Sturm brach das Netz in der Regel vollends zusammen. Er verstand aber immerhin so viel, dass Jörn und Biggi ziemlich erfolglos geblieben waren. »Nichts erreicht«, »ausgebucht« und »weiter versuchen« waren die Wortfetzen, die knisternd zu ihm durchdrangen. Falk brüllte nun seinerseits in das Gerät, auch um den Lautstärkepegel in der Halle zu übertönen.

»Ich fahr nach Süderende!«, schrie er und hoffte inständig, dass Jörn ihn verstehen möge. »Die Filmheinis sollen sich mal kümmern!«

Dann legte er auf. Durch die Menge der jungen Männer zwängten sich ein dunkelblauer Troyer und große gelbe Gummistiefel. Nille. Der Klabautermann schien völlig verwirrt zu sein, aber als er Falk am Boden sitzend erblickte, hellte sich seine Miene schlagartig auf.

»F-f-falk! W-w-was l-l-los?«, stotterte er und zeigte vage in die überfüllte Halle. Falk zog Nille neben sich auf den Boden und versuchte, ihm die Sachlage so einfach wie möglich darzulegen. Nille hörte konzentriert zu, und sein rundes Gesicht mit den Glupschaugen spiegelte deutlich alle Gefühle wider: von ungläubigem Staunen zu Empörung zu Mitleid. Als Falk am Ende der Geschichte angekommen war und Nille mitteilte, dass er nun vorhatte, mit dem Trecker nach Süderende zu fahren, um sich dort irgendeinen von den verantwortlichen Filmheinis zu schnappen, schlug Nille ihm, wie es seine Gewohnheit war, mit freundlichem Grinsen auf die Schulter.

»S-s-super, F-f-falk, s-s-super!«

Falk nickte Nille dankbar an, der ihm stets wie ein Fels in der Brandung zur Seite stand. Dann zeigte Nille strahlend auf sich.

»K-k-kaffee«, krächzte er und beschrieb mit dem gestreckten Arm einen großen Kreis um die Männer in der Halle.

»Ja«, bestätigte Falk und klopfte Nille auf die Knie, »das ist 'ne super Idee, Nille. Da freuen die sich bestimmt.«

Nille strahlte noch breiter, und beide erhoben sich. Falk machte durchs Megaphon eine Ansage, dass er wegmüsse und solange Nille der Hallenboss sei und sich um Kaffee für alle kümmern werde.

Im kurzen Applaus, der daraufhin ausbrach, kicherte Nille nervös. Falk drückte ihm das Megaphon in die Hand und verließ den Schutz des Gebäudes. Draußen tobte ein Gewitter, und obwohl es erst kurz nach achtzehn Uhr war, war es stockfinster. Schwarze, dicke Wolken jagten über den Himmel, Donner grollte, ab und an erhellte ein grellgelber Blitz die Szenerie und warf ein Schlaglicht auf die Dünen und die wenigen Reetdächer, die sich dahinter am Rand des Kiefernwäldchens duckten. Falk hatte sich noch das Ölzeug geschnappt und übergeworfen, bevor er in das Fahrerhäuschen seines alten Treckers kletterte. In den letzten Monaten hatte Nille mit ihm ein intensives Fahrtraining gemacht, so dass Falk, im Gegensatz zu letztem Sommer, den alten »John Deere« mit den zwölf Gängen souverän handhaben konnte. Er steuerte den altersschwachen Traktor auf die einzige größere Straße Heisterhoogs, auf der es nennenswerten Autoverkehr gab und die die drei Dörfer Norderende, Tüdersen und Süderende miteinander verband. Normalerweise vermied er es, diese schnellere Straße zu benutzen, weil seine langsame Tuttelei die anderen Autofahrer stets zu waghalsigen Überholmanövern provozierte, aber der ruhigere Mittelweg, der für den Durchgangsverkehr gesperrt war, war unbeleuchtet. Und Falk hatte jetzt schon alle Mühe, ohne Schweinwerfer und mit einem einzigen, sehr langsamen Wischer durch die verkratzte Scheibe etwas zu erkennen.

Der Traktor tuckerte unbeeindruckt von den Blitzen und den Regenschauern ruckelnd und schnaufend mit Tempo zwanzig nach Süderende. Falk hatte vor, zu den von Boisterns zu fahren, um sich dort den verantwortlichen Produzenten vorzunehmen – Bertie stellte sich ja nach wie vor tot. Als er aber am Sandhukwai vorbeikam, in dem die »Auster« lag, gab er einer plötzlichen Eingebung nach und holperte mit dem Trecker in den kleinen Weg. Die »Auster« duckte sich heimelig zwischen die Kartoffelrosenhecke, das graue Reetdach wirkte bei dem Unwetter noch tiefer, ganz so, als hätte sich das Restaurant einen Hut tief über die Augen gezogen. Durch die gewölbten Scheiben drang warmes gelbes Licht nach draußen, und Falk erkannte verschwommen, dass drinnen eine größere Gesellschaft an einem Tisch fröhlich feierte. Er erkannte Hubsi, dessen breiter Rücken ihm zugewandt an einem der Fenster zu sehen war. Energisch ging Falk zum Eingang und riss die Tür zum Restaurant auf. Von seinem Ölzeug rann das Wasser in Bächen auf den Boden, und im Nu sammelte sich eine ansehnliche Pfütze um seine Füße. Die Bedienung lachte und wollte Falk das Ölzeug abnehmen, aber dieser hatte dafür keine Zeit. Er fixierte den Tisch, an dem Hubsi, seine Frau Thea und Tochter Nancy mit ihren Gästen saßen. Falk erkannte den

Produzenten Karli, ein alerter Typ mit grauer Kurzhaarfrisur. Die anderen am Tisch sitzenden Männer und Frauen konnte Falk nicht zuordnen, aber die interessierten ihn ohnehin nicht. Er steuerte triefend vor Nässe auf den Tisch zu, bis Thea ihn als Erste wahrnahm. Sie kiekste laut seinen Namen und winkte gackernd. Daraufhin wurde auch Hubsi auf ihn aufmerksam, stand auf und rief dröhnend durchs Lokal: »Falk, mein Freund! Komm in unsre illustre Runde!«

Jetzt drehte sich auch Karli zu Falk um, musterte ihn abschätzig und verzog seine Mundwinkel kurz zu einem Grinsen. Dann drehte er sich wieder um und setzte sein Gespräch mit einer affektierten Brünetten fort.

Arroganter Lackaffe, war der erste Gedanke, der Falk durch den Kopf schoss. Er stiefelte hinter den Stuhl des Produzenten und tippte diesem auf die Schulter.

»Ich muss mal mit Ihnen sprechen«, sagte Falk und neigte dabei den Kopf. Ein Schwall Regenwasser floss nun aus der Krempe seines Südwesters – geradewegs auf die blaue Jeanshemdbrust des Mannes, der sich soeben zu Falk umgedreht hatte. Nun sprang Karli hoch, stieß einen verärgerten Schreckenslaut aus und funkelte Falk übellaunig an.

»Sind Sie noch ganz gesund?«, schnaubte er und hielt sich den nassen Fleck auf seiner Brust, als habe Falk ihm kochend heißes Wasser daraufgeschüttet.

Falk gab sich unbeeindruckt. Aus den Augenwinkeln konnte er sehen, dass Hubsi schmunzelte und ein Bier für Falk orderte. Alle anderen am Tisch waren starr vor Entsetzen. Oder zumindest vor gut gespieltem Entsetzen.

»Draußen regnet es«, gab Falk trocken zurück.

»Das weiß ich«, schnappte der Produzent und betupfte sein Hemd mit einer Serviette, als würde es dadurch schneller trocken werden.

»Dann wissen Sie bestimmt auch, dass in diesem Moment siebzig Komparsen aus Ihrer Produktion bei dem Wetter draußen herumsitzen und nicht wissen, wo sie heute Nacht schlafen sollen.« Falk hatte den Satz betont kühl hervorgebracht und wartete gespannt auf eine Reaktion.

Aber der Produzent hatte nur mit einem Ohr hingehört, er zuckte gelangweilt mit den Schultern und interessierte sich mehr für sein Hemd. Die Brünette reichte ihm eine weitere Serviette.

»Der Campingplatz, auf dem Ihre Firma die Leute angeblich gebucht hat, wusste von nichts. Die haben trotzdem welche aufgenommen, aber höchstens die Hälfte, und ehrlich gesagt«, Falk zeigte mit dem Kinn auf die Fensterscheibe, die in dem Moment von einem Blitz erhellt wurde, »ist es bei dem Gewitter auch keine Freude, nur ein dünnes Zelt über dem Kopf zu haben.«

»Uuups«, machte die Brünette erschrocken und legte eine perfekt manikürte Hand dramatisch über ihren hübschen Mund. Dazu riss sie die Augen weit auf.

Der Produzent warf ihr einen kurzen Blick zu und nahm dann einen der Männer, die am anderen Tischende saßen, ins Visier.

»Jonas, was ist da passiert? Kümmer dich mal darum.«

Während der Angesprochene sofort sein BlackBerry zückte und eilig darauf herumtippte, gab der Produzent der Brünetten einen Kuss auf die Stirn und setzte sich wieder hin – mit dem Rücken zu Falk. Er ergriff die Rotweinkaraffe, schenkte sich sein Bordeauxglas voll, nahm einen tiefen Schluck und dozierte dann in die Runde.

»Ich kann mich noch an meinen ersten Campingurlaub erinnern. Ich war vielleicht vierzehn oder so. Haha. Wir waren ohne Eltern am Baggersee, drei Kumpels und ich. Nachts wurden wir davon wach, dass es wie verrückt donnerte …«

»Das war alles?«, unterbrach Falk den Grauhaarigen. »Das ist alles, was Sie dazu zu sagen haben?«

Der Produzent drehte sich noch nicht einmal mehr zu Falk

um. Stattdessen wedelte er in Richtung des mit »Jonas« angesprochenen Mannes. »Mein Mitarbeiter kümmert sich darum. Danke für den Hinweis.«

Alle am Tisch Anwesenden duckten sich ein wenig tiefer und starrten angestrengt auf ihre Teller, als sei dort die Antwort für Falks Problem zu finden. Nur die drei von Boisterns wechselten ungläubige Blicke untereinander. Der BlackBerry-Mitarbeiter tippte weiter hektisch in seinen Apparat, sonst herrschte Stille in der vorhin noch so aufgedrehten Runde.

Falk atmete tief ein und drehte sich fassungslos auf dem Absatz um. Wenn er noch ein Wort mit diesem Karli hätte wechseln müssen, hätte er diesem das Nasenbein gebrochen. Und Blutflecken wären schlechter aus dem Hemd zu bekommen als der Wasserfleck. Er schlappte in Richtung Ausgang, nahm das Pils, das Hubsi ihm bestellt hatte und das ihm die Bedienung nun hinhielt, und trank es in einem Zug aus. Dann wischte er sich den Schaum von den Lippen, trat hinaus in das Unwetter und schloss die Tür der »Auster« hinter sich.

Was für Arschgeigen, dachte Falk. Nicht nur der Produzent, sondern alle anderen am Tisch genauso. Keiner hatte die *cojones* gehabt, den Mund aufzumachen, typisch.

Falk zog sich den Südwester in die Stirn und verließ das schützende Reetdach, als die Tür der »Auster« sich hinter ihm erneut öffnete. Eine fette Pranke zog ihn wieder unter den Vorsprung. Eine Pranke, die Falk erkannte, auch wenn er sich nicht umdrehte.

»Wart mal, mein Junge«, sagte Hubert von Boisterns Bass zu ihm. »Wo sind die jetzt, die Komparsen?«

Falk drehte sich um. Hubsis Schweinsäuglein blitzten ihn anerkennend an.

»In meiner Halle«, gab Falk zurück. »Aber nur untergestellt. Wir suchen noch händeringend Schlafplätze.«

»So geit dat nich«, murmelte der Friesencowboy vor sich hin, wackelte mit dem fetten Kopf, und Falk sah erstaunt, wie

Hubsi ein dickes Geldbündel aus seiner Hosentasche fummelte. Das drückte er Falk in die Hand.

»Räumt die Halle leer und lasst die da pennen. Das hier ist für die Hallenmiete.«

Falk wollte protestieren, vor allem aber einwenden, dass er es nie und nimmer schaffen würde, die Halle leer zu räumen, dafür würden er und Nille Tage brauchen, aber Hubsi war schneller und duldete vor allem keine Widerrede.

»Ich ruf Piet an, der rückt mit seinen Feuerwehrjungs an. Die helfen euch. Außerdem spendiere ich 'ne Gulaschkanone. Piet lässt sich was einfallen. Alles klar?«

Falk nickte überwältigt.

Hubsi wandte sich ab und hatte bereits die Klinke in der Hand, da zögerte er und sah noch einmal zu Falk. »Und das bleibt unter uns.«

Er hielt Falk die Hand hin, und dieser schlug ein. »Ehrenwort.«

»Muss die Arschgeige ja nicht wissen«, schmunzelte Hubert von Boistern, »mein Geschäft ist noch nicht wasserdicht.«

Dann zog er die Tür mit einem Ruck auf und verschwand wieder im Inneren des heimeligen Restaurants.

Und das ist nun der böseste Mann auf Heisterhoog, dachte Falk belustigt, steckte die Scheine in die Hosentasche und machte sich auf den Weg durch den Regen zu seinem Trecker.

# 6.

Als Falk auf der Straße zurück nach Tüdersen tuckerte, ließ das Unwetter langsam nach. Es blitzte nicht mehr, nur in weiter Ferne, in Richtung Festland, leuchtete ab und an der Himmel auf. Auch der Donner war weitergezogen, dafür regnete es nun gleichmäßig stark. Falk hatte noch kurz überlegt, ob er bei Silke Söderbaum vorbeifahren sollte, um Thies zu bitten, ihm zu helfen, aber dann hatte er davon abgesehen. Die beiden hielten ihre Affäre noch geheim, und Falk hatte nicht vor, seine Freunde auf diese Weise zu kompromittieren. Also würde die Arbeit vorerst an ihm und Nille hängenbleiben, in der Hoffnung, dass die Jungs von der Feuerwehr sich bald bei ihnen einfinden würden.

Wie aufs Stichwort überholte ihn in diesem Moment ein Feuerwehrwagen. Der Beifahrer hängte den Arm aus dem Fenster und wedelte damit, woraufhin Falk den Trecker am Straßenrand stoppte. Das Feuerwehrauto tat es ihm gleich, und der Beifahrer stieg aus dem von Blaulicht erhellten Wagen. Es war Imker Paulsen, der immer mit Piet zusammenhing. Er kam in voller Montur grinsend auf Falk zu.

»Hab schon gehört«, lachte er, »Hubert hat uns benachrichtigt.«

»Gott sei Dank«, sagte Falk erleichtert, »es ist nämlich so …«

Doch Paulsen unterbrach ihn. »Aber es wird noch 'ne Zeitlang dauern, bis wir zu dir kommen können. Wir müssen erst ein paar Keller auspumpen. Das geht vor.« Der Imker zuckte bedauernd mit den Schultern.

Falk stimmte ihm zu und erkundigte sich im gleichen Atemzug, ob auch der Blitz irgendwo eingeschlagen hätte. Paulsen verneinte, und Falk atmete innerlich auf. Die Häuser auf Heisterhoog waren alle sehr gut gegen Blitzeinschlag geschützt, denn das Reet brannte wie Zunder. Nur ein Funken, und ganze Straßenzüge konnten im Nu in Flammen stehen – vor allem bei starkem Wind. Heute allerdings minderte der Regen das Risiko. Dennoch blieb Blitzeinschlag die größte anzunehmende Katastrophe bei so einem Wetter.

»Aber der Zug aus Norderende mit Piet wird schon früher bei dir sein. Die schneiden nur noch einen umgestürzten Baum von der Straße.«

Imker Paulsen war bereits wieder auf dem Weg zu seinem Einsatzfahrzeug und warf Falk noch über die Schulter zu, dass man sich später in der Halle sehen würde. Dann stieg er in das große Löschfahrzeug, das sich sofort wieder in Bewegung setzte und rasch im Regen verschwunden war. Nur das blaue Zucken des Signallichts war noch länger durch die Wasserwand zu sehen.

Falk ging einigermaßen beruhigt zu seinem Trecker, als ihm einfiel, dass er und Nille die Strandkörbe keineswegs alleine aus der Halle schleifen mussten. Auch auf die Feuerwehr war er im Grunde genommen nicht angewiesen. Schließlich warteten siebzig junge Männer in seiner Halle auf ihn. Die konnten ruhig mithelfen, sich ihren Schlafplatz herzurichten! Warum war er nicht vorher darauf gekommen, fragte sich Falk und gab sich die Antwort im gleichen Atemzug. Weil das Heer der Statisten von selber keinen Finger rühren würde. Weil die Leute nur auf Anweisung aktiv wurden und darauf warteten, herumkommandiert zu werden. Bertie hatte ihm mal erklärt, dass es in Amerika Regisseure gab, deren Aufgabe lediglich war, die Massen zu koordinieren. Beim deutschen Fernsehen übernahm meistens der Regieassistent diese Aufgabe. Na gut, dachte Falk, was so einer kann, mach ich doch im Schlaf.

Als er das große Tor zu seiner Halle eine Viertelstunde später öffnete, herrschte dort drinnen allerbeste Stimmung. Nille hatte es geschafft, mit ihrer kleinen Kaffeemaschine Durchlauf für Durchlauf so viel Kaffee zu kochen, dass alle einen Becher abbekommen hatten. Zwar hatten sie nur vier Kaffeebecher in der Halle – einen für Nille, einen für Falk, einen für Gäste und einen für Notfälle, das war der ohne Henkel –, aber die Komparsenjungs hatten sich brav den Kaffee herumgereicht und einer nach dem anderen hatte seinen Teil abbekommen. Irgendjemand hatte das Radio auf einen anderen Sender eingestellt, es lief ein Hit-Kanal, dessen überambitionierter Moderator die besten Hits der Achtziger versprach und dann ausgerechnet »I wanna know what love is« von Foreigner ankündigte.

Während sich die Stimme von Lou Gramm in die Höhe schwang, suchte Falk nach Nille. Er fand ihn inmitten von drei jungen Männern, die Nille in die Kunst des Schweineabschießens einweihten – Angry Birds auf einem Smartphone. Nille tippte hektisch und kiekste begeistert, machte »Oooh« und »Auw-w-weia«, und Falk tat es in der Seele weh, seinen Assistenten bei der spannenden Tätigkeit zu stören. Aber Nille wäre nicht Nille gewesen, wenn er nicht bei Falks Anblick freudig aufgesprungen wäre und sich, nachdem Falk ihn eingeweiht hatte, was Sache war, begeistert der neuen Aufgabe gewidmet hätte. Falk hatte vor, die Strandkörbe jeweils von zwei Mann aus der Halle ziehen zu lassen, unter Nilles Aufsicht. Draußen sollten dann drei Männer den Korb entgegennehmen und an einen Platz tragen, den Falk ihnen zuweisen würde. Das Ganze immer abwechselnd, so dass er alle siebzig Mann auf Trab halten würde. Die Strandkörbe waren höllisch schwer, und draußen vor der Halle war der Sand weich, tief und vom Regen nass und schwer, an Schleifen oder Schieben war da nicht zu denken. Sie würden ein paar Stunden für die Arbeit brauchen, aber wenn sie sich in zwei Teams teilten, eines draußen, eines drinnen, würden sie die Aufgabe vielleicht bis Mitternacht gemeistert haben. Schließlich musste die Halle nicht komplett leer geräumt werden, Hauptsache, die Isomatten passten alle nebeneinander.

Falk griff also erneut zum Megaphon und schreckte die Jungs, die zum größten Teil in den Strandkörben saßen und auf ihren Handys herumtippten, Bücher lasen oder einfach nur dösten, mit seiner Ansage auf. Begeisterung schlug ihm daraufhin zwar nicht entgegen, aber immerhin begriffen die Komparsen, dass dies ihre Chance auf ein paar Nächte im Trockenen darstellte. Hubsi von Boistern hatte Falk 500 Euro zugesteckt – dafür ließ er die Statisten gerne mal ein, zwei Wochen in der Halle pennen. Die sanitäre Situation war noch ungeklärt, aber Falk beschloss, die Unterbringung der Statisten morgen an die Bedingung zu knüpfen, dass die Filmtypen augenblicklich mobile Waschräume und Toiletten organisierten.

»Entschuldigung.«

Der Komparsenführer stand direkt vor Falk und schreckte diesen aus seinen Gedanken. »Darf ich fragen, wie das bei Ihnen mit der Verpflegung geregelt ist?«

Der Mann sah auf die Uhr. »Der Reisetag ist ja eigentlich beendet, nun höre ich, dass wir hier Überstunden machen sollen.«

Falk starrte den Typ fassungslos an, woraufhin dieser begann, bedenklich mit dem Kopf zu wackeln.

»Hm, hm. Und nun kommt ja körperlich sehr schwere Arbeit auf uns zu, das steht nicht in den Verträgen. Also muss ich Sie schon fragen …«

»Ich bin nicht dein verdammter Arbeitgeber!«, brüllte Falk aus dem Stand los. »Ruf doch deinen Karli an, wenn's dir nicht passt! Ich habe mit den Idioten vom Film nichts zu schaffen, und es geht mich auch ab-so-lut nichts an, wo du heute pennst!«

Er wendete sich wutbebend in den Raum, wo ihn die jungen Männer bereits erschrocken anstarrten, und hob das Megaphon an den Mund.

»Wer hier nicht bleiben will, kann sich sofort was Neues suchen!« Er zeigte zur Tür. »Ich muss das hier nicht machen, ich kann mich nach Hause verziehen und ein Bier trinken.« Er holte besonders tief Luft und brüllte den nächsten Satz mit Inbrunst in die Flüstertüte. »Ich bin hier nur der Strand-korb-ver-mie-ter!«

Das Megaphon übersteuerte und gab einen hohen Pfeifton von sich, so dass sich alle Anwesenden die Ohren zuhalten mussten. Falk schmiss das Ding zur Seite, stapfte zum Bullerofen und goss sich einen Kaffee ein. Die ganze Sache mit dem Fernsehteam hatte sich nun schon am ersten Tag zur Katastrophe ausgewachsen, und Falk dachte daran, was Gina zu ihm gesagt hatte: »Ich glaube, du wirst dein blaues Wunder erleben.« Der Satz hatte sich bereits jetzt bewahrheitet, und Falk mochte gar nicht daran denken, was im Lauf der Dreharbeiten noch alles passieren konnte.

So saß er in der nächsten halben Stunde da, wärmte seine Hände am Kaffeebecher und sinnierte. Keiner der Männer in der Halle traute sich, Falk nach seinem Wutausbruch anzusprechen. Mit halbem Ohr nahm Falk aber wahr, dass Nille, unter aktiver Mithilfe des Komparsenführers, den Einsatz meisterhaft koordinierte. Er nahm das Megaphon zu Hilfe, und tatsächlich leisteten die jungen Männer seinen gestotterten Anweisungen Folge. Irgendwann hatte Falk sich gefangen, stand auf und übernahm draußen vor der Halle das Kommando. Er zog und trug und schob mit den jungen Männern die Strandkörbe an die richtige Position in den Dünen, immer zwei Körbe mit der Öffnung zueinander. Dann band er jeweils zwei Paare zusammen, so war die Gefahr, dass die Körbe bei Orkanböen umfielen oder weggetragen würden, gebannt. Ihm lief das Wasser herunter, ob es Schweiß war oder Regen, war nicht mehr zu trennen, Falk war schlicht und einfach pitschnass. Zumal er das Ölzeug ausgezogen hatte, weil es ihn bei der Arbeit behinderte.

Etwa eine Stunde später, Nille rief gerade eine Pause aus, erreichte plötzlich der Widerschein von Blaulicht die Halle. Piet und die Feuerwehr waren endlich im Anmarsch! Wie bestellt, freute sich Falk, und tatsächlich bogen jetzt zwei große Löschzüge und ein Bulli in den Wendehammer ein, der unweit der Halle lag.

Falk und Nille gingen auf die Fahrzeuge zu, deren Türen sich öffneten, und die Heisterhooger Feuerwehrmänner kletterten heraus. Falk kannte sie fast alle und begrüßte einen nach dem anderen freudig. Bratfisch-Piet, der mit seinem Ohrring, dem langen Zopf und dem Piratentuch unter dem Helm ein bisschen aussah wie Captain Sparrow im falschen Kostüm, schloss Falk sogar ein wenig zu herzlich in die Arme.

»Wie läuft's bei dir, Falk?«, erkundigte er sich.

»Nicht schlecht. Die Jungs packen an, und wir können in einer Stunde fertig sein.«

»Dann kommen wir ja gerade richtig«, strahlte Piet, zog sich den Helm vom Kopf und zeigte auf den Bulli. »Gulaschkanone und was zu trinken.«

Falk machte den Mund auf, um Piet und seinen Männern seinen Dank auszusprechen, da öffnete sich die Beifahrertür des Bullis, und es stieg jemand aus, der keine Feuerwehruniform trug. Dafür einen regenbogenfarbenen Seidenschal. Der Schal kam Falk bemerkenswert bekannt vor, aber erst als die fragliche Person auch noch seinen Namen rief, fiel bei ihm der Groschen. Der Paradiesvogel an Bord der Feuerwehr war seine Mutter Grit! Wieso hatte sie sich nicht angekündigt, wie lange war sie schon hier, und warum zum Teufel war sie mit der Feuerwehr unterwegs?

Falk spürte, dass er ein wenig verärgert war, weil Grit ihr Kommen nicht angekündigt hatte, aber da flog seine Mutter auch schon an seine Brust, und Falk vergaß seine Verstimmung augenblicklich.

Grit schlang ihre Arme fest um ihn, löste sich jedoch in der nächsten Sekunde schon wieder, um ihren Sohn kritisch zu mustern.

»Die Insel tut dir gut!«, befand sie zufrieden und wuschelte ihm durchs nasse Haar.

Falk wollte das Kompliment gerne zurückgeben, weil auch Grit auffallend verjüngt aussah – ohne die jobbedingten Augenringe, außerdem hatte sie eine fesche Kurzhaarfrisur mit roten Strähnchen –, aber Grit hatte sich schon von ihm abgewendet und öffnete die Hecktüren des Bullis. Zwei Feuerwehrmänner sprangen an ihre Seite und hievten einen großen Alubehälter aus dem Wagen, weitere holten Bier- und Wasserkästen, Falk wurde ein riesiger Sack mit Brötchen in die Hand gedrückt.

»Ich freu mich so, dich zu sehen, mein Schatz«, flüsterte Grit ihm im Vorbeigehen zu und kniff ihn in die Backe.

»Ich freu mich auch, Mama, aber …«, gab Falk zurück.

»Es sollte eine Überraschung für dich werden«, unterbrach ihn Grit lachend und ging Hüften schwingend in Richtung Halle. Falk sah ihr verblüfft hinterher und staunte nicht schlecht, als Grit und Piet sich im Vorbeigehen einen liebevollen Kuss gaben.

Nun war es Falk keineswegs neu, dass sich zwischen seiner Mutter und Piet etwas angebahnt hatte. Im vergangenen Sommer war Grit zu Besuch auf Heisterhoog gewesen, und es hatte sich ein Flirt zwischen den beiden entwickelt. Aber dann hatte Grit nie wieder etwas darüber gesagt, so dass Falk davon ausgegangen war, der Sommerflirt sei eine einmalige Sache gewesen. An Heiligabend hatte Grit ihn noch einmal auf Heisterhoog besucht, und Falk wusste auch, dass sie sich bei der Gelegenheit mit Piet getroffen hatte. Aber er hatte dem keine weitere Bedeutung beigemessen. Und weitere Aufenthalte seiner Mutter auf Heisterhoog hatte es nicht gegeben. Grit arbeitete als Krankenschwester in einem großen Klinikum in Hamburg und war dank ihres Helfersyndroms und ihrer Unfähigkeit, nein zu sagen, im Dauerdienst. Sie arbeitete bis zum Umfallen, und Falk hatte sich schon manches Mal große Sorgen um die Gesundheit seiner Mutter machen müssen. Aber heute war sie nicht nur äußerst beschwingt und machte einen entspannten Eindruck, sie sah richtig ausgeruht aus! Falk blickte ihr nach und fand, dass Grit trotz ihrer neunundvierzig Jahre die Figur und Beweglichkeit eines jungen Mädchens hatte, und er musste unwillkürlich lächeln. Piet, der neben ihm stehen geblieben war, blickte der Erscheinung mit dem blond-roten Haar und dem flatternden bunten Seidenschal ebenfalls verzückt hinterher.

»Sie hat Klasse«, grinste er und knuffte Falk in die Seite.

Falk blickte in Piets bartstoppeliges Gesicht und fragte sich unwillkürlich, ob man das Kompliment zurückgeben konnte. Er kannte den Piraten seit knapp einem Jahr, aber er konnte nicht viel über dessen Charakter sagen. Piet führte eine Fischbude in Norderende, fraglos die beste, die Falk kannte, ganz Hamburg mit eingerechnet, und hatte ihm letztes Jahr einmal aus der Patsche geholfen, als er kurzfristig Getränke und einen Kühlschrank gebraucht hatte. Ansonsten sang er mit ihm Seite an Seite jeden Samstag im Shantychor. Mehr Berührung hatte er mit dem Mann nicht, und wenn Falk länger darüber nachdachte, empfand er Piet irgendwie als charakterlich unauffällig. So als ob sich dessen Originalität auf sein piratenartiges Aussehen beschränkte. Er würde diesen Typ genauer unter die Lupe nehmen, manchmal musste man Grit vor sich selbst schützen.

Erst jetzt bemerkte Falk, dass es aufgehört hatte zu regnen. Dafür war die Temperatur massiv gesunken, und ein eiskalter Nordseewind pfiff durch seine nassen Sachen. Falk machte, dass er samt Brötchensack in die Halle kam. Diese war bereits zu einem Drittel frei geräumt, und die Männer von der Feuerwehr hatten den Suppenbehälter mitten auf die freie Fläche gestellt. In Windeseile waren Plastikbesteck und Suppenschalen ausgepackt, jeder schnappte sich ein Getränk, und Grit verteilte als einzige Frau inmitten der nun über achtzig Männer glückstrahlend eine würzig riechende Gulaschsuppe. Aus dem Radio plärrte immer noch der aufdringliche Moderator und pries seinem »jungen und jung gebliebenen Publikum« die besten Hits der siebziger, achtziger und neunziger Jahre an. Falk entledigte sich noch rasch seines nassen Sweatshirts und wechselte in ein T-Shirt und Onkel Stens alten Troyer, der immer an einem Haken neben der Eingangstür hing. Dann ging er zu Nille, der Grit bei der Suppenausgabe assistierte, und nahm den Klabautermann zur Seite.

»Nille, vielen Dank. Ohne dich hätten wir das heute nicht geschafft hier.«

Nille wurde rot, wandte den runden haarlosen Kopf ab und schüttelte sich. Er wollte etwas sagen, aber bekam keinen Ton heraus.

»Nee, ehrlich«, setzte Falk nach, »du bist wirklich der Hammer. Danke, mein Freund.«

Jetzt warf sich Nille wieder an Falks Brust und umklammerte ihn fest. Er drückte Falk immer wieder an sich, dann löste er sich endlich, blickte verschämt zu Boden und murmelte: »S-s-super, F-f-falk. S-s-super«, bevor er sich wieder neben Grit stellte.

Falk wartete ab, bis die letzten Statisten ihre Suppe hatten, bevor auch er zu seiner Mutter ging.

»Wie lange bist du denn schon da?«, erkundigte er sich betont beiläufig.

»Ich bin vorhin mit der letzten Fähre gekommen«, erwiderte Grit und warf einen schnellen Blick zu Piet.

»Warum hast du dich nicht gemeldet?«, fragte Falk und merkte, dass sein Tonfall einen Hauch von Vorwurf hatte. »Ich hätte dich doch abgeholt.«

»Wohl kaum«, lachte Grit, »offenbar warst du voll beschäftigt.«

Falk zuckte mit den Schultern. Er ärgerte sich über sich

selbst, dass er sich nicht einfach über die Ankunft seiner Mutter freuen konnte und stattdessen die beleidigte Leberwurst spielte.

»Außerdem hat Piet mich abgeholt. Das ist doch okay für dich?« Grit sah ihren Sohn mit leichter Besorgnis an.

»Na klar«, beeilte sich Falk zu sagen. »Ich wusste gar nicht, dass ihr …« Himmel, was sollte er jetzt sagen? Das war das Leben seiner mehr als erwachsenen Mutter und ging ihn rein gar nichts an. Grit war ihm keine Rechenschaft schuldig. »Ääh … engen Kontakt habt«, beendete er verlegen den Satz.

Grit grinste ihn breit an. »Du bist doch nicht etwa eifersüchtig?« Sie sah ihm amüsiert in die Augen, und Falk wand sich unter ihrem Blick.

»Wenn du es genau wissen willst«, Grit senkte die Stimme, »hat Piet mich regelmäßig in Hamburg besucht. Und wir …«

»Das geht mich gar nichts an, Mama!«, ging Falk schnell dazwischen.

Aber Grit fuhr unbeirrt fort: »… verstehen uns wirklich gut.« Sie lächelte glücklich.

Falk nahm ihre Hand und drückte sie. »Das freut mich für dich«, sagte er mit leicht belegter Stimme. Die Situation war etwas ungewohnt für ihn. Als sein Vater Harms die Familie verlassen hatte, war er vier Jahre alt gewesen, und bis er von zu Hause ausgezogen war, hatte seine Mutter keinen Freund gehabt. Und danach auch nicht – seines Wissens. Jetzt fiel Falk erst auf, wie naiv er war. Er hatte sich nie Gedanken darum gemacht, dass seine Mutter auch ein Liebesleben haben könnte. Dabei war sie noch jung und attraktiv. Aber er hatte sie immer nur als seine Mama gesehen und als Krankenschwester. Falk schämte sich ein bisschen.

Grit drückte ihm jetzt eine Schale Gulaschsuppe in die Hand. »Ich erzähl's dir bei Gelegenheit mal. Wir sehen uns ja jetzt öfter.«

»Öfter?«, hakte Falk verständnislos nach.

Grit strahlte nun übers ganze Gesicht. »Ich habe meinen Jahresurlaub genommen. Und noch ein bisschen Überstundenausgleich drangehängt. Ich bleibe vier Wochen hier!«

Falk fiel die Kinnlade herunter.

# 7.

Falk saß schniefend in seiner Strandhütte, in eine warme Decke eingekuschelt, und klammerte sich an seinen heißen Kaffeebecher. Er hatte bereits zwei Päckchen Taschentücher verbraucht, die nun zum Teil in seinem Mülleimer, zum Teil um ihn herum auf dem Boden lagen. Wegen jeder einzelnen Rotzfahne konnte er sich unmöglich aus seinem Liegestuhl erheben. Er hatte Gliederschmerzen und das Gefühl, zusammenbrechen zu müssen, wenn er nur den Versuch unternahm aufzustehen. Also zielte er mit den Taschentüchern mehr schlecht als recht auf den in der anderen Ecke der Hütte stehenden Korb. Das sah nicht gerade sauber und ordentlich aus, aber Falk erwartete heute ohnehin keine nennenswerte Anzahl von Kunden, die einen Strandkorb mieten wollten. Er hielt seine Bude vielmehr deswegen auf, weil er zu erschöpft war, um sich wieder nach Hause zu schleppen.

Das Pfingstwochenende hatte er noch so halbwegs hinter sich gebracht, obwohl ihn bereits Halsweh und Schnupfen geplagt hatten. Kein Wunder, nach dem Einsatz im Regen am Freitag. Auch die drei anschließenden Tage hatte er nicht ausruhen können, sondern sich um seine Strandkorbvermietung kümmern müssen. Es war der Beginn der Saison, über Pfingsten kamen viele Kurzurlauber, und das Wetter war sonnig gewesen, mit Wind – optimales Strandkorbwetter. Außerdem hatten er und Nille immer wieder in der Halle nach dem Rechten gesehen. Aber dort war alles in Ordnung gewesen, denn offensichtlich hatten die Komparsen alle Tage komplett am Drehort verbringen müssen und waren lediglich zum Schlafen in die Halle gekrochen. Falk hatte den Treck eines Abends gesehen: Hundertfünfzig Mann in amerikanischen Soldatenuniformen aus dem Zweiten Weltkrieg waren nach Drehschluss durch die Dünen gezogen, bevor sie sich geteilt hatten und die eine Hälfte in Richtung Campingplatz, die andere zu seiner Halle weitergelaufen war. Die Jungs hatten so fertig und erschöpft ausgesehen, nass, übermüdet und hungrig, dass Falk sich gut vorstellen konnte, dass ihre Darstellung der GIs sehr lebensnah und glaubhaft war.

Ansonsten hatte Falk nichts vom Filmteam gehört und gesehen – wie es der Produzent angekündigt hatte. Allerdings hatte Falk auch tunlichst darauf geachtet, dass er den Fernsehheinis nicht zu nahe kam, und einen großen Bogen um die Dreharbeiten gemacht. Gefilmt wurde an einem abgesperrten Strandabschnitt zwischen Leuchtturm und dem Strand von Tüdersen, der so weit draußen lag, dass sich dort traditionell keine Badegäste aufhielten. Lediglich Spaziergänger passierten diesen Teil des Strandes, und die würden in der Zeit der Dreharbeiten eben einen Umweg in Kauf nehmen müssen. Aber die wenigsten Touristen störten sich daran. Im Gegenteil, so hatte Jörn beim samstagabendlichen Shantysingen berichtet, die meisten fanden es durchaus spannend, dass auf »ihrer« Insel gedreht wurde. Sie machten Fotos und holten sich Autogramme.

Hubsi hatte daraufhin stolz berichtet, dass Karli, der Produzent, die Professionalität der Insulaner über den grünen Klee gelobt hatte, was aber außer ihm kaum einen der Insulaner besonders juckte. Im Gegenteil, Silke Söderbaum hatte der Hoffnung Ausdruck gegeben, dass das Fernsehteam sich ebenfalls als professionell erwies, denn sie war äußerst skeptisch, was die Einhaltung der Auflagen zum Naturschutz anging. Sie und Thies Hoop hatten Ruhezeiten, Müllentsorgung und sanitäre Anlagen am Set vertraglich sehr dezidiert regeln lassen, damit sich der Schaden für die dort lebenden Tiere in Grenzen hielt. Daraufhin hatten Hubsi und Thea von Boistern die Verbohrtheit der Naturschützer angeprangert, die jede Innovation, mit der man den Tourismus auf Heisterhoog hätte nach vorne bringen können, im Keim erstickte. Silke und Thies hatten Widerworte gegeben, und trotz der Vermittlungsversuche von Jörn Krümmel und Pfarrer Päffgen war sofort der schönste Streit entflammt. Die Fronten blieben immer dieselben, hatte Falk gedacht und mal wieder Automatix, den Schmied, und Verleihnix, den Fischhändler, aus »Asterix« vor Augen gehabt.

Außerdem hatte Hubsi mit großer Geste angekündigt, dass er das nächste Mal gerne einen Gast zum Chorsingen mitbringen würde, und ein ganz großes Geheimnis um dessen Identität gemacht. Auch diese Idee stieß nicht auf allzu viel Gegenliebe bei den Insulanern. Man schätzte keine Fremden beim Shantysingen, und überhaupt: Wieso sollte Hubert von Boistern sich herausnehmen, jemanden mitzubringen, ohne zu fragen, wenn das anderen auch nicht erlaubt war und so weiter und so fort.

An diesem Samstagabend wurde also weniger gesungen als debattiert, und Falk, der von Jörn ohnehin wegen seiner Erkältung vom Singen ausgeschlossen wurde, hatte sich vorgenommen, Piet ein bisschen auf den Zahn zu fühlen. Ohne Ergebnis allerdings, denn der Fischpirat war wie immer gewesen: freundlich, ruhig und ohne besondere Kennzeichen. Falk fragte sich, was Piet für einer war, welche Absichten er mit Grit hatte und was bereits hinter ihm lag. Er war ein nett anzusehender Single um die fünfzig, der würde doch schon die ein oder andere Beziehung hinter sich haben. Eine Ehe vielleicht oder mehrere? Hatte er Kinder? Oder lebte er am Ende noch bei seinen Eltern? Aber egal, ob es nun an Falk lag, der sich scheute, Piet allzu konkrete Fragen zu stellen, oder an Piet, der typisch norddeutsch wortkarg war – Falk war nach dem Samstagabend nicht schlauer als zuvor.

Von Grit hatte Falk das Wochenende über ebenso wenig etwas gehört wie von Bertie. So sehr sich Falk um Kontakt zu Bertie bemüht hatte (gefühlte fünfzig SMS mit der dringenden Bitte, sich wegen der Komparsen zu melden, woraufhin Bertie gefühlte hundert verschiedene Ausreden zurückgeschickt hatte, warum er sich bei Falk jetzt gerade auf gar keinen Fall melden konnte), so sehr hatte Falk es andererseits vermieden, seine Mutter über seine Erkältung zu informieren, denn diese wäre besorgt in seine Kate geeilt und hätte ihn gesund gepflegt: mit scharfer Hühnerbrühe, Lindenblütentee und Kochsalzinhalationen. Obwohl Falk sich nach nichts mehr sehnte, als im Bett zu liegen und von einer liebenden Mutter umsorgt und umhegt zu werden, wäre es ihm auch peinlich gewesen, seine Mutter damit um ihren Liebesurlaub zu bringen. Der erwachsene Sohn einer alleinerziehenden Mutter macht aus Eifersucht auf deren neuen Freund einen auf krank – diesen Beigeschmack hätte das in seinen Augen gehabt.

Und so saß er nun, Dienstagmittag, allein und krank in seiner Strandhütte und fühlte sich elend. Den neuesten Krimi eines schwedischen Erfolgsautors hatte er nach sieben Seiten weggelegt, weil seine Augen brannten und er Kopfweh vom Lesen bekam. So badete Falk lediglich ein bisschen in Selbstmitleid.

In diesem Zustand fand ihn sein Strandnachbar Thies. Wie immer hatte Thies sich eine Selbstgedrehte lässig in den Mundwinkel geklemmt, heruntergetretene Cowboy-Boots zur engen schwarzen Jeans, und über dem weit offenen schwarzen Hemd prangte das obligatorische rote Halstuch. Dazu trug Thies heute wieder den goldenen Sheriffstern. Im vergangenen Jahr hatte Falk noch gedacht, dass es sich bei dem Stern um einen billigen Faschingsscherz handelte, aber dann hatte er miterleben dürfen, wie Thies am Strand für Ordnung sorgte, und wusste, dass es ihm verdammt ernst war mit dem Titel.

Thies lehnte sich in den Türrahmen, kaute nachdenklich auf

seiner Kippe und musterte Falk. Eine Spur zu amüsiert, wie Falk fand.

»Wann machst du heute dicht?«, knarzte Thies aus dem zigarettenfreien Mundwinkel.

Falk schnaubte geräuschvoll in ein frisches Taschentuch und zielte auf den Mülleimer. »Nachher. Gleich.« Er nieste beim Abschuss und warf daneben. »Eigentlich fon geftern.« Falk seufzte.

»Das ist gut.« Thies nickte und paffte eine dicke Wolke Tabakqualm in Falks Hütte. Woraufhin dieser prompt einen Hustenanfall bekam.

»Mach die Bude ruhig mal dicht für heute«, setzte Thies nach. »Is ja nich grad viel los.«

Falk, der langsam wieder Luft bekam, wunderte sich über Thies' ungewohnte Anteilnahme. Es interessierte seinen Nachbarn normalerweise herzlich wenig, wie Falk seinen Strandkorbverleih handhabte. »Du haft recht«, schniefte er mit verstopfter Nase. »Ich geh dann mal nach Haufe. Beffer ift ef.« Schwer hievte Falk sich aus dem Liegestuhl hoch.

»Nee, nee«, lachte Thies. »Wegen dem bisschen Schnupfen musst du ja nicht gleich nach Hause. Ich brauch dich noch bei mir drüben.« Damit wandte er sich ab und machte ein paar Schritte auf sein DLRG-Häuschen zu.

»Waf?« Falk ließ sich gleich wieder entgeistert in seinen Liegestuhl fallen.

Thies drehte sich kurz um. »Heute ist Casting bei mir. Da brauche ich noch 'nen Juror.«

»Waf?«, echote Falk. Er verstand nur Bahnhof. »Haft du jetzt 'nen Job beim Film angenommen?«

Thies bekreuzigte sich spaßeshalber. »Nee, da sei der liebe Gott vor!« Er setzte wieder ein ernstes Gesicht auf. »Rettungsschwimmer-Casting. Bin spät dran in dieser Saison. Und heute kommen vier Jungs, die anheuern wollen.«

»Du haft vier Leute herbeftellt und machft ein Cafting?«

Falk konnte einfach nicht glauben, was er hörte. »Und dann fahren drei wieder heim? Daf geht doch nicht!« Falk merkte, wie er sich trotz seines Wattekopfes schon wieder moralisch empören wollte.

Aber Thies hob beschwichtigend die Hand. »Wowowowo!«, bremste er. »Ich bin nur der Erste, der sich einen aussuchen darf. Ich bin doch kein Unmensch! Von den anderen geht einer nach Norderende und zwei nach Süderende. Denen da ist egal, was sie kriegen.« Thies hatte Falks Hütte bereits halb verlassen und wollte zu seiner Bude über den Strand gehen.

»Moment mal. Wenn ich dir den Bohlen geben foll, muff ich aber noch mehr wiffen. Worum geht ef? Waf verlangft du von den Jungf?«

Ein verschmitztes Lächeln huschte über Thies' Gesicht, bevor er mit dem Satz »'ne Menge, Falk, 'ne Menge« die Tür hinter sich schloss.

»Und wann geht'f lof?«, brüllte Falk heiser durch die geschlossene Tür, in der Hoffnung, zu Thies durchzudringen. Als Antwort klopfte Thies von außen nur viermal gegen die Tür.

Falk sah auf seine Uhr. Es war gerade mal halb drei. Er hatte also noch Zeit, nach Norderende in die Apotheke zu fahren und sich ein bisschen Doping zu holen.

Pünktlich um halb vier war er wieder da, samt einer Tüte voll Nasenspray, Salbeibonbons, Vitamin-C-Pulver und Aspirin. Er hatte eigentlich ein richtig starkes Grippemittel verlangt. Aber der Apotheker hatte sich strikt geweigert. Falk solle sich schonen, an die frische Luft gehen und viel schlafen, dann sei die Erkältung auch so schnell vorbei. Genau das hatte ich vor, hatte Falk missmutig gedacht. Stattdessen stellte er nun seinen Liegestuhl im Sand vor Thies' Bude auf den ihm zugedachten Logenplatz. Thies schob seinen Schaukelstuhl, der sonst auf der selbstgebauten Veranda des Holzhäuschens stand, daneben. Links von ihm lag das Winchester-Gewehr, rechts ein Fernglas.

»Ist das alles, was du brauchst?«, erkundigte sich Falk ungläubig. Seine Nase war gerade frei, dank des Nasensprays, das er sich vom Apotheker ertrotzt hatte. Dieser wollte ihm eines mit Meersalz andrehen, und spätestens an dem Punkt der Diskussion hatte Falk sich komplett auf den Arm genommen gefühlt.

Thies ließ sich zufrieden in den Schaukelstuhl fallen, schob sich ein Bröckchen Kautabak unter die Oberlippe und lächelte versonnen. »Ich habe alles, was ich brauche. Mal sehen, was die Jungs so mitbringen.«

Die Jungs kamen alle zusammen um vier. Sie sahen so grimmig entschlossen aus, dass Falk sicher war, jemand hatte sie vor Thies gewarnt. Dass sie trotzdem bereit waren, ein paar Wochen bei ihm zu arbeiten, wunderte Falk.

»Stillgestanden!«, war das erste von Thies gebellte Kommando. Dann erhob er sich, ging auf die vier jungen Männer zu und musterte sie von oben nach unten. Und es war klar, was ihm gefiel und was nicht. Alle vier waren ungefähr zwanzig, gleichermaßen durchtrainiert und wirkten überaus sportlich. Sie trugen Shorts, T-Shirts, leichte Schuhe und Rucksäcke. Einer hatte einen kleinen puscheligen Gnom am Rucksack baumeln, den Thies missbilligend musterte. Bei einem anderen schienen ihm die Körperausdünstungen nicht zu gefallen, er schnupperte und rümpfte die Nase. Dann machte er Falk ein Zeichen, und dieser begriff, dass er offenbar Protokoll führen sollte. Zwei der Kandidaten hatten also schon die ersten Minuspunkte eingeheimst.

Der mit dem Puschelgnom fühlte sich sichtlich unwohl in seiner Haut und wollte Einspruch erheben. »Was soll 'n das werden?«, fragte er mit unverhohlen schlechter Laune. »Wir sind hier für den Rettungsschwimmerjob, nicht bei der Musterung. Das hab ich schon hinter mir, ey.«

»So?« Thies baute sich vor ihm auf und verschränkte die Arme. »Und? Was gelernt?«

Gnom-Mann zog trotzig die Mundwinkel nach unten. »Dass ich mich nicht von jedem anscheißen lassen muss zum Beispiel«, gab er zurück.

»Und was ist mit Gehorsam? Hast du dich deinen Vorgesetzten gegenüber auch so benommen?« Thies schob sein Gesicht näher an das von Gnom-Mann. Dann spuckte er seinen Priem genau vor dessen Füße in den Sand.

Gnom-Mann verzog angeekelt die Mundwinkel und ging zwei Schritte zurück. »Sie haben doch einen an der Waffel«, murrte er, »das muss ich mir echt nicht geben.« Dann trat er, ohne sich zu verabschieden, den Rückzug an.

Falk machte in der Spalte »Gnom-Mann« einen großen Strich. Der Typ war ihm auf Anhieb unsympathisch gewesen, aber er musste sich eingestehen, dass er recht hatte. Was Thies da abzog, war irgendwie unverschämt und unter seiner Würde. Andererseits kannte Falk seinen Nachbarn gut genug, um zu wissen, dass es besser war, die Jungs wussten von vornherein, worauf sie sich einließen. Thies war launisch und manchmal unbeherrscht. Allerdings auch eine treue Seele und ein echter Kumpel. Wer mit ihm wochenlang von früh bis spät zusammen war, hatte einiges auszuhalten, und Falk glaubte, dass das Casting zu nichts anderem diente, als dass die Bewerber die Chance hatten, sich das alles noch einmal gründlich zu überlegen, wenn sie Thies von seiner schlechtesten Seite kennenlernten. Immerhin besser, als nachher böse zu erwachen.

»Noch einer, der sich absetzen will?«, fragte Thies gerade streng in die Runde. Die verbliebenen drei Jungs sahen sich zweifelnd an und schüttelten dann die Köpfe.

Jetzt nahm Thies das Gewehr und schoss in die Luft. Als sei das ein Zeichen, erhob sich plötzlich draußen im Wasser eine Gestalt. Falk erkannte nun auch ein Paddelboot, das ihm vorher gar nicht aufgefallen war. Die Person schrie und winkte aufgeregt, als sei sie in Seenot.

»Der Erste, los!« Thies schubste einen der Jungs nach vorne und hielt die beiden anderen mit der Winchester zurück. Der Angesprochene zögerte nicht lange. Er riss sich den Rucksack vom Rücken, die Schuhe von den Füßen und robbte unter das DLRG-Häuschen, wo die Kiste mit den Rettungswesten lag. Der junge Mann zog sich mit einer Hand die Weste über den Kopf und rannte zum Wasser. Falk vergaß ganz, sich zu fragen, woher so unvermittelt das Paddelboot aufgetaucht war, das noch immer weit draußen auf den Wellen tanzte. Während der junge Rettungsschwimmer sich nun in die Fluten warf und hinausschwamm, kippte die Person, die so aufgeregt gerufen hatte, auf einmal ins Wasser. Falk und die beiden anderen jungen Männer warfen einen besorgten Blick auf Thies, doch der hatte sich seelenruhig in seinen Schaukelstuhl fallen lassen und lächelte versonnen, während er auf eine kleine Stoppuhr sah, die er vermutlich in der Hosentasche gehabt hatte. Bei diesem Anblick war Falk schlagartig klar: Es handelte sich um eine von Thies minutiös geplante Inszenierung. Auf das Signal mit dem Gewehrschuss hin hatte ein Gewährsmann von Thies urplötzlich Seenot vorgetäuscht. Aber wer zum Teufel war so blöd und machte bei so einem Spiel mit?, fragte sich Falk und schnappte sich das Fernglas von Thies. Er hielt auf den Rettungsschwimmer, der mit weit ausholenden Zügen durchs Wasser pflügte und rasch vorwärtskam. Dann sah er eine Zeitlang nur graugrünes Wasser und weiße Gischt, bis er endlich einen Arm erhaschte, der aus dem Wasser ragte. Falk stellte die Schärfe noch ein bisschen besser ein, bis der Kopf der Person auftauchte, und Falk schnappte nach Luft. Es war Nille der Klabautermann! Der runde Kahlschädel tanzte wie ein Korken auf dem Wasser, und Nille riss den Mund weit auf und schrie, was das Zeug hielt. Theatralisch warf er immer wieder beide Arme hoch, gluckerte ein wenig unter, um dann sofort wieder über der Wasseroberfläche zu erscheinen, zu schreien und zu winken. Kein Zweifel: Nille gab alles. Oder war das etwa gar keine Show? Konnte Nille überhaupt schwimmen? Bevor Falk sich ernsthafte Sorgen um seinen Assistenten machen konnte, hatte der Rettungsschwimmer diesen schon erreicht und zog ihn im Rettungsgriff in Richtung Strand.

Falk setzte das Fernglas ab und blickte tadelnd zu Thies hinüber. »Du bist dir auch für nix zu schade. Dass du Nille dafür einspannst! Du weißt doch genau, dass er nicht nein sagen kann«, sagte Falk missbilligend.

Aber Thies grinste nur breit. »Mach dir nicht ins Hemd, Alter. Das macht der schon seit zehn Jahren. Und es macht ihm Spaß.«

Das konnte Falk allerdings selbst feststellen, als Nille mit Rettungsschwimmerkandidat Nummer eins an Land kam. Thies hatte zufrieden die Zeit gestoppt und Falk diese brav notiert. Nille, in einem Ganzkörper-Neoprenanzug mit dem Logo der Heisterhooger Surfschule, kam freudig auf Falk zugerannt und wollte ihn, pitschnass wie er war, in seine Arme schließen. Aber Falk wehrte ihn behutsam ab und verkniff sich ein Lachen. Denn Nille war kurz und stämmig. Sein ausladender Po und der noch größere Bauch spannten unter dem schwarzen Neopren; auch wurden die O-Beine des Klabautermannes aufs ungünstigste betont. Er sah aus wie das Sams, nur ohne Haare und Punkte im Gesicht.

Nille reckte den Daumen hoch. Sein Gesicht glühte vor Freude und Engagement.

»Super, Nille, ich weiß«, kam Falk ihm zuvor. »Super, echt.«

Thies klatschte nun ungeduldig in die Hände und befahl die zweite Runde. Nille, ganz eilfertig, lief zurück zum Ufer, und schob sein Paddelboot wieder ins Wasser. Rettungsschwimmerkandidat Nummer eins hatte es zuvor an Land gezerrt. Falk taufte ihn insgeheim anerkennend auf den Namen »Profi«. Nun saß Profi erschöpft, aber zufrieden über die von ihm erfolgreich absolvierte Rettungsaktion im Sand, während alle anderen den Klabautermann dabei beobachteten, wie er eifrig gegen die Brandung paddelte. Als er weit genug draußen war, deutete Thies auf den jungen Mann mit dem strengen Körpergeruch – »Stinker« für Falk –, hob die Winchester und schoss. Auf dem Meer spielte sich das gleiche Drama erneut ab. Nille stellte sich ins Boot, schrie wie ein Verrückter, ruderte mit den Armen und kippte dann ins Wasser. Falk musste insgeheim grinsen über das Engagement, das Nille dabei an den Tag legte. Thies hatte recht gehabt: Er spielte seine Rolle gern, und er spielte sie gut.

Mittlerweile hatte sich ein Häufchen Schaulustiger am Strand versammelt, die tatsächlich glaubten, Nille sei am Ertrinken. Thies brüllte durch sein Megaphon, dass die Urlauber die Rettung nicht behindern sollten, was gleich noch mehr Schaulustige anzog, die Fotos machten und filmten und »Stinker« ein bisschen im Weg standen. Aber auch dieses Mal verlief die Rettungsaktion reibungslos und effektiv. Beinahe innerhalb der gleichen Zeitspanne wie Profi. Falk entschied sich dafür, wegen der Gaffer eine Sekunde abzuziehen.

Kandidat Numero drei erledigte die Rettungsaktion, die Nille erneut so glaubhaft spielte wie bei den Malen zuvor, ebenso gut und schnell wie die anderen Jungs vor ihm. Thies schien zufrieden. Die drei verstanden ihren Job. Auf eine Demonstration von Erste-Hilfe-Maßnahmen verzichtete er generös, vor allem weil Falk sich standhaft weigerte, sich dafür zur Verfügung zu stellen.

»Tja«, seufzte Thies und knackte mit den Fingerknöcheln, »kommen wir zum schwierigen Teil der Prüfung.«

Falk stutzte, und auch die drei Bewerber sahen sich ratlos an. Sie waren der Meinung gewesen, dass sie das, worauf es ankam, soeben demonstriert hatten.

Thies zog einen Packen Spielkarten aus der Hosentasche.

»Es is Schietwetter, und ich sitze mit meinen Freunden beim Skat in der Hütte.« Dabei teilte Thies die Karten für drei Spieler aus und legte sie in den Sand. »Und ich hab so ein Blatt.« Er zeigte auf die Karten vor sich. »Welche Karte spielst du aus?«

Er blickte Stinker an, der sofort die Hände hob und verlegen gestand, dass er nicht Skat spielte. Thies nahm die Antwort mit unbewegter Miene hin. Dann sah er zu Profi, der unsicher auf die Karten im Sand guckte, nicht wissend, welche davon Thies ihm zugedacht hatte.

»Welches Blatt ist denn meins?«, erkundigte er sich unsicher.

»Falsche Antwort«, grollte Thies und guckte zum Letzten der drei.

Dieser zog selbstbewusst eine Karte aus dem vor ihm liegenden Blatt. »Ich spiel den König, dann kommst du mit dem Ass drüber. Dann zieh ich die Zehn blank …«

»Falsch!«, ging Thies dazwischen. »Du ziehst keine Karte. Weil, du spielst gar nicht mit.« Er zeigte mit dem Kinn auf Stinker. »Die Runde geht an dich.«

Falk beugte sich tief über seinen Notizblock, um sein Lachen nicht zu zeigen, und machte ein Plus bei Stinker, zwei Minuszeichen bei den anderen. Er wusste, dass Thies sich grundsätzlich jede Einmischung seiner Rettungsschwimmer verbat. Ein Wort beim Skat, und ein Donnerwetter brach über sie herein.

Thies geriet nun sichtlich in Fahrt. »Nächste Frage.« Er rieb sich freudig die Hände.

»Ich bin mal einen Augenblick nicht da. Da siehst du eine verletzte Möwe am Strand. Was machst du?«

Profi wollte die Schmach der letzten Runde ausbügeln und zeigte blitzschnell auf die Winchester.

Wenn Blicke töten könnten, dachte Falk, hätte Thies soeben schneller geschossen als sein Schatten.

Die beiden anderen waren daraufhin völlig verunsichert, und Stinker probierte es mit demselben Trick wie schon beim Skat.

»Ich hab von Vögeln keine Ahnung.«

Peinliches Schweigen, dann folgte dreckiges Lachen aller anderen. Sogar Thies' strenge Miene entgleiste einen Moment.

Der Dritte im Bunde überlegte fieberhaft, bevor er hilflos mit den Schultern zuckte.

Da erklang eine fremde Stimme hinter ihnen: »Ich nähere mich der Möwe zunächst vorsichtig und leise, um sie nicht zu sehr in Panik zu versetzen. Dann werfe ich ein möglichst dünnes Stück Stoff, zum Beispiel mein T-Shirt, über sie und hebe sie ganz vorsichtig hoch.«

Thies und Falk drehten sich überrascht zu der Stimme um. Ein langer Schlaks stand da, mit kurzen schwarzen Haaren und einem spöttischen Grinsen auf dem Gesicht. Falk musste kurz überlegen, doch dann fiel ihm ein, wo er den jungen Mann schon einmal gesehen hatte: Er hatte sich mit ihm auf dem Weg von der Fähre zum Campingplatz unterhalten und ihn für einen von den Komparsen gehalten.

»Komm ich zu spät?« Die dichten Augenbrauen des jungen Mannes zogen sich besorgt zusammen, aber die durchdringenden blauen Augen darunter blitzten keck. »Ich suche 'nen Job, und man hat mir gesagt, hier wird ein Rettungsschwimmer gesucht.«

Thies nickte bedächtig, war aber auf der Hut. »Und was machst du dann mit der Möwe?«

Der Junge ließ sich lässig neben Falk in den Sand fallen. »Untersuchen. Die Schleimhäute, Brustbein wegen Unterernährung, das Skelett, ist was gebrochen und so weiter. Notfalls wärmen oder bisschen kalten Kaffee in den Schnabel einflößen. Dann warte ich, dass du zurückkommst.«

Thies starrte den Neuling an. Niemand zeigte sich jemals von Thies Hoop so unbeeindruckt. Wenn Thies irgendwo auftrat, mit seinen fast zwei Metern astreinem Lucky-Luke-Gehabe, der Zigarette im Mundwinkel, der schwarzen Tolle über dem Pferdegesicht und dem »Ich bin zwar zum Tod verurteilt, werde euch aber alle überleben«-Blick, teilte er für gewöhnlich das Meer wie weiland Moses. Oder schaffte es zumindest, dass die Leute beeindruckt schwiegen. Aber dieser Typ legte einfach nur freundliche Nonchalance an den Tag. Das war neu für Strandsheriff Thies Hoop.

»Apropos Kaffee …«, hub Thies an, wurde aber vom Neuen sofort unterbrochen.

»Drei gehäufte Teelöffel in den Blechbecher, einen Teelöffel Zucker dazu. Das Ganze mit kaltem Wasser auf den Herd, aufkochen lassen, zehn Minuten ziehen. Ohne Milch.«

»Wäh«, urteilte Stinker und verzog den Mund.

Thies beachtete ihn gar nicht. Er musterte den lässigen Typen intensiv, dann reichte er ihm die Hand. »Du hast den Job.«

Der Neue schlug ein und grinste, während die anderen Kandidaten einfach nur fassungslos waren. Dann sah der Neue auf die Karten im Sand. »Ach, und … Skat interessiert mich nicht. Aber ich hätte dir als Zuschauer vielleicht ein Zeichen gemacht«, er tippte auf das eine Blatt, »dass der hier die Herz-Zehn blank hat.«

Der eine Mundwinkel von Thies zuckte, und während die drei Rettungsschwimmer sich murrend ihre Rucksäcke aufzogen und den Rückweg antraten, streckte der Gewinner Falk nun auch seine Hand hin und grinste freundlich.

»Kai«, sagte der Neue, »aus Kiel. Du bist Falk, wir kennen uns ja schon.«

Falk nickte. Soweit er sich erinnerte, hatte er Kai seinen Namen nicht gesagt, aber das war ja nun auch egal. Er glaubte, dass er mit Thies' neuem Rettungsschwimmer bestimmt gut auskommen würde, der Typ war ihm sympathisch. Falk wollte sich gerade aus seinem Liegestuhl erheben, als er Nille angerannt kommen sah. Der Klabautermann hatte das Paddelboot und den Neoprenanzug zur Surfschule nach Süderende gebracht und kam nun atemlos ans DLRG-Häuschen. Als Thies ihm den Gewinner des Castings vorstellte, war Nille baff. Von dem war er gar nicht gerettet worden! Er schüttelte Kai verdattert die Hand, dann zeigte er zum Meer, blickte Thies an und fragte aufgeregt: »S-s-soll ich?«

Aber Thies lehnte lachend ab, Kai hatte sich auch so qualifiziert. »Den Rettungsschwimmer hast du doch sowieso, oder?«, versicherte Thies sich.

»Klar«, antwortete Kai selbstbewusst, bevor er seinen Rucksack ins DLRG-Häuschen schmiss, ganz so, als sei er fortan dort zu Hause.

# 8.

»Rrrr«, grollte es tief aus Thea von Boisterns Kehle, und dabei machte sie mit der rechten Hand eine Bewegung, als wollte sie Hubsi die Augen auskratzen. »Rrrr …«

Thea klimperte aufreizend mit den schwer geschminkten Lidern. Hubert fauchte zurück. Doch bevor sich die beiden von Boisterns wie die liebeskranken Aristocats auf dem Dach benahmen, ging, Gott sei's getrommelt, Gernot Limpinsel schnell dazwischen.

»Sehr schön, Thea«, lobte er und tätschelte ihr die Schulter. »Schon sehr schön. Aber vielleicht versuchst du, noch mehr in die Maske zu kommen. In die Kopfstimme, verstehst du?«

Thea sah ihn hilflos an, und Gernots Stimme wurde noch einen Tick weicher. »Schätzchen, du grollst ein bisschen zu sehr in der Kehle, wie Eartha Kitt. Aber es soll ja in den Kopfbereich, verstehst du?«

Thea nickte und rang sich ein Lächeln ab, aber Falk erkannte, dass Thea nicht recht wusste, wie sie »in die Maske« kommen sollte. Darin unterschied sie sich übrigens nicht von allen anderen im Raum Versammelten.

Heute war wieder Samstag, und sie hatten sich wie immer im Pfarrsaal zum Shantysingen getroffen. Nur dass diesmal Hubsi seine Androhung wahr gemacht und einen Gast mitgebracht hatte: Gernot Limpinsel, seines Zeichens Schauspielcoach. Er war für die beiden Stars Max und Jasemina zuständig, wohnte ebenfalls in einem Ferienhaus der von Boisterns und war mit seinen Vermietern bereits ganz dicke. Zumindest hatte es den Anschein. Gernot war unbestimmten Alters, sehr braungebrannt und durchtrainiert. Seine Gesichtshaut schien straff gespannt und hinter den Ohren festgetackert, deshalb war es unmöglich zu sagen, ob er Mitte dreißig oder doch eher Mitte fünfzig war. Er trug seine blonden Haare halblang und nach hinten frisiert, aber alle paar Minuten löste sich eine Strähne und fiel ihm attraktiv ins Gesicht, woraufhin Gernot diese mit einer fließenden Bewegung seines Handrückens zurückstrich und zweimal mit den Augen klimperte. Gekleidet war Gernot in lässiges Leinen: weites Hemd, tief aufgeknöpft, weite Hose, zum Glück geschlossen, und weiche Lederslipper. Dezenter Silberschmuck – »von meiner Freundin Uschi aus L. A.« – betonte das Elegant-Feminine seiner Erscheinung. Aber Gernot war kein Weichei, daran ließ er keinen Zweifel. Er war charmant-dominant, ein guter Dompteur. Nachdem Hubsi ihn allen anwesenden Sängern vorgestellt hatte, hatte Gernot sich zunächst dezent im Hintergrund gehalten und zwei Shantys gelauscht. Dann war er freundlich, aber bestimmt an Jörns Dirigentenpult getreten und hatte das Ruder übernommen – ohne Jörn zu fragen. Gernot hatte den Chor für Falks Geschmack etwas zu überschwänglich gelobt und dann einen Vortrag über Kopf- und Bauchstimme gehalten und wie wichtig es sei, beides in Ausgleich und Harmonie zu bringen, und dass der Heisterhooger Shantychor leider seine enormen Potentiale nicht ausnutze, weil die Sänger die Kopfstimme sträflich vernachlässigen würden.

An dieser Stelle hatte Jörn Krümmel, der bislang interessiert gelauscht hatte, die Arme vor dem Brustkorb verschränkt und grimmig über seine Halbbrille geschaut. Aber im Lauf seiner schwunghaft gehaltenen Rede, die Falk stark an die Motivationstrainer erinnerte, die mittelständische Unternehmen für Seminare buchten, in dem Glauben, so die Produktivität ihrer Mitarbeiter steigern zu können, hatte Gernot fast alle auf seine

Seite gekriegt. Sogar Silke Söderbaum, die er an der Hand aus dem Auditorium geholt hatte, um an ihr den Unterschied der Resonanzkörper Kopf und Bauch zu demonstrieren. Dazu hatte er seine Hand auf ihren Bauch gelegt und sie gebeten, in seine Hand zu atmen. Silke war verzückt gewesen, hatte tief und heftig geatmet und behauptet, ganz intensiv ihr Nabelchakra, den Silberfaden zur Venus, zu spüren. Daraufhin war Thies Hoop nach draußen gegangen, um eine Zigarette zu rauchen, und seither nicht mehr zurückgekommen. Alle anderen hatten beeindruckt angefangen, in den Bauch zu atmen. Dann hatte Gernot ihnen eben »die Maske« gezeigt, eine Übung, anhand deren man den Resonanzraum zwischen Nase und Ohren öffnen könne. Sie sollten probieren, anstatt in den Bauch in den Kopf zu atmen, was am besten gelänge, wenn man wie eine Katze schnurre. Also hatten sie begonnen zu schnurren, die Frauen natürlich zuerst. Schließlich hatte sogar Jörn geschnurrt, und Gernot hatte den Chor begeistert angefeuert. Irgendwie fand selbst Falk, der an so einen Schmonzes gar nicht glaubte, dass die Übung Spaß machte und die Stimmung unter den Sängern auflockerte. Piet hatte ihm schnurrend zugezwinkert, und Falk fand, dass Piet sich eher wie eine Harley-Davidson anhörte. Er dagegen schien, wenn man beim Motorenvergleich blieb, zu schnurren wie seine knatternde Simson Schwalbe, die noch immer in Hamburg stand und darauf wartete, nach Heisterhoog überführt zu werden.

Plötzlich klatschte Gernot in die Hände. »Sehr schön, meine Lieben, das macht ihr ganz, ganz großartig!«, strahlte er, und wie gehirngewaschen strahlten sie alle zurück.

»Jetzt probieren wir das alle mal in der Praxis.« Gernot drehte sich zu Jörn um. »Ich übergebe an den Maestro.«

Jörn, sichtlich versöhnt, trat wieder an sein Pult und blätterte in seinen Noten. »Hm, hm. Was probieren wir denn da am besten aus …«

Gernot meldete sich gespielt vorsichtig aus dem Hintergrund. »Jörn, also wenn ich da vielleicht einen kleinen Rat geben dürfte …«

Jörn drehte sich um und nickte Limpinsel zu.

Dieser trat wieder nach vorne. »Ich könnte mir vorstellen, dass sich die neue Technik bei ›La Paloma‹ ganz besonders schön entfaltet. Dieser wehmütige Sehnsuchtston … Das hört sich bestimmt sensationell an.«

Thea klatschte begeistert in die Hände wie ein Kleinkind. »O ja, ›Paloma‹! Bitte, bitte, Jörn, lass uns ›Paloma‹ singen!«

Gernot lächelte, nickte Jörn aufmunternd zu und trat wieder in den Hintergrund.

Jörn bat um einen Ton, hörte konzentriert zu, korrigierte hier und da und gab dann das Zeichen zum Einsatz.

»Ein Wind weht von Süd und zieht mich hinaus auf See«, begann der Chor, und schon bei der ersten Zeile merkte Falk, wie es ihn wegtrug. »La Paloma« war ein emotionaler Mitreißer, und Gernot hatte wohlweislich diesen Song vorgeschlagen. Den sangen alle gern, den hörten alle gern, und man konnte nicht viel verkehrt machen bei diesem sentimentalen Gassenhauer. Aber nachher würden natürlich alle denken, dass es an Gernot und seinem Stimmtraining gelegen habe, dass sie so gut gesungen hatten.

Dass Falk mit Inbrunst sang, lag aber weder an »Paloma«, noch an Gernot. Er war glücklich, weil er überraschenden Besuch bekommen hatte. Eigentlich wäre er turnusmäßig dran gewesen, Gina in Berlin zu besuchen, doch angesichts der Dreharbeiten, bei denen er manchmal im Namen von Inselsheriff Hoop und Umweltministerin Söderbaum nach dem Rechten sehen musste, sowie seiner Strandkorbvermietung war er auf der Insel nicht abkömmlich. Außerdem war die frischgebackene Mama Marita nicht in ihren Job in der Kurverwaltung zurückgekehrt, und Jörn hatte Falk voll schlechten Gewissens gebeten, die Stellung kommissarisch noch etwas länger zu halten. Da Falk Jörn nicht hängenlassen wollte, hatte er eingewilligt, war aber nun dreifach belastet – an ein Wochenende in der Großstadt war nicht zu denken gewesen. Umso überraschter war Falk gewesen, dass Gina kurzerhand bereit war, ihn erneut zu besuchen, obwohl sie gerade erst da gewesen war. Und nun saß sie gemeinsam mit Grit drüben bei Gino und wartete darauf, dass ihr Mann aus der Singstunde kam.

»Auf, Matrosen, ohé! Einmal muss es vorbei sein.«

Falk legte seine tiefempfundene Sehnsucht nach Gina in seine Stimme, ganz ohne Silberfaden zur Venus. Er dachte an ihre weiche Haut, die heute Nachmittag, als sie nach einem Bad in der eiskalten Nordsee auf seinem Bett gelegen hatten, nach Salzwasser gerochen hatte, an ihre Sommersprossen und ihre Grübchen, ihr kehliges Lachen und ach!

»Wenn der Sturmwind sein Lied singt, dann winkt mir der großen Freiheit Glück.«

Falk beendete selig die letzte Zeile und spürte, wie ihm ganz warm geworden war – vor Liebe und Zufriedenheit. Es schien den anderen ebenso zu gehen, denn nachdem der letzte Ton verklungen war, herrschte andächtiges Schweigen. Natürlich war Gernot der Erste, der es brach. Er klatschte aus dem Hintergrund erst ein Mal, dann ein zweites und schließlich ein drittes Mal in die Hände. Dann trat er nach vorne und wirkte, als hätte er Tränen in den Augenwinkeln. Mit gebrochener Stimme beglückwünschte er den Chor zu seiner sensationellen Leistung, und obwohl er es nicht aussprach, ließ er keinen Zweifel daran, dass ebendiese Leistung ohne seine großartige Vorarbeit nicht möglich gewesen wäre.

Auch Jörn bedankte sich bei den Sängern, und damit war die Chorprobe beendet. Als Falk den Pfarrsaal verlassen wollte, kam er an Silke vorbei, die sich mit Monika vom Wollladen hingerissen darüber austauschte, was für ein toller Typ dieser Gernot sei.

»Er gibt auch Workshops«, raunte Monika Silke verschwörerisch zu.

Falk verkniff sich den Kommentar, dass ein Wochenendseminar bei Gernot Limpinsel vermutlich die Monatseinkünfte von Silke aufzehren würde, und wollte sich gerade an den beiden Damen vorbeidrücken, als Silke sich zu ihm umdrehte. Sie leuchtete förmlich von innen heraus und fragte Falk strahlend, ob er Thies gesehen hätte, der sei seltsamerweise verschwunden.

Falk schüttelte den Kopf und sah zu, dass er Land gewann.

»Komisch«, hörte er Silke sich noch wundern, dann war er schon zur Tür hinaus.

Draußen wartete Piet auf ihn, und gemeinsam gingen sie die paar Schritte zu Gino, dem Stammsizilianer der Inselbewohner. Gino hatte im vorderen Teil seines Lokals eine einfache Pizzeria für alle Touristen, die sich nach tonnenweisem Verzehr von Bismarckheringsbrötchen, Krabben und Kutterscholle auch mal nach etwas weniger Maritimem sehnten und obendrein nicht viel Geld ausgeben wollten. Im hinteren Bereich des Restaurants allerdings hatte Gino eine waschechte sizilianische Trattoria. Man setzte sich an den langen Holztisch, rückte an die anderen Gäste heran, dann wurden Karaffen mit Wein und Wasser auf den Tisch gestellt, und nach und nach servierte Elizabetta, Ginos Frau, was die Küche heute hergab. Es existierte für diesen Raum keine Speisekarte, man trank und aß das, was Gino zauberte. Mag ich nicht, gab es nicht, in dem seltenen Fall, dass jemand einen Gang partout auslassen wollte, gab er die Schüssel einfach weiter an seinen Nebenmann. Die Stimmung war fast immer ausgezeichnet, und wenn Jörn Krümmel genug getrunken hatte, stand er zu später Stunde auf und schmetterte italienische Opernarien.

Für solche Darbietungen war es heute noch zu früh, aber als Falk und Piet den Hinterraum im »Gino's« betraten, wurden sie überschwänglich von ihren Frauen empfangen. Für Falk war es immer noch etwas gewöhnungsbedürftig, dass sich seine Freundin und seine Mutter so überaus gut verstanden, denn jedes Mal wenn die beiden die Köpfe zusammensteckten und tuschelten, glaubte Falk, dass *er* das Thema ihres Gespräches war. Und er wollte lieber nicht darüber nachdenken, was seine Mutter Gina alles über ihn erzählen könnte. Und umgekehrt. Nun saßen die beiden Frauen schon an dem langen Tisch, mit geröteten Wangen und vollen Gläsern. Gina saß eingeklemmt zwischen Silke auf der einen und Gernot auf der anderen Seite, Grit musste mit Thea und Monika als Nachbarinnen vorliebnehmen. Als Falk und Piet auftauchten, einigte man sich aber auf einen Platztausch. Silke Söderbaum war sichtlich erfreut, dass sie nun neben dem Kopfstimmen-Guru zu sitzen kam. Falk hoffte inständig, dass Thies heute Abend nicht mehr bei Gino aufkreuzen möge, denn sonst wäre eine Schlägerei unvermeidlich gewesen.

Gina nahm Falks Hand, als er sich neben sie setzte, und drückte ihm einen weichen, leicht nach Aceto Balsamico schmeckenden Kuss auf die Lippen.

»Ihr habt schon den ersten Gang verpasst«, sagte sie verschmitzt. »Gegrillter Fenchel, sensationell.«

Dazu lächelte sie zu Grit hinüber, der Fischbrat-Piet gerade einen Arm um die Schultern gelegt hatte. Eine unangenehm besitzergreifende Geste, fand Falk und zog es vor, sich auf den Rotwein und Gina zu konzentrieren. Die Konstellation, mit seiner Freundin, seiner Mutter und deren neuem Freund hier zu sitzen, war ihm unangenehm. Zumal Grit und Gina sich benahmen wie beste Freundinnen. Außerdem musste er sich eingestehen, dass er Gina an den wenigen Tagen, die sie sich sahen, nicht gerne teilte. Am liebsten war es ihm, wenn sie einfach nur zu zweit über die Insel wanderten oder es sich in seiner Kate gemütlich machten.

»Morgen machen Grit und ich eine Wattwanderung«, hörte er Gina soeben fröhlich verkünden.

»Ach so?« Falk war überrascht. »Aber du musst doch abends wieder aufs Festland, oder?«

»Ja, und?« Gina schien sofort zu spüren, dass Falk ihre Tagesplanung nicht gefiel. »Wir kommen am Nachmittag zurück. Dann haben wir beide noch Zeit, was zu essen, und ich nehme die letzte Fähre.«

Zum Glück stellte Elizabetta jetzt große Platten mit Polentaschnitten auf den Tisch, so dass Falk einer direkten Antwort enthoben war.

»Falk, schmoll nicht«, warf seine Mutter zu allem Überfluss über den Tisch. »Du hockst sowieso den ganzen Tag an deiner Strandbude, da kann Gina es sich doch mal mit mir nett machen.«

»Eben«, bekräftigte Gina fröhlich, und Piet grinste dazu nur breit, anstatt ihm argumentativ zur Seite zu springen.

Falk wusste nicht, was er darauf entgegnen sollte, denn es stimmte ja. Für Gina war es nicht gerade abendfüllend, ihm beim Strandkorbvermieten zuzusehen. Schließlich war es erst Anfang Juni, noch zu kalt zum Baden. Es sprach also nichts dagegen, dass Gina sich vergnügte. Trotzdem passte es Falk nicht, er wollte seine Geliebte ganz für sich allein haben. Und schon gar nicht passte ihm der kindische Besitzanspruch, den er damit an den Tag legte.

»Du hast ja so recht«, hörte Falk sich mit zusammengebissenen Zähnen sagen. Er nahm einen großen Bissen Polenta und spülte diesen rasch mit einem noch größeren Schluck Rotwein hinunter, woraufhin er sich mächtig verschluckte. Er hustete und würgte, das Wasser trat ihm in die Augen, und er hatte das Gefühl, nie wieder atmen zu können.

Gina klopfte ihm heftig auf den Rücken. »Das ist die Strafe«, flüsterte sie ihm ins Ohr, woraufhin sein Hustenanfall sich deutlich verschlimmerte.

Falk japste verzweifelt und hatte mittlerweile die Aufmerksamkeit des ganzen Tisches auf sich gezogen.

»Konzentration auf die Nasenspitze!«, ließ sich plötzlich laut die Stimme von Gernot Limpinsel vernehmen. »Zungenspitze an den Gaumen!«

Ein hoffnungsloses Unterfangen, Falk glaubte ersticken zu müssen, er hatte das Gefühl, als verstopfe ein Klumpen Polenta seine Luftröhre, er konnte seine Zunge unmöglich im Mund verrenken.

»Nasenspitze, Nasenspitze!«, rief Gernot. »Atme durch die Nase ein und denk an die Maske. Immer in den Kopf atmen und tiiiief – ein!« Gernot sog die Luft so lautstark durch die geblähten Nasenflügel, dass Falk es sogar durch sein krächzendes Husten hören konnte. »Und aus … ein … und aus …«

Ohne es zu wollen, folgte Falk Gernots vorgegebenem Atemrhythmus und begann tatsächlich, sich leicht zu entspannen, der Krampf im Hals ließ nach, und er bekam wieder problemlos Luft. Falk tupfte sich die Tränen mit der Serviette ab und nickte dankbar zu Gernot hinüber. Dieser lächelte allerliebst und deutete eine Verbeugung an.

»Wer ist der Typ?«, erkundigte sich Gina leise, und noch bevor Falk antworten konnte, übernahm Piet das Wort.

»Er coacht die Schauspieler. Macht Rollentraining und Stimmübungen. Wohnt bei Hubert.« Jetzt senkte Piet die Stimme und beugte sich verschwörerisch zu Gina und Falk über den Tisch. »Ich hab den mal gegoogelt. Eine ganz große Nummer im deutschen Filmbusiness, wenn man seiner Homepage glauben darf. Er ist so eine Art Guru auf seinem Gebiet. Hat ein eigenes Training erfunden, zur Selbstoptimierung. Was immer das heißen soll.« Jetzt grinste Piet über das ganze Gesicht, und Grit sah ihn ganz verliebt an. »Aber wenn man mal guckt, was der vorher gemacht hat, würde ich sagen: gescheitert auf allen Ebenen.«

Piet versicherte sich mit einem Seitenblick, dass niemand anders am Tisch lauschte, insbesondere nicht Gernot oder die von Boisterns, aber diese hatten sich schon wieder vom erstickenden Falk ab- und interessanteren Themen zugewandt. Sie hingen alle an Gernots Lippen, der Anekdoten von prominenten Schauspielern zum Besten gab.

Piet fuhr fort. »Der gute Limpinsel war als Schauspieler, freundlich gesagt, minderbeschäftigt. Hat eine Off-Theater-Gruppe in Mindelheim aufgebaut, dann ist er ein paar Jahre bei Mittelalterfesten als Narr aufgetreten, bis er dann in Los Angeles einen Workshop bei einem angeblich berühmten Heini gemacht hat. Von da an hat er gecoacht und selbst Seminare gegeben. Scheint nicht schlecht zu laufen.«

Falk, Gina, Grit und Piet sahen instinktiv alle vier zu Limpinsel hinüber, der ganz in seinem Element als Geschichtenerzähler war.

»Der Rattenfänger von Hameln«, bemerkte Falks Mutter, und sie mussten kichern.

»Prost!«, sagte Piet laut und hob sein Glas. »Auf die Schönheit!«

»Dann darfst du aber nicht mittrinken«, bemerkte Grit, um Piet gleich darauf verliebt in die Augen zu sehen. Dieser schmollte kurz und verschmolz dann in einem innigen Kuss mit Falks Mutter.

Falk sah schnell weg.

»Die sind so süß verliebt«, konstatierte Gina flüsternd.

»Aber wir doch auch, oder?« Falk steckte seine Nase in Ginas honigblonde Lockenmähne, schloss die Augen und atmete tief ihren Duft ein.

»Wenn du nicht gerade eifersüchtig auf deine eigene Mutter bist.« Gina ließ eine Hand unter Falks T-Shirt auf seinen Rücken gleiten, was ihm wohlige Schauer über denselben jagte.

»Sorry«, entschuldigte sich Falk. »Das war blöd. Ich freu mich ja, dass ihr euch so gut versteht. Es war nur irgendwie …«

Aber bevor er noch weiter ins Detail gehen konnte, verschloss Gina ihm die Lippen mit einem Kuss.

Der nächste Gang rollte an, die nächste Karaffe Rotwein stand auf dem Tisch, und Falks schlechte Laune war im weiteren Verlauf des Abends wie weggeblasen. Er stellte fest, dass Piet ein amüsanter Gesprächspartner war, und vor allem: Er lernte seine Mutter von einer ganz anderen Seite kennen. Grit war nie ein Kind von Traurigkeit gewesen, sie war heiter und energiegeladen – aber selten hatte Falk sie so entspannt und ausgelassen erlebt.

Seit sein Vater Harms seine Mutter verlassen hatte, arbeitete Grit als Krankenschwester. Sie arbeitete hart, nahm jede Sonderschicht und jede Urlaubsvertretung an und kümmerte sich nebenbei noch um alle Beladenen und Bedürftigen in ihrer näheren Umgebung. Falk kannte seine Mutter nicht anders als immer auf dem Sprung. Stets hatte sie alle Hände voll zu tun. Den Begriff »Multitasking«, der heute in aller Munde war, hatte Grit schon vor fünfundzwanzig Jahren erfunden. Die Liebesgeschichte mit Harms, der sie ständig betrogen und dann mit dem kleinen Falk schmählich hatte sitzenlassen, war bitter für Grit gewesen, so bitter, dass sie nie wieder eine enge Beziehung eingegangen war. Dass sie nun aber vier Wochen am Stück freigenommen hatte, um ihren neuen Freund zu besuchen, waren gleich zwei Wunder in einem Satz.

Von Piet erfuhr Falk auch an diesem Abend nichts Näheres, der Bratpirat redete nicht über seine Vergangenheit. Aber er war äußerst charmant zu den beiden Frauen, hatte eine Menge komischer Geschichten auf Lager und war angenehm bescheiden. Vielleicht war der Mann mit der Fischbratbude doch nicht die schlechteste Wahl, gestand sich Falk ein. Außerdem schien auch Gina ihn sehr zu mögen, und das allein war Grund genug, Piet keine unnötige Skepsis entgegenzubringen.

Auch auf der anderen Seite des Tisches bei Gernot, den von Boisterns, Silke und Woll-Moni schien die Stimmung bestens zu sein. Gerade als Hubert eine neue Karaffe Rotwein anrollen ließ, öffnete sich die Tür, und Thies Hoop betrat den Raum. Er stand stumm in seiner schwarzen Kluft im Türrahmen, die Zigarette im Mundwinkel, und ließ den Blick schweifen. Schlagartig verstummten die Gespräche, und alle sahen zu

Thies. Dieser nahm Gernot ins Visier, der gerade dabei war, Silkes Hand zu halten und ihr irgendwelche Yoga-Mudras zu erklären.

»Was ist denn?«, erkundigte sich Grit, die mit dem Rücken zu Thies saß und sich wunderte, warum die Temperatur im Raum plötzlich um ein paar Grad sank.

»Dicke Luft«, murmelte Piet.

Silke entzog Gernot etwas verlegen ihre Hand und lächelte Thies zu.

»'n Abend«, grummelte dieser in die Runde.

Elizabetta ging an ihm vorbei, um die Karaffe Roten auf den Tisch zu stellen, und wedelte angewidert den Zigarettenrauch zur Seite.

»Bitte rauchst du draußen, Thies, *grazie*«, sagte sie und verschwand wieder in den vorderen Gastraum.

Thies stand daraufhin unschlüssig herum und wusste nicht, wohin mit sich und der Zigarette. Es war klar, dass ihm Gernot Limpinsel ein Dorn im Auge war – außerdem war der Coach ein Gast der von Boisterns, mit welchen Thies und eigentlich auch Silke erst recht nichts am Hut hatten. Andererseits konnte Thies weder Gernot noch Silke eine Szene machen, schließlich waren er und die Töpferin offiziell gar kein Paar. Und Limpinsel hatte sich nichts zuschulden kommen lassen, er flirtete harmlos mit Silke, wie er mit jedem weiblichen Wesen in seinem Umkreis flirtete. Und dennoch merkte man Thies an, dass er sehr gerne Stunk gemacht hätte, einfach weil ihm die Gesamtsituation missfiel.

»Thies, mein Junge«, es war Piet, der die Situation rettete, »komm zu uns. Hier ist noch ein Platz frei.« Der Pirat war aufgestanden und streckte Thies beide Arme entgegen, so dass dieser gar keine andere Wahl hatte, als Piets herzliches Angebot anzunehmen.

Thies drückte seine Kippe an der Schuhsohle aus, schickte einen scharfen Blick zu Silke und setzte sich dann neben Piet, der ihm sofort ein volles Glas Wein rüberschob. Falk konnte sehen, wie Silke Söderbaum erleichtert aufatmete.

Grit und Gina mussten Thies nicht mehr vorgestellt werden, sie kannten einander seit dem letzten schicksalsträchtigen Sommer. Damals hatten Thies und Gina, die als Architektin für Hubert von Boistern gearbeitet hatte, auf verschiedenen Seiten gestanden, was ihrer späteren gegenseitigen Sympathie aber keinen Abbruch getan hatte. Und Grit hatte bei einem Aufenthalt auf Heisterhoog heftig mit Thies geflirtet, bis sie gemerkt hatte, dass sie damit Silke auf den Plan rief.

Thies nahm das Glas Rotwein und trank es in einem Zug bis zur Hälfte aus – was Falk und Piet veranlasste, sich besorgte Blicke zuzuwerfen. Man würde ein Auge auf den Cowboy werfen müssen, so viel war klar.

»Thies, hör mal, ich brauch deinen Rat«, begann Piet nun ein Gespräch, in dem es lange und ausführlich um eine neue Kühlanlage ging, die Piet sich angeblich für seine Fischbude zulegen wollte. Er redete ohne Punkt und Komma auf Thies ein, und immer wenn dieser die Konzentration zu verlieren drohte und allzu grimmig Gernot Limpinsel ins Visier nahm, fing Piet ihn erneut ein, indem er wieder und wieder Fragen stellte, die angeblich nur Thies beantworten konnte, und diesen so vollständig mit Beschlag belegte.

Etwas später verabschiedete sich Silke Söderbaum, und es war Thies anzumerken, dass er ihr am liebsten auf dem Fuße gefolgt wäre. Aber Piet hielt ihn mit seinem Kühlsystem-Gespräch noch ein bisschen zurück. Es war schon spät, und sie hatten alle etwas zu viel getrunken, als Piet schließlich zum Aufbruch blies. Die von-Boistern-Clique blieb noch sitzen.

Thies Hoop hatte in unglaublicher Geschwindigkeit zu viel Wein in sich hineingeschüttet, und Falk und Piet nahmen den langen Schlaks in ihre Mitte nach draußen. Piet hatte versprochen, dass er und Grit Thies nach Hause begleiten würden, damit dieser nicht noch auf dumme Ideen käme. Der schwarze

Sheriff schien einverstanden, entschuldigte sich aber kurz, weil er noch austreten müsse, und verschwand in der Dunkelheit des kleinen Parkplatzes, der hinter dem Restaurant lag.

»Warum müssen Männer immer an Bäume pinkeln?«, raunte Gina empört, und Grit nickte bekräftigend.

»Moment!«, wandte Piet ein. »Keine Verallgemeinerungen, bitte. Das wirst du von mir nie sehen, Hand aufs Herz.«

Damit guckte er Grit treuherzig an, die ihn verliebt küsste.

Auch Falk legte seine Hand aufs Herz und hoffte auf einen Kuss, aber Gina zog ihn nur lachend am Ohr.

»Ich weiß doch, was ich an dir hab«, sagte sie und sah ihm tief in die Augen. Daraufhin verabschiedeten sie sich von Grit und Piet und gingen zum Fahrradständer, der sich ebenfalls auf dem dunklen Parkplatz befand.

Falk öffnete gerade das Schloss, als er das Plätschern hörte. Er lauschte ein bisschen in die Dunkelheit und sah sich um. Neben Hubsis fettem weißen Geländewagen glühte rot eine Zigarettenspitze: Thies. Falk ging ein paar Schritte in dessen Richtung, und dann sah er, warum Thies Hoop nicht die Toilette im Restaurant benutzt hatte. Er pinkelte genüsslich auf die Türgriffe der Edelkarosse. Anschließend lachte er krächzend, zog den Reißverschluss seiner schwarzen Jeans hoch und wankte zurück zu Piet.

Gottlob hatte Gina nichts davon mitbekommen, und Falk entschied sich, das Gesehene schnell zu vergessen und als Dumme-Jungen-Streich eines Betrunkenen abzuhaken.

Er ging zu seinem Rad, Gina hockte sich auf den Gepäckträger, und dann strampelte Falk über den unbeleuchteten Mittelweg nach Tüdersen, seiner heimeligen Strandkate entgegen. Gina hatte ihre warmen Hände unter seinen Pullover geschoben und streichelte liebevoll seinen Bauch. Sie unterhielten sich ein bisschen über den Abend, über Gernot und Silke und Thies, über Piet, den Gina »grandios« fand, und Falks Mutter. Aber als Falk und Gina auf der Hälfte des Weges waren, schwiegen sie beide andächtig. Der Vollmond stand hoch am Nachthimmel, er war ein heller Scheinwerfer, dessen warmes Licht sich in direkter Konkurrenz zum Lichtfinger des Leuchtturms befand, der in regelmäßigen Abständen über die Insel strich. Und übers dunkle Meer hinweg sah man die Lichter der Nachbarinsel. Es war zum Sterben schön, und Falk hätte für immer die Zeit anhalten wollen, mit Ginas Händen auf seinem Bauch und ihrem Gesicht an seinem Rücken, dem sanften Mond über ihnen und dem Geruch von feuchten Salzwiesen und Watt in seiner Nase. Das war Lebensglück pur. Falk fuhr an die Seite, bremste und half Gina vom Gepäckträger herunter. Das Rad ließ er in die Wiese sinken, nahm seine Geliebte fest in die Arme und blickte ihr in das vom Vollmond beschienene Gesicht. Gina lächelte ihn sanft an, und Falk spürte wieder, wie sein Herz schneller schlug. Es war der Herzschlag des vollkommenen Glücks, der sich dann einstellte, wenn ein Moment zu schön war, um wahr zu sein.

»Willst du mich heiraten?«, fragte er und hörte, wie kratzig und wackelig seine Stimme war, während er die Frage aller Fragen stellte.

# 9.

»Wenigstens hat sie nicht nein gesagt«, versuchte seine Mutter ihn zu trösten.

Falk schnaubte. »Nicht direkt vielleicht, aber irgendwie doch.«

Missmutig schob er mit dem Schuh den Sand vom hölzernen Terrassenboden. Es war Sonntag, Gina war vor einer Stunde mit der Fähre aufs Festland gefahren, und er hatte Trost bei Grit gesucht. Sie war schließlich mit Gina am Tag nach seinem Heiratsantrag auf der Wattwanderung gewesen, und Falk hoffte, dass Gina sich seiner Mutter anvertraut hatte. Denn ihm gegenüber hatte sie über ihre Gründe, seinen Antrag nicht anzunehmen, herumlaviert.

In der Nacht auf dem Mittelweg hatte sich nach seiner Frage in Ginas vom Vollmond beschienenen Gesicht zuerst Überraschung gespiegelt – und dann Verlegenheit. Sie hatte vorgegeben, sich über seine spontane Gefühlsäußerung zu freuen, hatte »Ach, Falk« geseufzt und ihr Gesicht an seiner Brust vergraben. Und Falk hatte noch in dieser Sekunde gewusst, dass ihre Antwort Nein sein würde. Natürlich hatte Gina sich alle Mühe gegeben, ihn nicht zu verletzen, sie hatte sich erklärt, betont, wie sehr sie ihn liebe, aber immer wieder behauptet, dass ihr das zu schnell ginge, sie sei noch nicht so weit.

Für Falk war das kein Trost. Denn für ihn gab es kein Zuschnell, kein Noch-nicht-mal-ein-Jahr-zusammen oder Wir-müssen-erst-einmal-sehen-wie-es-weitergeht. Für ihn gab es nur ein klares Bekenntnis. Zu Gina. Zu seiner Liebe. Er fand nicht, dass man die Entscheidung davon abhängig machen sollte, wie lange man schon zusammen war, ob Kinder unterwegs waren oder wie es im Job weiterging. Wenn man wusste, dass man den Partner fürs Leben gefunden hatte, sollte man heiraten. Ohne Wenn und Aber. Basta.

Die magische Stimmung der Nacht war natürlich hinüber gewesen. Falk hatte kein Auge zugemacht, auch nicht, als Gina schon längst neben ihm leise geschnarcht hatte. Am meisten hatte ihn genervt, dass sie so sehr bemüht gewesen war, ihm zu versichern, dass sie ihn liebte und dass sie ihn bestimmt heiraten wollte – irgendwann. Aber noch nicht jetzt. Wann denn dann?, fragte sich Falk. Wenn nichts Besseres kommt?

Beim Frühstück hatte er sich sehr anstrengen müssen, ihr seine schlechte Laune nicht zu zeigen, tatsächlich aber war er froh gewesen, dass Gina den ganzen Tag auf der Wattwanderung war.

Am Strand hatte er ebenfalls den ganzen Tag gemuffelt. Er war nicht einmal dazu zu bewegen gewesen, mit Kai, Thies' neuem Assistenten, und Nille Roundabout, eine vereinfachte Form von Baseball, zu spielen. Ein Spiel, das Kai eingeführt hatte und das Nille mit kindlicher Inbrunst von früh bis spät spielen konnte. Auch Falk hatte Spaß daran, aber eben nicht an diesem Sonntag, nach der herben Niederlage.

Der Abschied von Gina schließlich war ganz und gar unerträglich geworden. Sie hatten nach der Wattwanderung in der Kate noch etwas gegessen. Falk hatte eine mediterrane Krabbenpfanne vorbereitet, und beide hatten sich um gute Stimmung bemüht. An der Mole aber, nachdem sie sich zum Abschied geküsst hatten und Falk versichert hatte, dass er demnächst nach Berlin käme, hatte Gina begonnen, schrecklich zu weinen. Zwischen ihren Schluchzern hatte sie hervorgepresst, sie habe Falk nicht verletzen wollen und habe furchtbare Angst, das könnte das Ende ihrer Beziehung sein. Falk hatte sie trösten und ihr sagen müssen, dass es überhaupt nicht ihre Schuld sei, *er* habe ja schließlich *sie* einfach überfallen mit seinem Antrag. Da müsse er mit dem Verletztsein schon selber klarkommen. Insgeheim aber fand Falk, dass es natürlich Ginas Schuld war – warum hatte sie denn nicht einfach ja gesagt? Er war gleichzeitig wütend auf sich, dass er mit seinem Antrag so herausgeplatzt war, und wütend auf Gina, weil sie sich um eine klare Antwort herummogelte.

Dann hatte er zugesehen, wie die zarte Gestalt mit dem honigblonden Haarknoten über den Landungssteg auf die Fähre gegangen war. Ginas Kopf war gesenkt, und Falk hatte wehmütig ihre gebogene schlanke Nackenlinie betrachtet. Dann hatte Gina kurz den Kopf gehoben, gewunken und war von einem neuerlichen Weinkrampf geschüttelt worden. Falk hatte der Fähre noch lange nachgesehen, aber Gina ließ sich nicht mehr blicken. Das war der traurigste Moment in ihrer beinahe einjährigen Beziehung gewesen, und Falk brach es fast das Herz, weil er Ginas Befürchtung teilte: War das nun das Ende ihrer Liebe?

Zuerst wollte er sich in seine Kate zurückziehen, ein paar Biere öffnen und »Tatort« gucken, wie immer am Sonntagabend. Aber dann war ihm eingefallen, dass heute eine Wiederholung eines alten Kölner »Tatorts« lief, den er schon gesehen hatte. Und Bier hatte er auch keines mehr. Kurzerhand hatte er Grit eine SMS geschickt und sie gefragt, ob sie für ihn Zeit hatte. Sie hatte ihn zu Piets Häuschen gelotst, und Falk war bass erstaunt gewesen, als er dort angekommen war.

Wenn sich ein Typ um die fünfzig noch kleidet wie ein Pirat, samt goldenem Ohrring, langem Zopf und Kopftuch, noch dazu Besitzer einer Bude für Bratfisch ist, dann erwartet man wohnmäßig eher die Variante Studentenbude-trifft-Harley-Davidson-Garage (ohne die Harley natürlich). Mit Emailleschildern der Route 66 an der Wand und einer alles dominierenden schwarzen Kunstledercouch vor der Glotze, wo der Bewohner am Feierabend breitbeinig sitzt und Bierdosen öffnet. Dass der Schaum dabei auf den Boden tropft, kümmert nicht weiter, denn der Teppich im Dollarprint-Look würde die Flecken gnädig aufsaugen. So ein Ambiente erwartete jedenfalls Falk. Aber Piets Häuschen war das Gegenteil davon. Es lag in der Nähe der Dünen von Norderende, mit freiem Blick auf den breiten Strand und das Meer. Es war ein umgebauter Bungalow aus den sechziger oder siebziger Jahren, weiß getüncht und mit Grasdach. Vorne, zum Strand hin, war eine hölzerne Veranda angebaut, ein schlichter und edler Bau mit Treppen zum Strand hinunter, der an die Villen der Filmstars in Malibu erinnerte.

Als Falk klingelte, öffnete seine Mutter in bester Laune und bat ihn herein. Das Innere des Bungalows war mit hellem Holzfußboden, modernen skandinavischen Möbeln und einer dezenten Bang-&-Olufsen-Anlage ausgestattet. Das Licht strahlte gelb und warm, und eine gigantische Fensterfront gab den Blick auf das Meer frei. Falk blieb die Spucke weg. Er hatte den guten Piet absolut unterschätzt. Dieser kam jetzt barfuß mit einem kalten Bier an, das er Falk in die Hand drückte, und hieß ihn herzlich willkommen. Dann verzog er sich wieder in die offene Küchenzeile und brutzelte etwas appetitlich Duftendes unter der riesigen silbernen Abzugshaube.

»Du bleibst doch zum Essen?«, erkundigte sich Grit und setzte sich in einen bequemen Liegesessel, der direkt vor dem Fenster stand. Sie lächelte Falk an, merkte aber schnell, dass ihn etwas bedrückte.

»Wie lange dauert's noch?«, rief sie Piet zu, der mit dem Kopf wackelte und etwas von »zehn Minuten« murmelte.

Daraufhin hatte Grit sich ein übergroßes Sweatshirt von Piet geschnappt und Falk mit nach draußen auf die hölzerne Veranda gezogen.

»Hast du Stress mit Gina?«, war Grit mit der Tür ins Haus gefallen.

Falk hatte genickt und ihr von seinem Heiratsantrag erzählt. Und davon, dass Gina weder ja noch nein gesagt hatte.

Falk war seiner Mutter dankbar dafür, dass sie jetzt nicht weiter auf das Thema einging. Stattdessen beugte sie sich über das Geländer der Terrasse und sah zum Meer hinaus. Das Hochwasser kam, in etwa zwei Stunden würde es seinen höchsten Stand erreicht haben, und wie immer, wenn Vollmond war, tobte die Nordsee besonders wild. Weiße Schaumkronen bis zum Horizont, und je länger Falk auf das bewegte dunkelgrüne Wasser starrte, desto ruhiger wurde er. Er beobachtete die Wellen, wie sie begannen, sich an einer Seite zu brechen, und dann in einer langen Linie weißer Gischt am Strand ausliefen. Wie kleine weiße Schaumfinger krabbelten sie auf den nassen Sand, lange Tausendfüßler, bis sie sich zurückzogen und unter der nächsten gierigen Schaumreihe verschwanden.

In Kürze würde die Sonne untergehen und die dunkle See im Mondlicht leuchten, wie von einem unterirdischen überdimensionierten Scheinwerfer angestrahlt. Manchmal ging Falk abends alleine zum Strand, auch im Winter. Über den Bohlenweg von Tüdersen, durch den Einschnitt zwischen den Dünen, bis ganz nach vorne zur Wasserkante. Er hatte sich auch in den dunkelsten Winternächten nicht gefürchtet. Dann hatte er oft eine Stirnlampe mitgenommen, und immer wenn das Licht der Lampe zum ersten Mal die Wellenkämme gestreift hatte, war es ein erhebender Augenblick für ihn gewesen. Das Meer spendete Falk stets Trost. Sein gleichförmiges Rauschen war Balsam für die Seele, er fühlte sich wie hypnotisiert. Und so ging es ihm auch jetzt, als er neben Grit stand, schweigend, und aufs Meer hinausblickte. Erst als Piet die beiden zum Essen rief, erwachte er aus der Trance und war dankbar, dass er von dem Freund seiner Mutter ohne Vorbehalt aufgenommen und bewirtet wurde.

Es gab »Steak frites«. Eine saftige Rinderlende mit selbstgeschnippelten Pommes, hausgemachtem Ketchup und einem knackigen Salat. Keine Extravaganz, aber die Details verrieten den passionierten Koch. Gesprächsthema beim Essen war die Anwesenheit des Filmteams auf der Insel. Piets Fischbude war mittlerweile zum Stammlokal des Teams geworden, die Beleuchter, Tonleute und Kameraassistenten gingen bei ihm ein und aus, und so war der Pirat bestens über den Verlauf der Dreharbeiten informiert.

»Die sind schon ein paar Tage im Verzug«, wusste er zu berichten. »Der Produzent ist abgereist, weil er neues Geld auftreiben muss. Die haben ganz normale Drehtage angesetzt und dabei vergessen, den Tidenhub zu berücksichtigen.«

»Ach«, fragte Falk amüsiert zurück, »die wussten nicht, dass es hier Ebbe und Flut gibt?«

»Tja«, lachte Piet verschmitzt, »so ist es. Kommen morgens ans Set und suchen das Meer.«

Dazu musste man wissen, dass auf Heisterhoog der Unterschied zwischen dem Niedrigwasser und dem Hochwasser satte acht Meter betrug, was auf dem sehr flachen Strand bedeutete, dass die Wasserlinie bei Ebbe ungefähr fünfhundert Meter weiter zurück lag als bei Flut.

»Und dann müssen sie ein paar Stunden warten, bis sie die Boote wieder zu Wasser lassen können.«

Über so viel Dummheit musste man sich einfach ausgiebig lustig machen, und Falk wurde im Verlauf des Gespräches angenehm von seiner neuen Beziehungskrise abgelenkt. Er musste an seinen Kumpel Bertie denken, den er seit dessen Ankunft auf Heisterhoog noch nicht getroffen hatte und mit dem er noch immer ein Hühnchen wegen der Statistenunterbringung zu rupfen hatte. Aber wenn er nun hörte, was für einen Stress es bei der TV-Produktion gab, erklärte das natürlich alles.

Falk war bereits pappsatt, als Piet noch mit einer Crème brûlée anrückte, aber er brachte es nicht übers Herz abzulehnen. Tatsächlich war die zuckrige Nachspeise genau der richtige Begleiter für den Sonnenuntergang, der sein überwältigendes

Schauspiel ankündigte. Wie so oft am Abend hatte sich das Wetter aufgeklart, kein Wölkchen war am Himmel zu sehen. Die Junisonne versank als glühend roter Ball im Meer, und zurück blieb ein zunächst noch tiefblauer Himmel mit einem pinkfarbenen Streifen am Horizont. Dieser wurde allmählich lila, und darüber wölbte es sich nachtblau, bis sich die Dunkelheit schließlich ganz über die Insel senkte.

»Komm«, sagte Grit unternehmungslustig, »wir gehen noch eine Runde.«

Falk wollte ablehnen, weil er den beiden nicht den gemütlichen Abend verderben wollte, und überdies sah die Küche aus wie ein Schlachtfeld, aber Piet sprang Grit zur Seite.

»Geht ihr mal, ich mach das alleine.« Mit weit ausgreifender Armbewegung deutete er über das Chaos. »Seit ich nicht mehr rauche, brauch ich das Abspülen und Aufräumen nach dem Essen.«

Grit drückte ihrem Bratpiraten dankbar die Hand – wie die beiden überhaupt während des Essens immer flüchtige Zärtlichkeiten ausgetauscht hatten, so dass Falk ganz neidisch wurde –, dann sprang sie auf und schlüpfte in ihre Clogs.

»Komm, Falk, wir gucken uns mal die Dreharbeiten an.«

Falk verabschiedete sich herzlich von Piet und ging dann Schulter an Schulter mit seiner Mutter, diese noch immer in das große Sweatshirt von Piet gehüllt, durch die Dünen. In Norderende führte ein Bohlenweg durch die Düne, treppauf, treppab zog er sich über fünf Kilometer bis zum Leuchtturm, vorbei am Campingplatz.

Zunächst schwiegen sie beide, Falk war ermattet, er wollte nicht wieder und wieder darüber spekulieren, warum Gina seinen Antrag nicht angenommen hatte und ob das das Aus für ihre Beziehung war. Aber Grit ergriff schließlich das Wort.

»Liebe ist nicht immer einfach, Falk.« Damit schob sie ihre Hand in seine und drückte sie fest. »Vor allem ist sie nicht schwarzweiß. Was ich damit sagen will, ist, dass es auf diese

Frage, die du Gina gestellt hast, nicht immer eine einfache Antwort gibt.«

»Für mich schon«, ließ Falk sich nicht abbringen.

Obwohl er ihr Gesicht in der Dunkelheit nicht sah, konnte er spüren, dass seine Mutter nachsichtig lächelte.

»Nein«, sagte sie, »das glaubst du jetzt. Das ist auch dein gutes Recht. Aber ich sage dir, es gibt Liebende, die können nicht zusammenleben. Dagegen gibt es Paare, die können eine lange und stabile Ehe führen, ohne sich zu lieben. Einfach nur, weil sie Freunde sind. Und es gibt Menschen, die einen anderen lieben, ihn aber fliehen, weil sie dieses große Gefühl nicht aushalten.«

»Das hat sich aber nicht so angehört«, erwiderte Falk und ließ Grits Hand los. Es war ihm unangenehm, in seinem Alter noch mit seiner Mutter Hand in Hand durch die Nacht zu laufen. Außerdem wollte er sich partout nicht beschwichtigen lassen. »Es hat sich eher so angehört, als ob sie nicht will, weil es eben nicht richtig ist zwischen uns.«

Grit schüttelte den Kopf. »Das darfst du nicht glauben. Gina liebt dich. Aber ihr seid in einer schwierigen Situation. Gina versucht noch, beruflich Fuß zu fassen. Sie hat das Gefühl, dass ihr mit bald dreißig die Zeit für eine Karriere davonläuft.«

»Sie kann doch auch verheiratet Karriere machen. Ich stehe ihr nicht im Weg.« Falk wollte einfach nicht verstehen, was Grit meinte.

»Aber sie fühlt sich dann gebunden. Heirat, Kinder, das ist vielleicht bei ihr im Moment alles eins. Sie hat Angst, dass sie in eine Sackgasse gerät. Und außerdem …« Grit zögerte.

»Was?«, hakte Falk ahnungsvoll nach.

»Bist du nicht wirklich der Versorgertyp«, rückte Grit heraus. »Du lebst hier eher so ein Freakleben. Gina hat sicher das Gefühl, dass sie diejenige von euch beiden ist, die später mal das Geld verdienen muss.«

Falk schnaubte. Natürlich war das der Grund gewesen, dass

Gina gezögert hatte. Sie hatte die nicht unbegründete Angst, Falk wollte sie mit einer Heirat auf die Insel locken, mit ihr in der kleinen Kate leben und Strandkörbe vermieten. Das war nicht ganz unwahr, andererseits wusste Falk auch, dass das keine Perspektive für eine moderne und gut ausgebildete Frau war. Aber er fand, es war ein Anfang. Den Rest würde man sehen.

»Hast du dir denn so viel Gedanken gemacht, bevor du mich bekommen hast?«, fragte er.

»O Gott!« Grit warf impulsiv die Arme in die Luft und lachte laut. »Gar nichts habe ich mir gedacht, gar nichts!« Sie schüttelte den Kopf und hing kurz ihren Gedanken nach. »Dein Vater ist damals über mich gekommen wie eine Naturkatastrophe.« Grit riss den Halm eines Dünengrases ab und kaute nachdenklich darauf herum. »Er war so erfahren und ich so jung und dumm. Ich habe ihn angehimmelt, er war ein Gott für mich!« Sie schnaubte und schwieg dann.

Beide gingen sie Schulter an Schulter über den Bohlenweg, den sie nur dank des hellen Mondes erkennen konnten. Sie hingen ihren Gedanken nach, bis Grit wieder anfing zu reden.

»Wir haben uns nicht so große Gedanken um Verhütung gemacht. Harms nicht, weil ihn solche Details grundsätzlich nicht interessierten, ich nicht, weil ich zu unbedarft war. Und als klar war, dass ich schwanger bin, da habe ich mich einfach nur gefreut. Denn so sollte es doch sein: ein Mann, eine Frau, die große Liebe, und dann bekommen sie Kinder. Für mich war das perfekt.«

»Hast du nie gemerkt, dass Papa dich betrogen hat?« Falk tastete sich vorsichtig heran. Die Frage hatte er sich immer schon gestellt. Sein Vater war so offensichtlich ein mit allen Wassern gewaschenes Schlitzohr, dass man ihm eigentlich nicht auf den Leim gehen konnte, wenn man noch ein bisschen gesunden Menschenverstand hatte.

Grit schüttelte bekümmert den Kopf. »Sicher hätte ich es

merken *können*. Aber ich wollte nicht. Ich habe die Augen davor verschlossen. Bis es eben nicht mehr ging.«

»Bereust du das?«

Grit sah Falk überrascht an, und der beeilte sich, seine Frage zu konkretisieren.

»Ich meine, tut es dir eigentlich leid, dass du so naiv warst? Dass du Harms nicht besser geprüft hast. Du weißt schon, was ich meine.«

»Du meinst, ob ich Ginas Zögern deshalb besser verstehe als du?«

Falk zuckte mit den Schultern. Tatsächlich hatte er gedacht, dass die Erzählung seiner Mutter darauf hinauslaufen sollte. So nach dem Motto »Drum prüfe, wer sich ewig bindet«.

Grit aber schüttelte den Kopf, hakte sich wieder bei Falk unter und zog ihn eng an sich.

»Niemals, Falk. Nie in meinem ganzen Leben habe ich das bereut. Denn sonst hätte ich dich nicht.«

Ihre Stimme klang so echt und aufrichtig, dass Falk ganz warm ums Herz wurde. Er erkannte, wie eng die Beziehung zu seiner Mutter war und wie gut sie sich verstanden. Viele seiner Freunde hatten es weniger gut getroffen mit ihren Eltern.

»Aber«, seufzte Grit, »trotzdem ist mir die Geschichte mit deinem Vater lange nachgegangen. Er hat meinem Herzen schlimme Wunden zugefügt. Manchmal denke ich, einige davon sind erst jetzt verheilt. Nach fast dreißig Jahren.«

»Jetzt, seit du mit Piet zusammen bist?«, fragte Falk vorsichtig nach.

Ein Strahlen überzog Grits Gesicht, und sie sah plötzlich ganz jung aus. Entspannt und glücklich. »Ja«, gab sie zu, »das ist etwas ganz Schönes. Und Kostbares. Ich bin zum ersten Mal nach so langer Zeit wieder richtig verliebt.«

Falk drückte jetzt den Arm seiner Mutter, und mit der Freude über ihr Glück schämte er sich gleichzeitig dafür, dass er Piet so skeptisch beurteilt hatte.

Sie standen nun am Fuß des Leuchtturms und sahen in einem Kilometer Entfernung die Dreharbeiten am Strand. Das Areal war weiträumig abgesperrt, aber die Ausbauten, die Unterstände für die Schauspieler, Kostüm und Maske und das Equipment, dehnten sich bis in die Dünen aus. Überall standen riesige helle Scheinwerfer, die aus dem Drehort ein Stadion im Flutlicht machten. Im Wasser standen Helfer in Neoprenanzügen, die an starken Tauen die Boote mit den als Soldaten kostümierten Komparsen festhielten. Ein Mensch mit Flüstertüte, vielleicht Bertie, brüllte etwas, eine Frau schlug die Klappe, und dann tauchten die Helfer in den Neoprenanzügen ab. Die Männer in den Booten paddelten eifrig an den Strand. Sobald sie im kniehohen Wasser waren, sprangen die Bootsbesatzungen hinein und versuchten, mit ihren schweren Rucksäcken und Waffen durch das Wasser an den Strand zu waten. Aber kaum waren sie aus den Booten gesprungen, gab jemand ein Kommando und stoppte die Aktion. Grit und Falk gingen noch näher an die Absperrung heran und setzten sich in eine Düne, um dem Treiben zuzusehen. Die Szene, die sie gesehen hatten, wurde mehrmals wiederholt. Die Soldaten paddelten, sprangen ins Wasser, wateten – einige fielen in voller Montur ins Wasser –, dann wurde schon wieder gestoppt. Es waren ungefähr zehn Boote mit je fünfzehn Mann Besatzung, und die Neoprenhelfer hatten offensichtlich alle Hände voll zu tun, die schweren Boote davon abzuhalten, ins Meer zu driften. Auch die Komparsen taten sich schwer. Es schien, als würden sie von Szene zu Szene langsamer und schwerfälliger. Regisseur und Kameramann waren offensichtlich nie zufrieden mit dem, was sie geboten bekamen, nach jedem Dreh kam der Regisseur aus einem kleinen schwarzen Minizelt, in dem sich ein Monitor befand, auf dem er die Dreharbeiten verfolgte, im Schlepptau die Regieassistentin und andere Lakaien, schüttelte missmutig den Kopf, wedelte mit den Armen und beriet sich mit dem Kameramann. Dann begann alles wieder von vorne.

»Wie öde«, fand Falk, und Grit gab ihm recht. Es sah insgesamt nicht nach einer Arbeit aus, die man gerne ausüben würde. Wann immer Falk ans Set gekommen war, hatte er das Gleiche empfunden: gähnende Langeweile wegen der ewigen Wartezeiten, in denen nichts passierte, weil Licht, Ton oder Set neu eingerichtet wurden. Wurde tatsächlich gedreht, dann ein und dieselbe Szene wieder und wieder. Die Leute taten ihm leid, und Falk fragte sich, warum Bertie stets mit Begeisterung von seiner Arbeit sprach. Vermutlich war dies eher dem monatlichen Gehaltsscheck geschuldet.

»Ach, guck mal«, Grit zeigte mit dem Finger auf eine kleine Szenerie am Rande des Sets, »was macht Nancy denn da? Spielt die auch mit?«

Sie waren nicht nah genug dran, um Genaueres zu erkennen, aber dass es sich tatsächlich um Nancy handeln musste, konnte er auch auf diese Entfernung erkennen. Nancy war die kapriziöse Tochter der von Boisterns. Alle nannten sie nur die »Paris Hilton von Heisterhoog«, und das war nicht nur äußerlich zutreffend. Sie war ebenso klapperdürr und exzentrisch gekleidet wie die Hotelerbin und hatte mit Sicherheit einen ähnlich großen Kleiderschrank. Statt eines Schoßhündchens führte sie allerdings ihren Verlobten spazieren – Ole Reents. Ole war ebenso groß und breit wie dumm und führte die »Rum-Ba-Bar« in Süderende. Die hatte ihm sein Schwiegervater in spe zur Verfügung gestellt, damit Ole mehr darstellte als nur das Anhängsel seiner Tochter.

Nun saß Nancy hier bei den nächtlichen Dreharbeiten und amüsierte sich augenscheinlich bestens. Ihre langen platinblonden Haare flogen hin und her, weil Nancy wieder und wieder den Kopf nach hinten warf und geziert lachte. Dazu gestikulierte sie wild und neigte sich sehr nah zu ihrem Gesprächspartner. Und das war, ebenso unschwer zu erkennen, der unvermeidliche Gernot Limpinsel.

Gernot und Nancy schienen völlig unbeeindruckt von den

mühsamen Dreharbeiten an der Wasserlinie, von den armen Komparsen und Helfern, die immer wieder in die kalte See mussten. Falk fragte sich, was Gernots Aufgabe als Coach bei den Dreharbeiten war, wieso er da rumsaß, obwohl er offensichtlich nichts zu tun hatte. Aber vermutlich wollte er der Tochter seiner Vermieter nur mal die Arbeit am Set zeigen und ein bisschen angeben, beantwortete Falk sich seine Frage selbst.

»Jetzt wird's kalt«, sagte seine Mutter gerade, stand auf und klopfte sich den feuchten Sand von Gesäß und Beinen.

»Ich bring dich zurück«, bot Falk an, aber Grit winkte ab. Sie wollte mit Falk nach vorne zur Straße gehen, und Piet, dem sie eine SMS geschickt hatte, würde sie dort abholen. Falk war einverstanden, und kaum hatten sie die Straße erreicht, sahen sie auch schon Piets kleinen Lieferwagen.

»Danke, Mama«, sagte Falk und umarmte Grit liebevoll. Diese küsste ihn zum Abschied mütterlich auf die Backe und stieg dann in den Wagen, während Falk nach links abbog, um den Fußweg durch den Wald nach Tüdersen zu nehmen. Der Waldweg war immerhin beleuchtet, denn eine Handvoll Gesegnete hatten ihre Grundstücke in dem Kiefernwäldchen bebaut, als dies noch erlaubt war. Seit den Siebzigern war für diese exklusive Lage keine Baugenehmigung mehr zu bekommen, entsprechend begehrt waren diese Filetstückchen. Ein Fasan huschte vor Falk über den Weg, und gleichzeitig vibrierte das Handy in seiner Tasche. Er zog es hervor und atmete erleichtert auf. Eine Nachricht von Gina, in der sie ihm mitteilte, dass sie im ICE von Hamburg nach Berlin saß, an ihn dachte und ihn vermisste. *Ich liebe dich über alles*, lautete die letzte Zeile der Nachricht, und Falk fühlte sich augenblicklich sehr viel besser. Er antwortete entsprechend und beschloss, sich wegen des misslungenen Heiratsantrages keine grauen Haare wachsen zu lassen. Er würde es eben wieder versuchen. Und wieder. So lange, bis Gina ja sagen würde.

Solcherart beschwingt kam er in Tüdersen an. Der kleine

Kiosk hatte schon geschlossen, aber die Bushaltestelle war beleuchtet, und ein Penner saß darin auf der Bank, zu seinen Füßen eine Tüte. Der Mann hatte graue lockige Haare und trank aus einer Dose. Ein sehr ungewöhnlicher Anblick auf Heisterhoog, dachte Falk. Bettler oder Obdachlose gab es auf dieser touristischen Insel eigentlich nicht, und Falk fragte sich gerade, wie sich der Mann hierherverirrt haben mochte, als dieser hochsah und Falk direkt anblickte. Irgendetwas an ihm kam Falk seltsam bekannt vor, weshalb er stehen blieb und ihn aus der Ferne beobachtete. Der Penner hob seine Bierdose hoch, um ihm zuzuprosten. Falk nickte beklommen. Woher kannte er den Typen nur? Vielleicht war das einer von denen, die in seinem Hamburger Kiez vor dem Tengelmann kampiert hatten? Da erhob sich der Mann und machte ein paar Schritte auf Falk zu. Der Kerl war riesig, mit breiten Schultern, die gebeugt nach vorne fielen. Die langen Arme, die fast jugendlich-schlaksige Haltung, die großen Füße – Falk fiel es wie Schuppen von den Augen. Als der Mann auf eine Entfernung von ungefähr zehn Metern an ihn herangekommen war, stotterte Falk fassungslos: »Papa?!«

# 10.

Sein Vater breitete seine langen Arme aus, grinste schief und sagte erfreut: »Falk, mein Junge!«

Falks erstes Gefühl war Panik. Er musste heftig gegen den Impuls, sich auf der Stelle umzudrehen und wegzulaufen, ankämpfen. Sein Vater auf der Insel! Das konnte, nein, das *durfte* nicht sein! Und dann noch mit einer offensichtlich sentimental-gefühligen Anwandlung – Falk war schockiert. Sein Verhältnis zu Harms war denkbar schlecht. Was weder daran lag, dass dieser ihn und seine Mutter hatte sitzenlassen – so was passierte nun mal –, noch daran, dass Grit sich über ihn beschwert hätte. Das tat sie niemals, obgleich Falk immer wusste, wie bitter die Trennung von Harms für sie war. Nein, es lag einzig und allein daran, dass Harms Falk sein Leben lang nichts anderes entgegengebracht hatte als Desinteresse. Harms Thomsen war ein international gefeierter Schriftsteller, der vor über zwanzig Jahren nach Amerika gegangen war. Er hatte eine Menge Erfolg gehabt, viel Geld verdient und sich nie aus eigenem Impuls bei seiner Exfamilie gemeldet. Grit hatte sich ohnehin jeden Kontakt verbeten, aber nur was sie selbst betraf, nicht ihren gemeinsamen Sohn. Doch nicht einmal an Falks Geburtstagen war Harms in der Lage gewesen, sich zu melden. Obwohl Grit sich immer geweigert hatte, von Harms finanzielle Unterstützung anzunehmen (worüber Harms, der ihr widerstrebend Unterhalt angeboten hatte, seinerseits ganz froh gewesen war), war sie sehr hinterher gewesen, dass Falk Kontakt zu seinem leiblichen Vater hielt. Als kleiner Junge hatte er in regelmäßigen Abständen mit seinem Vater telefoniert – telefonieren müssen. Dieser hatte jedoch darauf bestanden, dass Falk ihn beim Vornamen nannte und bloß nicht »Dad« oder »Papa« sagen sollte. Falk (der seinen Vater deshalb hartnäckig »Papa« nannte, nur um ihn zu ärgern) unterstellte, dass der einzige Grund dafür war, dass Harms, dieser eitle Geck, sich nicht alt fühlen wollte. Diese Telefonate waren sehr einseitig gewesen, und schon als kleiner Junge hatte Falk gemerkt, dass Harms sich nicht die Bohne für seine Erzählungen interessierte. Er fragte nicht nach, er erzählte nichts von sich, er ertrug diese Gespräche und legte dann auf, nicht ohne Falk ein tolles Geschenk zu versprechen, das natürlich nie gekommen war. Harms hatte ihm auch immer weisgemacht, dass er ein Ausbildungskonto für ihn anlegen würde, aber als Falk ihn einmal darauf angesprochen hatte, hatte Harms davon nichts wissen wollen.

Als junger Mann hatte Falk, angestachelt von diversen Freundinnen, die die Romane seines Vaters gelesen hatten und ganz »himmlisch«, »verrückt« oder »so amerikanisch« fanden, beschlossen, den Coolness-Faktor, den sein in Manhattan lebender Vater ihm automatisch verlieh, zu nutzen und diesen zu besuchen. Zweimal war er dort gewesen, und beide Besuche waren Waterloo-Erlebnisse gewesen.

Bei seinem ersten Aufenthalt, direkt nach dem Abitur, Falk war neunzehn, hatte er das Apartment seines Vaters nach fünf Tagen fluchtartig verlassen und war mit Bussen tagelang durch Amerika bis nach Seattle gefahren. Dort hatte ein Kumpel einen Job in einem Sägewerk gehabt, und das war allemal besser gewesen, als sich das Apartment mit seinem dauernörgelnden Vater und dessen »Studentinnen« zu teilen. Harms hatte das Klischee vom erfolgreichen Schriftsteller voll bedient. Er war nicht vor Mittag aus dem Bett gekrochen, hatte dann muffelnd Klo und Küche blockiert, seine Tageszeitung,

Kaffeetassen und Aschenbecher überall verbreitet und sehr deutlich demonstriert, dass die Anwesenheit eines weiteren Lebewesens nicht erwünscht war. Damit allein hätte Falk umgehen können, er hatte sich die Tage ohnehin mit Sightseeing vollgepackt, war durch SoHo, Brooklyn und Greenwich Village gestreift und irgendwann spätabends zurückgekehrt. Dann aber war an Schlaf nicht zu denken gewesen, denn das Loft von Harms war immer voller Menschen gewesen. Junge Frauen, schwule Filmemacher, alte professorale Männer (angeblich Schriftsteller-Freunde, tatsächlich aber, wenn man Harms Glauben schenkte, böse Konkurrenten, die es nur darauf abgesehen hatten, ihn auszuspionieren und mieszumachen) und mittendrin Harms *at his best*. Blendender Laune, charmant, großzügig – der geborene Gastgeber und Unterhalter. Falk hatte kein Auge zumachen können. Und er wollte, wenn er schon mal in New York war, nicht den ganzen Tag verschlafen. Also war er geflohen – zur Freude von Harms – und hatte aus seinem Amerikaaufenthalt noch das Beste herausgeholt.

Bei seinem zweiten Besuch, mit fünfundzwanzig, war es anders, aber nicht einen Deut besser gewesen. Er war mit Bille dort gewesen, seiner damaligen Freundin, frisch verliebt. Sie hatte so lange genervt, bis er wider besseres Wissen nachgegeben hatte und mit ihr gefahren war. Wieder war Harms nicht vor Mittag aufgestanden und wieder hatte er herumgenörgelt, ausgreifend mit seiner Zeitung hantiert und unmissverständlich klargemacht, dass er auf Falks Gegenwart wenig Wert legte. Auf Falks wohlgemerkt, nicht auf Billes. Für Falk war es nicht nur unappetitlich, es war auch in höchstem Maß nicht nachvollziehbar, wie Harms Bille in seinen Bann zog.

»Er ist ein alter, stinkender Sack«, hatte Falk sich mit ihr gestritten, nachdem er wiederholt schmollend vor Bille und seinem Vater ins Bett gegangen war.

»Er ist klug, charmant und erfolgreich – das ist sexy!«, hatte

Bille gekontert, und da war bei Falk der Ofen aus gewesen. Erneut hatte er seine Sachen gepackt, und noch heute wunderte er sich, dass Bille es ihm gleichgetan hatte. Wieder waren sie in den Greyhounds kreuz und quer durch die Staaten gefahren – die ersten zwei Tage, ohne miteinander zu sprechen. In San Francisco hatten sie schließlich großartigen Versöhnungssex gehabt, und Falk hatte inständig gehofft, dass Bille sich dabei nicht seinen Vater vorgestellt hatte. Seit diesem Besuch war das Thema »Papa besuchen« für Falk vom Tisch gewesen. Er hatte auch die Telefonate längst eingestellt. Vergangenes Jahr, als Sten gestorben war, der ältere Bruder seines Vaters, hatten sie ein letztes Mal Kontakt gehabt. Harms und Falk hatten zu gleichen Teilen das Land von Sten geerbt, und angesichts seines großen Vermögens hatte Harms großzügig zu Falks Gunsten auf seinen Erbteil verzichtet. Damals war ihm wohl nicht klar gewesen, wie wertvoll der Grund tatsächlich war, denn erst ein paar Wochen nach dem Inkrafttreten des Testaments hatte sich herausgestellt, dass Falk beim Verkauf Millionär hätte werden können.

Und nun stand sein Vater auf einmal hier, an der Bushaltestelle von Tüdersen, in der Hand eine Plastiktüte mit Bierdosen, und sah aus wie ein Penner.

»Was ist denn, mein Junge, freust du dich gar nicht?« Harms ließ die Arme sinken und zog eine Schnute.

Er redet wie eine Figur in seinen erbärmlichen Romanen, dachte Falk. Wahrscheinlich schreibt er gerade an einem Vater-Sohn-Drama und ist zu Recherchezwecken angereist. So eine Art Method-Writing, wo man alles, worüber man schreibt, auch selbst erlebt haben muss. Falk hatte keine Ahnung vom Schreiben, aber die plötzliche Anwesenheit seines Vaters ließ keine andere Deutung zu.

»Ehrlich gesagt«, Falk zögerte, »nicht wirklich. Nein.«

Harms blickte ihn an und nickte. Sein großer Kopf mit der grauen Lockenmähne wippte auf und ab wie bei einem dieser

Wackeldackel, die früher auf der Hutablage im Auto saßen. »Verstehe«, ließ er sich vernehmen. »Ich verstehe. Ich habe nichts anderes erwartet.«

Dann nahm er seine Tüte mit den Bierdosen und machte Anstalten, zur Bushaltestelle zurückzuschlurfen. Aber er hielt doch noch einmal kurz inne, wandte den Kopf über die Schulter und sagte zu Falk: »Verzeih mir.« Mit gebeugtem Rücken ging er weiter.

Falk verdrehte die Augen. Was für ein theatralischer Abgang! Er hatte seinen Vater fast fünf Jahre nicht gesehen, dann kam er aus völlig unerfindlichen Gründen hierher, auf die kleine Insel Heisterhoog, und tat Buße? Das konnte nicht sein. Irgendetwas war da faul.

»Warte mal, Pa.« Falk folgte Harms ein paar Schritte, aber dieser tat, als hätte er nichts gehört. Erst als Falk ihn an der Schulter zurückhielt, stoppte er.

»Was tust du hier? Wolltest du mich besuchen? Wo wohnst du?« Plötzlich sprudelten die Fragen nur so aus Falk hervor.

»Ach, schon gut, mein Sohn.« Harms tätschelte Falks Hand flüchtig und verdrehte dann die Augen zum Himmel. »Ich habe es nicht anders verdient. Was habe ich mir nur gedacht?«

Falks Magen zog sich zusammen. Harms bot ihm ein armseliges Schauspiel, er war auf alle Fälle ein besserer Schriftsteller als Schauspieler, aber trotzdem: Den weiten Weg von Manhattan nach Tüdersen hatte Harms doch nicht ohne Grund zurückgelegt.

»Jetzt komm schon.« Falk zog Harms am Arm von der Bushaltestelle weg.

Harms seufzte nur theatralisch.

»Ist das Bier oder ist das Bier?« Falk deutete auf die Tüte, die um Harms' Knie schlenkerte.

»Tja«, sein Vater hob hilflos die Tüte in die Höhe. »Ich wusste nicht, was du so trinkst. Also dachte ich, Bier ist nie verkehrt.«

Falk nickte und schlug den Weg zu seiner Kate ein. Harms folgte ihm, hielt aber einen Schritt Abstand wie ein geprügelter Hund. Ein Gespräch machte das unmöglich. Falk war der Ansicht, dass er seinem Vater nicht den kleinen Finger reichen sollte. Wenn dieser sich schuldig fühlte für die lebenslange Vernachlässigung – bitte, recht hatte er. Andererseits: Falk hatte das für sich schon längst abgehakt. Er hatte keinen Bock auf Sentimentalitäten und tiefgehende psychologische Gespräche, die die Wunden der Vergangenheit wieder aufgerissen hätten. Er hätte es affig gefunden, seinen Vater einfach stehenzulassen. Es müsste doch möglich sein, einen ganz normalen Abend unter Männern, erwachsenen Männern, miteinander zu verbringen, oder nicht?

Und zunächst sah es auch danach aus. Falk setzte seinen erstaunlich wortkargen Vater auf einen Stuhl und verschwand selbst in die Küche. Er hatte nach dem üppigen Mahl, das er bei Piet bekommen hatte, keinen Hunger mehr, aber Harms hatte angedeutet, dass er seit seiner Landung in Hamburg-Fuhlsbüttel nichts gegessen habe. Im Bummelzug von Hamburg an die Küste hatte es nichts gegeben (das stimmte), auf der Fähre hatte Harms nichts Ansprechendes auf der Karte gefunden (konnte durchaus sein), und im Hotel hatte die Küche schon geschlossen (völlig unglaubwürdig). Also schmierte Falk seinem Vater ein paar Brote mit Mettwurst und Käse, stellte noch saure Gurken und Perlzwiebeln im Glas auf den Tisch, und dann öffneten sie beide zischend eine Dose Bier.

Harms hatte sich neugierig umgesehen, und sein Gesichtsausdruck schien plötzlich ganz weich zu werden.

»Wann warst du das letzte Mal hier?«, erkundigte sich Falk.

Harms musste nicht lange überlegen. »Bevor ich in die USA bin. Damals.«

Falk meinte zu erkennen, dass die Augen seines Vaters einen feuchten Schimmer bekamen. »Als du dich von Sten verabschiedet hast also.«

Sein Vater nickte und starrte auf die Bierdose. »Wir haben gestritten. Schlimm gestritten. Sten hat mir große Vorwürfe gemacht. Dass ich euch alleinlasse.«

Verständlich, dachte Falk bei sich, sprach es aber nicht aus. Stattdessen fragte er: »Habt ihr euch später wieder versöhnt?«

Harms nahm ein Mettbrot und biss herzhaft hinein. Er kaute und schüttelte dabei den Kopf.

Falk musterte seinen Vater. Er wurde nicht schlau aus Harms. Er schien in einem Moment empfindlich, fast weinerlich auf Versöhnung aus. In der nächsten Sekunde war er aber wieder so gleichgültig und abgebrüht, wie Falk ihn von jeher kannte.

»Und trotzdem hättest du von deinem Bruder geerbt«, konstatierte Falk. Er wollte Harms provozieren, aus der Reserve locken.

Aber der grinste nur. »Ich hab's ja nicht angenommen. Zu deinen Gunsten, wenn du dich erinnerst.«

»Stimmt«, musste Falk eingestehen. »Und ich bin dir heute noch dankbar. Nach Sten natürlich. Sonst wüsste ich echt nicht, wohin mit mir.«

Harms musterte ihn und nickte. »Hast du nicht irgendetwas studiert? Etwas ganz und gar Nutzloses?«

Da war er wieder. Sein Vater, wie Falk ihn kannte. Aber heute prallten die Sticheleien und abwertenden Bemerkungen an Falk ab. Er musste Harms nichts mehr beweisen.

»Mehr oder weniger nutzlos. So nutzlos wie Schriftstellerei auf alle Fälle. Soziologie.« Aber er würde Harms verschweigen, dass er von der Uni geflogen war. Diese Genugtuung wollte er seinem Vater auf keinen Fall gönnen.

Ein kleines süffisantes Lächeln huschte über Harms' Gesicht, während er sich das zweite belegte Brot schmecken ließ. »Soso. Und was machst du jetzt damit?« Harms blickte sich in der kleinen Stube um, als sei hier die Antwort auf seine Frage zu finden.

»Ich vermiete Strandkörbe«, sagte Falk selbstbewusst. Merkwürdig, normalerweise druckste er immer herum, wenn er über seinen Beruf Auskunft geben musste. Er hängte dann ein »Vorübergehend« an und behauptete, dass er sich in einer Orientierungsphase befände. Aber seinem Vater gegenüber, der Falk niemals den Respekt zollen würde, den ein Sohn verdient hätte, war er plötzlich trotzig. Selbst wenn er Diplom-Physiker oder Professor der Theologie wäre, hätte Harms noch eine niederschmetternde Bemerkung auf Lager gehabt. Da konnte er auch gleich zu dem stehen, womit er tatsächlich seinen Tag verbrachte.

»Du trittst also in die Fußstapfen deines Onkels.« Harms musterte Falk neugierig – und zu Falks Überraschung nicht einmal geringschätzig.

»Nun, ich glaube, Onkel Sten war zeitlebens ein recht glücklicher Mann. Oder nicht?«

Harms öffnete eine zweite Dose Bier mit einem lauten Zischen und schob sie zu Falk hinüber.

Falk dachte an seinen geliebten Onkel. Ja, Sten war ein glücklicher Mann gewesen. Und seit einem Dreivierteljahr, seit er in Stens Kate wohnte und Stens Job übernommen hatte, merkte auch Falk, dass er sich anschickte, ein glücklicher Mann zu werden. Oder zumindest ein ausgeglichener. Wenn es da nur keine Filmproduktionen, missglückten Heiratsanträge oder aus dem Nichts auftauchenden Väter geben würde. Falk glaubte auch zu wissen, was das Geheimnis hinter Stens Glück gewesen war. Demut und Bescheidenheit. Aber das würde er niemals laut sagen. Er hörte im Geiste schon die Einwände: Aber es muss doch noch *mehr* im Leben geben! Du bist doch noch so jung, du *musst* etwas erleben! Dir liegt noch die ganze Welt zu Füßen! Da war natürlich etwas Wahres dran. Denn sein Onkel Sten hatte sich nicht etwa, so wie Falk, in jungen

Jahren zur Ruhe gesetzt, er war als Kapitän auf den Weltmeeren unterwegs gewesen, hatte viele ferne Länder gesehen und an manchen Tagen mehr erlebt als so mancher Bürohengst in seinem ganzen Leben. Erst dann hatte er beschlossen, dass er seinen Lebensabend auf Heisterhoog verbringen wollte.

Harms stand jetzt auf, streckte die langen Glieder und sah sich schließlich genauer in der Kate um. Er begutachtete die Pfeifensammlung seines Bruders, die Buddelschiffe und eine kunstvoll geschnitzte Kugel aus Elfenbein, die Sten von einer seiner Reisen mitgebracht hatte. »Du hast hier nichts verändert«, bemerkte er. »Willst du etwa hierbleiben und Wurzeln schlagen?«

Falk zuckte mit den Schultern. Die ewige Frage. Die Frage, die sie ihm alle stellten. Vor allem Gina. Die Frage, auf die er keine Antwort wusste. »Weiß ich noch nicht. Im Moment schon.«

Harms nickte bedächtig. Dann guckte er durch das Fenster in die schwarze Nacht. »Hast du nie daran gedacht, das Grundstück zu verkaufen? Wenn ich mich richtig erinnere, ist das hier ganz schön groß.«

Falk lachte. Sein Vater wusste nichts von der Wie-ich-beinahe-Millionär-geworden-wäre-Geschichte aus dem letzten Sommer. Also erzählte er sie ihm.

Harms setzte sich wieder, verschränkte die Arme und hörte aufmerksam zu. Seine Augen blitzten, was Falk nicht zu deuten wusste. Als Falk mit seiner Erzählung fertig war, lachte sein Vater. Das Schlaffe, Griesgrämige, Altherrenhafte war von ihm abgefallen. Jetzt war er wieder Harms Thomsen, der große internationale Schriftsteller. Hoch aufgerichtet saß er ihm gegenüber, lachte und trank gleich darauf sein Bier in einem Zug leer. Er wischte sich mit dem Handrücken über die Oberlippe und sagte einen Satz, den Falk von ihm nicht zum ersten Mal gehört hatte.

»Du bist doch bescheuert, mein Sohn.«

Falk entgegnete nichts, er hatte seine eigene Meinung dazu.

»Du hättest einen Riesenreibach machen können. Stattdessen hockst du hier auf dieser lächerlichen Insel und vermietest Strandkörbe! Du hast mehr Gene von Sten als von mir. Ich frage mich ernsthaft …«

Wage es nicht, dachte Falk, wage es ja nicht, so etwas Unverschämtes auch nur auszusprechen. Obwohl ich lieber Sten zum Vater gehabt hätte als dich.

»Aber lassen wir das«, Harms wischte mit der riesenhaften Hand über den Tisch, »kommen wir zum Punkt. Ist das Land nun Naturschutzgebiet oder nicht?«

»Das Thema kam nie wieder auf den Tisch«, gab Falk zu. »Und mir ist es egal. Ich verkaufe nicht, vorerst jedenfalls, und ich baue natürlich nicht.«

Harms blickte Falk nun direkt ins Gesicht und sagte lange nichts. Dann schürzte er die Lippen, murmelte »Soso« und fischte dann die letzte Perlzwiebel aus dem Glas.

»Dir kann's ja wohl egal sein«, setzte Falk nach. »Dir gehört es ja nicht.«

»Tja«, Harms zuckte mit den Schultern. »Leider, leider.«

»Du schwimmst doch im Geld.« Falk war empört. Er fand es total unangebracht, dass Harms es nun offenbar rückwirkend bedauerte, auf das Erbe verzichtet zu haben. Das war typisch: Die Reichen kriegten oft den Schlund nicht voll. Harms schaute jetzt jedenfalls etwas geknickt drein. »Na ja, schon richtig. Aber man kann ja nie wissen. Manchmal ist das Geld schneller weg, als man gucken kann.«

»Dein Problem. Nicht meins«, sagte Falk. Typisch Harms, der Knauser. Der kriegte den Hals nicht voll. Falk bekam schlechte Laune. »Du bist ja wohl nicht über den großen Teich gekommen, um mit mir über Geld zu sprechen. Oder?« Falk fand, dass es an der Zeit war, die Karten offen auf den Tisch zu legen.

»Gott bewahre!« Harms warf theatralisch seine Riesenpranken in die Höhe. »Nein, nein. Ich bin gekommen, weil …« Er tat verlegen und spielte mit der Elfenbeinkugel herum. »Weißt du, ich werde langsam alt. Und entsprechend sentimental. Ich weiß, dass ich nicht immer ein guter Vater war …«

Nicht immer, dachte Falk mit einem Anflug von Sarkasmus, das ist ja wohl leicht untertrieben.

»… aber für Reue ist es nie zu spät. Oder, mein Junge?« Harms lugte nun unter seiner grauen Haarmähne hervor und schaute Falk treuherzig an.

Falk fasste es nicht. Alles schlecht gespielt, dessen war er sich sicher. Reue und um Vergebung bitten, das war nicht Sache seines Vaters. War es nie gewesen. Aber was zum Teufel konnte der Alte von ihm wollen? Er hatte den langen Weg hierher gemacht, weil er ein Ziel verfolgte. Doch welches?

»Papa«, sagte Falk und stand auf. »Es wird spät. Der letzte Bus fährt in einer Viertelstunde. In beide Richtungen. Also wird es Zeit für dich.«

Der ultimative Rausschmiss. Das begriff sogar Harms. Er hievte sich schwer atmend hoch.

»Du glaubst mir nicht, oder?«

Falk schüttelte den Kopf. »Kein Wort. Außerdem will ich keine Entschuldigung von dir. Wenn du dich bei jemandem entschuldigen musst, dann bei Mama.«

Mama! Falk durchzuckte es heiß. Wenn Grit erfahren würde, dass ihr Ex sich auf der Insel herumtrieb – es wäre sofort mit ihrer Ruhe und ihrem Glück vorbei. Er musste unbedingt vermeiden, dass Harms auf Grit traf!

»Wie lange willst du bleiben? Ich meine, du wirst doch bestimmt ein paar Leute besuchen, auf dem Festland? Deinen deutschen Verleger? Oder hast du eine Lesereise?« Falk hoffte inständig, dass dem so war und Harms besser gestern als morgen abreiste.

»Ach, weißt du«, sagte sein Vater leichthin und trat aus der Haustür in die feuchte, kühle Meeresluft, »ich habe keine Eile. Tage, Wochen … Wir werden sehen.«

Dann klopfte er Falk generös auf die Schulter und schlurfte gebeugt in Richtung Bushaltestelle von dannen.

Der hat mir gerade noch gefehlt, dachte Falk. Wenn Harms und Grit aufeinandertrafen, dann brannte die Luft. Und zwar richtig.

# 11.

Falk startete missmutig in die Woche. Zwar hatte sich Gina gestern Nacht noch telefonisch gemeldet, um zu sagen, dass sie gut in Berlin gelandet war, und es war ein sehr liebevolles und überraschend unbelastetes Gespräch gewesen, aber das tröstete Falk an diesem Morgen nicht über seine Probleme hinweg. Schon der erste Blick um sieben Uhr aus dem Fenster hatte nichts Gutes verheißen: grauer Himmel und Nieselregen. Ein Wetter, das für Heisterhoog im Sommer äußerst untypisch war, denn im Normalfall herrschte immer Wind, der auch die dicksten Regenwolken schnell ans Festland trieb und Platz für kleine Sonnenlöcher schaffte. Aber immerhin passte das Wetter zu Falks Stimmung.

Er stürzte seinen heißen Kaffee hinunter, verbrannte sich dabei die Zunge und ließ auch noch vor Schreck den Becher fallen, der prompt in tausend Stücke zerbrach. Falk wusste in dieser Sekunde, dass das nicht sein Tag werden würde und es besser wäre, sich wieder hinzulegen und die Decke über den Kopf zu ziehen. Aber er sollte in der Kurverwaltung antanzen. Also schwang er sich auf sein Fahrrad und legte rasch die paar hundert Meter zu seiner Halle zurück, wo Nille das Treiben der Komparsen bewachte.

Nille hatte sofort sein Lager in der Halle bezogen, als Falk sich bereit erklärt hatte, diese der Produktionsfirma zu überlassen. Falk fragte sich, ob dies für Nille unterkunftsmäßig eine Qualitätssteigerung war. Er hatte den Klabautermann noch nie besucht, aber die winzig kleine Hütte im Wald, die Nille bewohnte, sah von außen nach einer ziemlichen Bruchbude aus. Fließendes Wasser und eine Heizung gab es dort bestimmt nicht, also war es für Nille vermutlich keine Zumutung, zwischen den Statisten zu kampieren. Außerdem hatte Falk selbstverständlich das Geld, das er von Hubsi von Boistern bekommen hatte, brüderlich mit Nille geteilt.

Als Falk ankam, saß Nille ganz alleine in der Halle, bewachte die Habseligkeiten der Komparsen und spielte verzückt mit einem Gameboy. Aber kaum sah er Falk, schmiss er das Daddelding in die Ecke und flog an Falks Brust.

»F-f-falk! P-p-prima!«

Falk klopfte seinem Assistenten gutmütig auf den Rücken, bis dieser sich aus der Umarmung löste.

»Na«, erkundigte sich Falk, »alles im Lot?«

Nille nickte heftig und wollte gleichzeitig antworten, aber vor Freude und Eifer bekam er kein Wort heraus. Er stotterte und schluckte, schnappte nach Luft und hielt schließlich einfach nur den Daumen in die Luft. Na, wenigstens hier läuft's, dachte Falk bei sich und bemühte sich, Nille aufmunternd anzugrinsen.

»Hör mal zu, Nille. Bei dem Schietwetter geh ich heute nicht an den Strand. Ich habe Thies 'ne SMS geschickt, der hängt den Zettel mit meiner Telefonnummer an die Tür. Bloß dass du Bescheid weißt, du musst heute nicht kommen. Okay?«

Denn Nille nahm seine Pflicht sehr ernst und erschien jeden Tag am Strand, selbst wenn es Hunde und Katzen regnete. Prompt sackten Nilles Mundwinkel ein bisschen nach unten.

»Nicht traurig sein, Nille. Du wirst hier mehr gebraucht. Du musst gucken, dass nichts geklaut wird, und die Halle warm und sauber halten. Das ist jetzt viel wichtiger. Morgen sehen wir uns in alter Frische.«

Nille zuckte mit den Schultern, fügte sich aber drein und fischte nach dem Gameboy. Er hielt ihn Falk hin, zeigte darauf und sagte begeistert: »S-s-super M-m-mario!«

Falk musste herzhaft lachen und war Nille sehr dankbar für dessen simples, aber meistens heiteres Gemüt. Dann zog er sich die Kapuze seines Ölzeugs tiefer ins Gesicht und machte sich auf den Weg in die Kurverwaltung.

Als er dort ankam, schien das Gebäude zunächst verwaist. Lediglich am Schalter für den direkten Kundenkontakt saß eine Mitarbeiterin und informierte fünf ratlose Rentner über Tagesausflüge, die man auch bei Regenwetter unternehmen konnte. Falk zog sich das tropfnasse Ölzeug aus und hängte es an seine Tür, bevor er sich auf die Suche nach Jörn und Biggi machte. Er fand sie in der Teeküche. Und nicht nur sie. Der Hausmeister, die Frau aus der Buchhaltung und Norbert, der Mann für Presse und Öffentlichkeitsarbeit – dessen Arbeit aber seltsamerweise immer auf Falks Schreibtisch liegenblieb – standen zusammen mit Jörn und Biggi in dem kleinen Kabuff und reichten sich Plastikbehälter mit Pralinen herum.

»Mmh, kannste dir direkt auf die Hüften schmieren«, schwärmte die Buchhalterin soeben, woraufhin Jörn die Schachtel, die sie ihm hinstreckte, gleich an Norbert weiterreichte, ohne sich daraus zu bedienen.

»Quatsch!« Biggi war empört. »Die haben nur ganz wenig Fett. Und außerdem habe ich letztens gelesen, dass Schokolade gar nicht dick macht. Wissenschaftlich erwiesen!«

Norbert nickte eifrig, während er sich eine weitere Praline in den noch halb vollen Mund schob.

»In Maßen genossen ist Schokolade sogar gesund.«

Falk schüttelte den Kopf. Gab es am Montagmorgen in der Kurverwaltung von Heisterhoog nichts anderes zu tun, als sich feiste Kalorienbomben in den Mund zu stopfen?

»Nein«, beantwortete Jörn ihm gutmütig lachend die Frage, als Falk sie laut stellte. Er hatte Jörn um ein Gespräch gebeten, und der Bürgermeister schloss gerade die Tür hinter sich und bot Falk einen Stuhl an.

»Nein, Falk, du wirst lachen, doch im Moment läuft alles. Wir haben natürlich zu tun, aber keine größeren Katastrophen. Die Kuh mit dem Windpark ist offensichtlich vom Eis.«

Falk seufzte. »Das würde ich auch gerne sagen. Aber leider … bei mir jagt eine schlechte Nachricht die nächste.«

Jörn legte die Stirn in Falten. »Wenn ich dir irgendwie helfen kann?«

»Wohl kaum.« Falk schüttelte den Kopf. »Mein Vater ist hier aufgetaucht.« Er umriss Jörn ganz kurz das Problem und schilderte ihm, dass er sich insbesondere Sorgen um seine Mutter machte. »Grit ist endlich über ihn hinweg und genießt das Leben. Sie haben sich fünfundzwanzig Jahre nicht gesehen. Wenn sie Harms jetzt trifft, stürzt sie in die totale Krise! Papa muss sofort abreisen. Je schneller, desto besser«, schloss er seine Erzählung.

»Hast du's ihm gesagt?«, erkundigte sich Jörn.

»Noch nicht so direkt«, gestand Falk. »Ich war viel zu perplex. Aber ich versuche heute mal, ihn zu erreichen. Ich muss ein ernstes Wort mit ihm reden. Ich weiß sowieso nicht, was der wirklich hier will.«

Falk schwieg nachdenklich, und Jörn tat es ihm gleich. Dann schüttelte Falk den Gedanken an seine Eltern ab und kam auf das eigentliche Thema zu sprechen. Die Elternzeitvertretung von Marita.

»Was soll daraus werden? Du weißt, ich habe die Vermietung an der Backe, ich kann nicht jeden Vormittag hier sitzen. Das geht nur ab und zu, wenn schlechtes Wetter ist, so wie heute.«

Jörn nickte eifrig zu jedem Wort. »Absolut klar, Falk, absolut. Und ich weiß auch schon, wie wir's machen.«

Das hörte Falk mit großer Erleichterung. Tatsächlich war ihm der Job zunächst ganz gelegen gekommen, eine schöne Nebenerwerbsquelle in der Saure-Gurken-Zeit der Strandkorbvermietung. Aber je schöner das Wetter wurde und je näher die Hauptsaison rückte, desto unentbehrlicher wurde er am Strand.

»Ich habe mit Biggi gesprochen. Die Routinesachen wie Anzeigen und Gästeverzeichnis kann sie noch mit wuppen. Nicht für immer natürlich, aber das ist auch nicht nötig, denn …«, Jörn strahlte stolz, »… ich habe die Stelle bereits ausgeschrieben. Das geht heute noch an die Zeitungen und Jobportale raus. Bis wir jemanden gefunden haben, kannst du vielleicht noch interimsweise für uns da sein. Du kannst auch kommen und gehen, wann du willst. Mach einfach eine Rufumleitung auf dein Handy.«

Falk bedankte sich erleichtert und sagte Jörn zu, dass er vorübergehend noch als Ansprechpartner fungieren würde. Dann fiel ihm noch etwas ein. »Was ist eigentlich mit Norbert? Der macht doch Presse- und Öffentlichkeitsarbeit. Der kann doch auch einspringen, oder?«

Jörn wedelte abwehrend mit den Händen, beugte sich über den Schreibtisch und sprach mit gesenkter Stimme. »Bloß nicht! Norbert geht bald in Rente. Der ist jetzt schon am Anschlag. Wenn ich ihn zusätzlich belaste, lässt er sich noch krankschreiben.«

Falk sparte sich einen Kommentar und zog nur die Augenbrauen nach oben, was Jörn mit einem »Sag jetzt nichts« quittierte. Bevor Falk das Büro des Bürgermeisters verließ, erkundigte er sich noch, wann die nächste Skatrunde stattfand. Er hatte lange nicht mehr mit seinen Freunden zusammengesessen, und im Moment gab es nichts, was er sich sehnlicher wünschte als einen Abend mit Freunden, Bier, Suppe von Silke und blöden Sprüchen. Jörn ging es genauso, und daher versprach er Falk, sich mit Silke und Thies in Verbindung zu setzen und so schnell wie möglich etwas zu verabreden.

Falk ging hinüber in sein Büro und schloss die Tür. Wahnsinn, dachte er, noch immer in Gedanken bei Norbert, das gibt es bei mir alles nicht: Lohnfortzahlung im Krankheitsfall, Urlaubs- und Weihnachtsgeld, Betriebsrente. Und plötzlich wurde ihm angst und bange, als er an seine Zukunft dachte. Hatte Gina doch recht? War es unverantwortlich von ihm, sich nicht mehr Gedanken um die Zukunft zu machen? Wie sollte das werden, wenn er alt und krank war? Dieser Gedanke führte ihn wieder zu seinem Vater, der zwar nicht krank war, aber alt und im Zuge dessen sentimentale Anwandlungen hegte. Früher hatte es Harms nicht die Bohne gekümmert, wie weit er von seiner Exfrau, seinem Bruder und seinem Sohn entfernt war. Ein schrecklicher Gedanke durchfuhr Falk. Was, wenn Harms doch krank war? Wenn er gekommen war, weil es mit ihm zu Ende ging? Das würde jedenfalls erklären, warum Harms die weite Reise in die alte Heimat gemacht hatte. War er gekommen, um Abschied zu nehmen? Je länger Falk über diese neue Perspektive nachdachte, desto wahrscheinlicher erschien sie ihm. Sein Vater war vielleicht todkrank und auf seiner letzten Reise! Unter diesen Voraussetzungen war es natürlich undenkbar, ihn zu bitten, so schnell wie möglich abzureisen. Er musste das mit seinem Vater klären, noch heute!

Falk setzte sich an seinen Schreibtisch und nahm sich das Gastgeberverzeichnis vor. Er wusste nicht, wo Harms abgestiegen war, aber als er ihn getroffen hatte, hatte er an der Bushaltestelle in Richtung Norderende gesessen. Und er hatte gesagt, dass er in einem Hotel wohne. Das schränkte die Möglichkeiten stark ein, denn in der größten Ortschaft von Heisterhoog gab es nur zwei Hotels.

Falk griff zum Hörer und erkundigte sich zunächst im »Deichgraf«, dem ersten Haus am Platz. Aber dort wohnte kein Harms Thomsen. Auch nicht im »Dünenkieker«, was Falk verwunderte. Also probierte er sein Glück bei den Pensionen in Norderende, doch auch dort kannte man seinen Vater nicht.

Über eine Stunde später hatte Falk alle Hotels, Pensionen und Gästehäuser abtelefoniert – ein Harms Thomsen war nirgendwo abgestiegen. Falk versuchte es daraufhin in Süderende – mit dem gleichen Ergebnis.

Falk war ratlos und erschöpft. Er hatte nicht damit gerechnet, dass es so schwierig war, den berühmten Schriftsteller Harms Thomsen ausfindig zu machen. Schließlich war man viele Jahre stolz darauf gewesen, dass der prominente Heisterhooger in der Welt sein Glück gemacht hatte. Noch heute standen in der größten Buchhandlung der Insel die Werke von Harms im Schaufenster. Harms selbst hatte immer gerne verschwiegen, dass er auf einer kleinen Nordseeinsel geboren worden war, und sich stattdessen lieber auf seine Jugendjahre in Hamburg-Altona berufen, das klang wilder und weniger bourgeois. Und plötzlich fiel es Falk wie Schuppen von den Augen: Harms hatte sicherlich unter falschem Namen eingecheckt, weil er unerkannt bleiben wollte. Also konnte er seinen Vater auf diese Weise nicht ausfindig machen. Er war dazu verdammt zu warten, bis dieser sich wieder bei ihm meldete. Aber wer weiß, wann das sein würde. So lange wollte Falk keinesfalls untätig herumsitzen, die Gefahr, dass Harms in Norderende Grit über den Weg lief, war viel zu groß. Er musste ihn aufstöbern und aus dem Verkehr ziehen – zumindest so lange, bis Harms bereit wäre, die Insel zu verlassen. Warum hatte Grit auch ausgerechnet zu diesem Zeitpunkt ihren Jahresurlaub genommen?

Falk beschloss, am Nachmittag auf gut Glück nach Norderende zu fahren und seinen Vater zu suchen. Es gab schließlich nur zwei Orte, an denen Harms sich gerne aufhielt: Cafés und Buchläden. Falk würde alle abklappern, die Augen und Ohren offen halten und das Beste hoffen.

Als seine Bürokollegen in die Mittagspause gingen, verabschiedete sich Falk, um in seiner Kate einen kleinen Snack zu sich zu nehmen, bevor er sich auf die Suche nach Harms begab. Als er auf den Strandweg zu seinem Häuschen einbog, beschloss er, noch einen Schlenker über den Strand zu machen und bei Thies hallo zu sagen.

Er stellte sein Rad an der Kate ab und stapfte barfuß über den nassen Sand nach vorne, dahin, wo die Flagge der Konföderierten wehte. Thies Hoop, im Hauptberuf Vogelwart der Insel, sah sich im Nebenberuf als selbsternannter Strandsheriff und hatte sein DLRG-Häuschen entsprechend umgebaut. Nun sah es mit seiner angebauten Holzveranda wie der Teil eines Westerndorfes aus. Und Thies bediente diesen Eindruck mit seinen Klamotten und der Winchester im Anschlag nur zu gerne.

Zwischen seiner eigenen kleinen Bretterbude und dem Häuschen von Thies war zu Falks Verwunderung ein riesiger Haufen Altmetall aufgeschichtet. Beim Näherkommen identifizierte Falk den Schrott als Eisenbahnschienen. Wo um alles in der Welt waren die plötzlich hergekommen? Und vor allem, was hatte Thies nur damit vor? Falk verfluchte sich, dass er doch noch zum Strand gegangen war, denn sein Bedarf an Überraschungen war eigentlich gedeckt, und sein Instinkt sagte ihm, dass es mit diesem Haufen Schienen entweder Arbeit oder Ärger geben würde. Beides könnte er im Moment nicht gebrauchen.

Neben dem Metallberg saß Kai, in kurzen Hosen und Regenjacke. Er hörte Falk nicht kommen, und als dieser neben ihm stand und ihm auf die Schulter tippte, fuhr Kai erschrocken zusammen. Dann zog er sich einen winzigen Kopfhörer aus dem Ohr und grinste Falk an.

»Hey! Schön, dich mal wieder zu sehen.«

Mal wieder ist gut, dachte Falk. Ich war gestern am Strand und vorgestern und vorvorgestern … aber geschenkt.

»Was ist das?«, entgegnete Falk und zeigte mit kaum verborgener Empörung auf den Schienenberg.

»Ach das«, Kai drehte sich um und grinste jetzt noch breiter. »Das ist unsere Beute von gestern Nacht.«

Falk starrte Kai an. Wovon redete der Kerl?

Aber bevor der Hilfsbademeister antworten konnte, kam Thies aus seiner Bude gepoltert. Er zeigte mit seiner unvermeidlichen Selbstgedrehten auf die Schienen und sah, im Gegensatz zum feixenden Kai, ausgesprochen missmutig aus.

»Hab ich konfisziert.«

Falk verstand nur Bahnhof, und Thies konkretisierte.

»Von den Fernsehfuzzis.«

In Falks Magengrube machte sich ein ganz ungutes Gefühl breit. Er besah sich den Haufen genauer und erkannte nun, dass es sich keinesfalls um normale Eisenbahngleise handelte, sondern um Leichtmetallschienen, die man beim Film für Kamerafahrten verwendete. Und unter den Schienen lag allerhand anderes Equipment verborgen.

Falk sah Thies entgeistert an. »Du hast das vom Set abtransportiert? Wie um alles in der Welt kommst du denn dazu? Warum …?«

Aber da klingelte schon Falks Handy in der Hosentasche. Ahnungsvoll zog er es heraus. »Bertie« stand auf dem Display. Falk wusste, was nun kam, und hatte wenig Lust, den Anruf überhaupt anzunehmen. Er fühlte sich jedoch in seiner Funktion als Interims-Tourismusmanager und Ansprechpartner für die Fernsehleute dazu verpflichtet. Kaum hatte er auf den grünen Hörer gedrückt, trompetete sein Kumpel auch schon so laut los, dass Falk das Handy auf Abstand hielt.

»Sagt mal, ihr Arschgeigen, ich steh hier am Set und … Was denkt ihr eigentlich … Hinterwäldler … Vorstellung, was der Drehtag kostet …« waren die Wortfetzen, die man selbst auf Armeslänge noch heraushören konnte.

Thies grinste nun ebenso frech wie Kai, und beide waren sich keiner Schuld bewusst, während Falk die nackte Wut packte. Er brüllte in den Hörer, dass Bertie mal die Luft anhalten solle. Als dieser tatsächlich perplex innehielt, textete Falk ihn mit einer Gardinenpredigt zu, die sich gewaschen hatte. Seit einer Woche versuche er, Bertie zu erreichen, und als es wirklich wichtig war, nämlich als hundertfünfzig Komparsen ohne Dach überm Kopf im Regen standen, buchstäblich, da sei sein sogenannter Freund untergetaucht – eine ganze Woche lang! Aber kaum gab es Probleme, wagte Bertie es, ihn anzubrüllen! Falk war so außer sich, dass Bertie nicht mehr zu Wort kam. Der Ärger mit seinem Vater hatte das Seinige getan, um die Brandrede zu befördern, und während Falk sich Luft machte, merkte er, wie gut ihm das tat. Zum Schluss beschied er Bertie, dass er gerade an der Problemlösung arbeite und sich melden würde, wenn er Näheres wüsste. Dann beendete er das Gespräch, ohne dass sein Kumpel etwas entgegnen konnte.

Kai hielt ihm den hochgereckten Daumen entgegen, aber Falk hatte keinen Bock auf Lob von der falschen Seite. Stattdessen verschränkte er die Arme vor der Brust und nahm die beiden langen Lulatsche vor sich streng ins Visier.

»So«, sagte er mit einer Kopfbewegung zu dem Metallhaufen, »jetzt seid ihr dran. Was ist das für 'ne Geschichte?«

Thies, der sich von einem Greenhorn wie Falk nicht ins Bockshorn jagen lassen ließ, grinste nachsichtig. »Ich hab frischen Kaffee auf dem Feuer. Komm erst mal rein. Ist ja kein Wetter zum Draußen-Rumstehen.«

»Unschlagbares Argument«, fand Falk und nahm die Einladung an.

Drinnen bei Thies war es heiß wie in einer Schwitzhütte. Der kleine Bullerofen lief auf Hochtouren – und das im Juni. Nachdem Falk die ersten Schlucke von Thies' geschmolzenem Teer genossen hatte, erzählte der Küsten-Cowboy, was ihn veranlasst hatte, dem Fernsehteam das Equipment zu entführen.

»Die haben sich nicht an die Begrenzung gehalten. Ich fahr jeden Tag hin und guck mir das an. Und die haben sich so ausgebreitet, dass sie mittlerweile auf fast doppelt so großer Fläche drehen wie vertraglich festgeschrieben.«

»Okay«, nickte Falk. »Aber das kann man ja auch im Gespräch lösen, oder?«

Thies zuckte mit den Schultern und ließ die Mundwinkel nach unten sacken. »Hab ich versucht, Falk. Hab ich versucht.« Dann legte er eine größere Gesprächspause ein, in der er seine heruntergerauchte Kippe gegen ein Stück Kautabak auswechselte, sich erneut von der zähen schwarzen Flüssigkeit eingoss, die er Kaffee nannte, und dann gemächlich fortfuhr.

»Die reden gar nicht mit einem. Die hören noch nicht mal zu.«

Falk wusste, dass Thies recht hatte, und erinnerte sich daran, mit welcher Selbstverständlichkeit Filmteams in Hamburg ganze Straßenzüge für ihre Dreharbeiten sperrten und selbst Anwohner nur sehr unwillig wieder in ihre Häuser ließen.

»Und wer nicht hören will, muss fühlen«, setzte Thies hinzu und hatte damit für seine Verhältnisse schon viel gesagt.

»Gab es sonst noch weitere Beeinträchtigungen durch das Filmteam?«, erkundigte sich Falk.

Ihm war natürlich bewusst, dass es großen Ärger geben würde. Nicht jeder akzeptierte Thies Hoops Wildwestmethoden. Wenn sie Glück hatten, würde der Produzent sie nicht auf Schadenersatz verklagen. Ein Drehtag dieses Ausmaßes konnte sie teuer zu stehen kommen, Falk schätzte die Kosten auf eine sechsstellige Summe. Deshalb war es gut, möglichst viele Argumente zu sammeln, welche die ungewöhnliche Maßnahme des Strandsheriffs wenigstens annähernd rechtfertigten.

»Klar.« Thies nickte kurz zu Kai hinüber, der sofort begann, die Verfehlungen des Filmteams aufzuzählen.

Während er sprach, wunderte sich Falk, dass Kai sich wie selbstverständlich in Thies' Bude breitmachte. Er saß auf einem Stuhl am Tisch (!), trank aus einem von Thies' Emaillebechern (!) Kaffee (!) und durfte dazu noch den Mund aufmachen (!). Das hatte es im vergangenen Jahr, als Thies einen Rettungsschwimmer hatte, den Falk nur »Stoppelkopf« nannte, nicht gegeben. Der hatte gefälligst draußen zu bleiben, sich selbst zu versorgen und die Klappe zu halten. Kai hatte es also innerhalb kürzester Zeit geschafft, sich in das gut verschlossene Herz des Sheriffs zu schleichen. Beeindruckend.

»… vom Müll mal ganz abgesehen«, schloss Kai die Liste der Beschwerden. »Die haben natürlich Container, die die Gemeinde ihnen bereitgestellt hat, aber die sind immerzu voll, und achtzig Prozent der Dösköppe lassen ihren Müll in den Dünen liegen.«

Falk hatte sich Notizen gemacht und ging im Geiste die Punkte noch einmal durch. Es sah argumentativ gar nicht so schlecht aus für Thies. Es hatte diverse Beschwerden über Ruhestörungen gegeben, Fahrzeuge, die so geparkt waren, dass sie andere behinderten oder den Bus blockierten, oder sogar im Vogelschutzgebiet abgestellt waren. Außerdem hatte Thies mit einer Kamera dokumentiert, um wie viele Meter das Filmteam die ihm vertraglich zugestandene Zone für die Dreharbeiten eigenmächtig ausgeweitet hatte. Auf der einen Seite waren sie auf das Gebiet des Strandes für den Campingplatz vorgedrungen und im Bereich der Dünen in die Brutgebiete der Vögel. Thies beschwerte sich also vollkommen zu Recht – hatte sich aber mit dem Diebstahl und der Verhinderung der Dreharbeiten an diesem Tag trotzdem selbst schuldig gemacht.

Falk seufzte, stürzte mit Todesverachtung den letzten Schluck des Kaffees hinunter und stand dann auf. »Okay, Jungs, ich kümmere mich darum. Ich rede mit Jörn – aber ehrlich, ich glaube, da kommt noch was auf uns zu. Einstweilen könnt ihr gleich mal die Schienen zum Set zurückfahren.«

Thies stieß einen Laut der Empörung aus und verschränkte die Arme vor der Brust. »Ich denk nicht dran. Die können sich das selber abholen.«

Falk hatte keine Lust auf eine fruchtlose Auseinandersetzung. Er würde Bertie Bescheid sagen, wo das Zeug war. Schließlich hatte das Filmteam Jeeps am Strand, sie könnten die Sachen also tatsächlich selbst transportieren. Wenn Thies nicht auf sie schießen würde.

Er zeigte auf das Gewehr, das in einer Ecke des Zimmers lehnte. »Aber verkneif's dir, ja?«, sagte er zum Sheriff. »Mir zuliebe.«

Thies sah ihn nur starr an, während Kai immer noch breit grinste. Offensichtlich war der junge Mann stolz auf ihre Aktion und erhoffte sich ein bisschen Zoff mit den Filmleuten. Na ja, er war auch noch grün hinter den Ohren. Falk blieb nichts anderes übrig, als sich zu verabschieden. Er war gerade auf der zweiten Stufe der Holztreppe, die aus dem Häuschen nach draußen führte, da hielt ihn Thies zurück.

»Wir sehen uns heute Abend bei mir zum Skat. Jörn hat angerufen.«

»Heute?« Falk drehte sich um. »Ich weiß ehrlich gesagt nicht, ob ich's schaffe. Ich muss da noch was regeln.«

Thies runzelte fragend die Stirn, aber Falk wollte das mit seinem Vater nicht noch einmal erklären und winkte nur ab.

»Egal, vielleicht bis später.«

Damit verließ er die beiden Strandhelden und stampfte in Richtung Dünen. Nach knappen fünf Minuten kam Kai plötzlich neben ihm zu stehen.

»Äh, hör mal, ich hab grade mit Thies gesprochen«, schnaufte er.

»Ja?«, Falk wandte sich fragend um.

»Du brauchst heute nicht zu kommen«, gab Kai ihm Bescheid. »Ich bin der vierte Mann.«

Dann zwinkerte er keck, ließ Falk stehen und joggte locker mit weit ausgreifenden Schritten zurück.

Falk starrte ihm hinterher. Der war der vierte Mann? Was war denn bloß in Thies gefahren? Der konnte ihn doch unmöglich von der Skatrunde ausschließen?! Falk war fast versucht, wieder zurückzugehen und Thies zur Rede zu stellen, aber angesichts dessen, was er heute noch alles klären musste, verzichtete er darauf. Aber nun würde er heute Abend auf alle Fälle erscheinen. Dass einer von Thies' Arbeitssklaven in die heilige Kartenrunde vorstoßen durfte, das war mehr als ungewöhnlich für den Lucky Luke von Heisterhoog. Da musste etwas faul sein. Ob das Thies' Rache dafür war, dass Falk das Filmteam auf die Insel geholt hatte? Obwohl er das kaum glauben konnte, hielt Falk sich an diesem Gedanken fest und nahm sich vor, das bei nächster Gelegenheit direkt mit Thies zu klären. Nach der Sache mit seinem Vater. Und nach der Sache mit den entwendeten Schienen.

Falk hatte sich so auf diese Sommersaison gefreut, weil er gedacht hatte, dass sie seine erste Saison als entspannter Vollzeit-Strandkorbvermieter sein würde. Er hatte gehofft, tagein, tagaus sorgenfrei seinem Geschäft nachgehen zu können. Und nun das. Ein Berg Probleme, von denen seine Fernbeziehung zu Gina plötzlich das kleinste war.

Noch bevor er sich etwas zu essen machte, zückte Falk sein Telefon und unterrichtete Jörn vom Stand der Dinge. Dieser brach daraufhin in eine Schimpftirade über Thies aus, die sich schließlich aber auch auf das Filmteam erstreckte und in einem Seufzer, worauf man sich da bloß eingelassen hatte, mündete. Falk fühlte sich insgeheim sofort schuldig, immerhin war es seine Idee gewesen, das Fernsehen auf die Insel zu holen. Sie einigten sich darauf, dass der Bürgermeister sich bemühen würde, etwaige Schadenersatzforderungen des Produzenten von höchster Stelle abzuwehren, Falk sollte sich indessen darum kümmern, dass die Filmleute ihr Equipment von Thies abholen konnten, so dass der Ausfall sich vielleicht nur auf einen halben Drehtag erstreckte.

Daraufhin schrieb Falk Bertie eine lapidare SMS, wo sie ihr Zeug finden würden und dass die Folgen zwischen Karli, dem Produzenten, und Jörn, dem Bürgermeister, geregelt würden. Bertie antwortete nicht einmal. Falk briet sich ein Spiegelei, aß dazu einen trockenen Toast und schob sich zum Nachtisch einen Apfel rein, während er sich vornahm, seinen einstmals besten Kumpel Bertie zu einem baldigen Feierabendbier zu zwingen, um die Missstimmung, die zwischen ihnen entstanden war, zu beseitigen.

Obwohl er sich vor Frust und schlechter Laune am liebsten ein Mittagsschläfchen gegönnt hätte, verließ Falk daraufhin seine gemütliche Kate und strampelte nach Norderende. Die dicke Wolkendecke war noch immer nicht aufgerissen, und außer ihm waren jede Menge Touristen zwischen Norderende, dem Leuchtturm und Tüdersen in beiden Richtungen unterwegs. Da gab es die Rentnerpärchen, die mit beigefarbenen Laufschuhen und bunten Regenumhängen strammen Schrittes in das nächste Café unterwegs waren, um sich dort bei Friesenwaffeln mit Sahne und einem Pharisäer die auf dem Weg verbrannten Kalorien wieder zuzuführen. Noch häufiger vertreten waren die jungen sportlichen Eltern, mit schnittigen Fahrradhelmen und Softshelljacken, die an ihren Trekkingbikes ultramoderne Kinderanhänger befestigt hatten, in denen ein oder zwei Kinder komfortabel hinter der durchsichtigen Regenplane schlummerten. Diese Eltern legten meistens einen Affenzahn auf ihren Bikes vor, so dass Falk sich fragte, wohin um Gottes willen sie mit ihren tiefenentspannten Kindern unterwegs waren. Vielleicht hofften die jungen Eltern aber auch darauf, dass sie möglichst schnell ein Lokal erreichten und einen Caffè Latte sowie die Tageszeitung verschlingen konnten, bevor der Nachwuchs erwachte und sie wieder in Beschlag nahm. Die dritte auf der Insel häufig vertretene Gruppe von Reisenden waren die stets glücklich grinsenden und sehr erholt wirkenden Genusswanderer mittleren Alters. Bei ihnen handelte es sich zumeist um Ehepaare, deren leger-geschmackvolle Freizeitkleidung darauf schließen ließ, dass sie den mittleren bis gehobenen Einkommensklassen entstammten. Sie waren nie mit Kindern unterwegs, des Öfteren aber mit Hunden, und machten ganz den Anschein, als seien sie gottfroh, dass die eigenen Kinder endlich aus dem Haus waren und sie im Urlaub tun und lassen konnten, was sie wollten. Bis es dann so weit war und sie die Enkel mitnehmen mussten.

Zwischen all diesen Leuten schlängelte sich Falk auf seinem Weg nach Tüdersen hindurch und hing seinen Gedanken an Harms nach. Was sollte er diesem sagen, wenn er ihn tatsächlich finden würde? Er konnte ihn unmöglich bitten, wegen Grit sofort abzureisen. Das wäre unsensibel und dem eigenen Vater gegenüber zutiefst unfreundlich, auch wenn dieser sich sein Leben lang nicht um den Sohn geschert hatte. Aber ein solches Verhalten verbot schon die gute Erziehung, die Falk von seiner Mutter bekommen hatte. Es wäre ihm natürlich das Liebste gewesen, Harms sähe von selbst ein, dass er auf Heisterhoog nichts verloren hatte. Denn eine Begegnung seiner Eltern auf der Insel würde in einer Katastrophe münden, das war für Falk so sicher wie das Amen in der Kirche. Die Wunden, die Harms bei Grit geschlagen hatte, waren zu tief, als dass sie ihm locker und entspannt gegenübertreten könnte. Und jetzt, wo seine Mama verliebt war bis über beide Ohren und nach fast dreißig Jahren endlich wieder glücklich und entspannt, wünschte sich Falk, dass dieses Glück für Grit dauerhaft währen würde. Natürlich konnte er Harms auch schlecht auf den Kopf zusagen, dass er den Verdacht hatte, dass er krank, ja vielleicht sogar todkrank war. Und Falk bezweifelte auch, dass Harms das zugeben würde, schließlich hätte er gestern Abend bei Falk schon die Gelegenheit gehabt, damit herauszurücken. Und selbst wenn, was sollte er dann mit seinem Vater anstellen? Ihn zu sich nehmen? In die winzige Kate? Absolut undenkbar. Das Beste wäre, sich nach einem freundlichen Gespräch zu verabschieden und zu hoffen, dass Harms in den nächsten Flieger nach New York steigen würde – ohne dass Grit jemals etwas davon mitbekam.

Falk wurde in Tüdersens Fußgängerzone jäh aus seinen Gedanken gerissen. Denn Grit versperrte ihm den Weg. An ihrem Arm baumelte ein Einkaufskorb, der wie im Film mit Baguette und attraktivem Gemüse vollgepackt war. Sie trug eine pinkfarbene Regenpelerine, die ihr ausnehmend gut stand, und lachte glücklich über das ganze Gesicht.

»Hallo! Du wärst beinahe in mich reingefahren, hast du mich denn nicht gesehen?«, fragte sie und hielt Falks Rad am Lenker fest.

»Oh, Mama«, stotterte Falk überrumpelt, »sorry, ja, nee, ich hab dich echt nicht gesehen.«

Grit runzelte die Stirn. »Du siehst ja schrecklich aus, welche Laus ist dir denn über die Leber gelaufen?«

Aber Falk war nicht imstande, ihr zu antworten, denn hinter Grits rechter Schulter sah er seinen Vater Harms Thomsen, gebeugt und mit der unvermeidlichen Plastiktüte in einer Hand, die Straße überqueren und direkt auf sie zukommen.

# 12.

»Sag mal, geht's dir gut?« Grit sah Falk mit einer Mischung aus Belustigung und Besorgnis an, nachdem er sie beiseitegeschoben hatte.

Kaum hatte Falk seinen Vater, der in Gedanken versunken die Straße entlangschlenderte, erblickt, hatte er sein Fahrrad an einen Zaun gelehnt, Grit unsanft am Arm gepackt und auf die Terrasse eines Cafés gezogen. Zu seinem großen Glück wurde dort gerade einer der Strandkörbe frei, die an manchen Tischen die Stühle ersetzten und gerade an Schlechtwettertagen eine gute Möglichkeit boten, einen Kaffee im Freien zu trinken, ohne nass zu werden. Falk hatte Grit in den Sitz bugsiert, sich danebengeklemmt und die kleine Markise so tief wie möglich heruntergezogen. Gerade noch rechtzeitig, denn nun schlurfte Harms auf dem Bürgersteig an ihnen vorbei. Er hatte den Blick auf den Boden gerichtet und sah mit seinem gekrümmten Buckel und der alten Plastiktüte in der Hand eher aus wie ein Flaschensammler denn ein berühmter Schriftsteller. Ein Paparazzo würde jetzt ein entlarvendes Foto schießen, war Falks erster Gedanke gewesen. Der zweite war: Meine Mutter darf ihn nicht entdecken! Instinktiv quetschte Falk sich so tief in die Ecke des Strandkorbs, dass Grits Blick nach innen und nicht nach außen auf die Straße gelenkt wurde.

Jetzt schüttelte sie den Kopf. »Man könnte meinen, du wirst verfolgt«, sagte sie und lächelte.

Du weißt gar nicht, wie recht du hast, dachte Falk, antwortete ihr aber laut, dass er lediglich spontan mit ihr einen Kaffee trinken wolle. Und da der Strandkorb gerade frei geworden sei, habe er schnell reagieren müssen.

Grit schüttelte noch immer verwundert den Kopf und sah sich nach der Kellnerin um. Falk versuchte unterdessen, Harms nicht aus den Augen zu lassen – allerdings so, dass Grit es nicht bemerkte.

»Einen Chai Latte mit Sojamilch bitte«, bestellte Grit gerade, als Falk Harms in einer Gruppe Jugendlicher verschwinden sah.

»Für mich auch«, sagte er, und erst als Grit ihn ansah, als sei er endgültig übergeschnappt, wurde ihm bewusst, was ihm da eben für ein fataler Fehler unterlaufen war.

»Nein, nein! Entschuldigung«, rief er der Kellnerin nach, die sich zum Glück fragend umdrehte, »lieber einen doppelten Espresso!«

Die junge Frau nickte, und Falk atmete erleichtert auf. Er hasste jede Form von moderner Kaffeevariation. Für ihn sollte ein Kaffee das sein, was er seiner Herkunft oder Bestimmung nach war: ein Espresso, eine Wiener Melange, ein Café au Lait oder eben ein guter deutscher Filterkaffee. *Caramel Shots* oder *Cream Toppings* oder andere Kinkerlitzchen, wie sie heute bei jeder drittklassigen Bäckerei, die sich eine Kaffeemaschine leisten konnte, angeboten wurden, verabscheute er zutiefst.

Grit lachte. »Ich habe mich schon gewundert.«

Falk bemühte sich zurückzulächeln. »Ich war einfach in Gedanken.«

Harms' gebeugter Rücken tauchte wieder auf. Falk registrierte aus den Augenwinkeln, dass sein Vater nun an der Bushaltestelle stand und den Fahrplan studierte.

»Hat es immer noch mit Gina und dem Heiratsantrag zu tun?«, erkundigte sich Grit liebevoll.

Der Heiratsantrag. Meine Güte, es kam Falk vor, als wäre diese Vollmondnacht Tage, ja sogar Wochen her. Warum musste es in seinem Leben doch immer wieder so sein, dass sich alles von den Füßen auf den Kopf stellte? Wie gerne wäre er jetzt einfach nur mit seinen Gedanken an Gina beschäftigt. Vielleicht, dachte Falk plötzlich, sollte ich am Wochenende doch einfach nach Berlin zu meiner Liebsten fahren. Einfach mal drei Tage abhauen und alles stehen und liegen lassen! Mit Gina im Bett frühstücken, danach einkaufen auf dem Markt am Winterfeldplatz, in Schöneberg einen Kaffee trinken und am Abend in Friedrichshain in eines der neuen Restaurants von jungen wilden Köchen gehen? In seinen Gedanken lockte die Großstadt plötzlich doch, als ob sich sein Heisterhoog als zu klein für die vielen Probleme erwiesen hatte. Vielleicht konnte er Kai überreden, mit Nille zusammen am Wochenende die Strandkorbvermietung zu schmeißen. Aber dann fiel ihm ein: Es war ja Ferienbeginn in Brandenburg, Hamburg und Berlin. Gleichzeitig! Die Hölle! Das war niemand anderem zuzumuten. Und so verwarf er den revolutionären Gedanken an eine kleine Alltagsflucht sofort wieder.

Harms stand noch immer an der Bushaltestelle und sah sich suchend um. Falk drückte sich tiefer in den Strandkorb.

»Ob es mit Gina zu tun hat, habe ich dich gefragt!« Langsam schien Grit die Geduld mit ihrem verwirrten Sohn zu verlieren.

»Was? Ach nee. Mit Gina ist alles in Ordnung. Es ist mehr so der Stress«, gab Falk zur Antwort, während er Harms beobachtete. Dieser war offensichtlich unschlüssig, was er tun und in welche Richtung er gehen sollte.

»Stress? Ach komm, hör doch auf.« Seine Mutter kiekste ihn spielerisch in die Seite, und Falk zuckte zusammen. Das hatte er als kleiner Junge schon gehasst – umso lieber hatte Grit ihn damit geärgert.

»Mit dem Filmteam.« Falk begann, Grit von Thies' nächtlicher Aktion zu erzählen, dass er nun Zoff mit Bertie hatte und überhaupt mal wieder alles geradebügeln musste. Er versuchte, sich auf die Erzählung zu konzentrieren und gleichzeitig seinen Vater im Auge zu behalten. Dieser saß nun im Bushäuschen auf der Wartebank im Trockenen und sah aus, als suche er dort Unterschlupf. Falk war natürlich froh, dass Harms sich nicht wegbewegte, denn was sollte er tun, wenn sein Vater weiterzog? Er würde ihn aus den Augen verlieren, wenn er ihm nicht folgte, aber konnte auch nicht einfach aufspringen und Grit hier ohne Kommentar sitzenlassen.

Da kam der Bus von der Mole in Richtung Süderende. Falk hielt den Atem an: Was war denn das?! Harms stieg ein! Mit Sicherheit wollte er zu Falk, nach Tüdersen! Wohin sonst sollte er auch fahren, wenn er in Norderende wohnte. Bei dem Regen ging man nicht an den Strand, und für Sightseeing hatte sein Vater gewiss keinen Sinn, zumal er von Heisterhoog stammte. Verdammt. Er musste sofort wieder zurück nach Tüdersen, um Harms an seiner Kate aufzulesen. Falk sah auf seine Armbanduhr, zog überrascht die Augenbrauen nach oben und stürzte dann seinen Espresso hinunter.

»Mensch, Mama, schon so spät. Ich hab mich voll in der Uhrzeit vertan.« Mit diesen Worten erhob er sich, legte einen Schein auf den Cafétisch und küsste die perplexe Grit auf die Backe. »Geht auf mich. Ciao! Bis demnächst mal.«

Dann machte er, dass er rasch auf sein Rad kam, damit Grit ihn nicht doch noch aufhalten konnte. Er traute sich nicht, sich nach ihr umzudrehen, und trat stattdessen kräftig in die Pedale. Sonst hätte er gesehen, wie Grit in ihrem Soja-Chai-Latte rührte und mit verärgert zusammengekniffenen Augen ihrem Sohn nachschaute, dem sie kein Wort glaubte.

Doch als Falk völlig außer Atem an seiner Kate in Tüdersen ankam, war dort kein Harms. Falk ging extra noch den Weg zur Bushaltestelle hoch, aber die gebeugte Gestalt seines Vaters war nirgendwo zu erblicken. Harms war also entweder auf dem Weg ausgestiegen – aber wo? – oder bis Süderende weitergefahren, warum auch immer. Für Falk stand jedenfalls fest, dass er seinen Vater aus den Augen verloren hatte und damit sein Vorhaben gescheitert war. Er hatte sich vor seiner Mutter wie ein Idiot benommen und außerdem erkannt, dass die Gefahr, dass Harms und Grit sich in Norderende über den Weg liefen, groß und seine Sorge absolut berechtigt war.

Es war mittlerweile vier Uhr am Nachmittag. Es nieselte noch immer, und Falk war von den Ereignissen des Tages so mitgenommen, dass er beschloss, sich aufs Bett zu legen und zu lesen. Ein bisschen Entspannung hatte er durchaus verdient. Am Abend würde er einen guten Wein einpacken und zu Thies gehen – er war der vierte Skat-Mann und würde sich von keinem Rettungsschwimmer-Deputy an den Rand drängen lassen!

Gute zwei Stunden später erwachte Falk mit dem Buch auf seiner Brust. Er war nach nur zwei Seiten eingeschlafen und hatte nicht einmal das Klingeln seines Handys gehört. Dabei hatte er drei Anrufe verpennt. Der erste war von seiner Mutter, die sich besorgt nach ihm erkundigte und ihm anbot, dass sie bei Gesprächsbedarf jeder Art immer zur Verfügung stehe. Der zweite Anruf war von Jörn, der ihn an den Skatabend bei Thies erinnerte und ihm außerdem mitteilte, dass er für morgen eine außerordentliche Gemeinderatssitzung einberufen hatte. Es ging um den Ärger mit dem Filmteam und Thies' »kleinen Scherz«. Offenbar hatte der nette Karli mit einer Schadenersatzforderung in astronomischer Höhe gedroht, die Jörn nun versuchte abzuwenden und sich gütlich zu einigen. Er bat Falk, ebenfalls an der Sitzung teilzunehmen. Der dritte Anruf war der schönste, denn es war Gina, die verliebt in den Hörer flötete. Sie hatte das aktuelle Projekt für Jonkers & Jonkers beendet und machte deshalb ausnahmsweise früher Feierabend. Sie beschied Falk, dass sie große Sehnsucht nach ihm hatte, und erkundigte sich, ob er es vielleicht doch mal zu einem Gegenbesuch nach Berlin schaffte.

Gina war die Einzige, die Falk zurückrief. Er war noch immer benommen von seinem langen Schlaf, aber kaum hatte er eine halbe Stunde mit ihr gesprochen, fühlte er sich wieder erfrischt und gut gelaunt. Gina, die Harms nicht kannte, wollte nicht glauben, dass dessen Anwesenheit auf der Insel Grits innere Harmonie stören könnte, und riet Falk, die Sache entspannter anzugehen. Vielleicht war dies die Chance, so Gina, einen neuen Zugang zu Harms zu finden und seine Eltern miteinander auszusöhnen. Grit war schließlich in einer neuen Beziehung und emotional entsprechend stabil. Falk fand es immer wieder erstaunlich, wie Gina es schaffte, manche Dinge aus einer ganz anderen, viel positiveren Perspektive zu betrachten, als er dies tat. Und obwohl er keineswegs an eine »Familienversöhnung«, wie sie Gina vorschwebte, glaubte, nahm er sich doch vor, den Besuch von Harms nicht nur negativ zu sehen.

Am liebsten hätte er gar nicht mehr aufgehört, mit Gina zu plaudern, ihre Stimme, ihre positive Energie und ihre klugen Ratschläge waren Balsam für seine Seele, aber Falk brach dennoch ab, weil er seinen Stammplatz beim Skat einnehmen wollte. Sie verabschiedeten sich liebevoll, Falk machte sich frisch und ging dann, bewaffnet mit Wein und einer Taschenlampe, hinunter zum Strand.

Es hatte aufgehört zu regnen, der Himmel war nun klar und von tiefem dunklem Blau, als hätte ihn niemals ein Wölkchen getrübt. Die Sonne schickte sich an, binnen der nächsten Stunde im Meer zu versinken, und der Mond war schon mit schmaler Sichel bereit, ihren Platz einzunehmen. Das als Westernfort getarnte DLRG-Häuschen stand einsam am Strand und wirkte mit seinen leuchtenden Fenstern gemütlich und einladend. Erleichtert stellte Falk fest, dass der Haufen mit dem Equipment der Filmleute verschwunden war, der morgige Drehtag war vermutlich gesichert.

Als er die fünf Holzstufen der Treppe erklommen und die

Tür geöffnet hatte, schlug ihm nicht nur der heiße Dunst des Allesbrenners entgegen, sondern auch der würzige Safran-Fisch-Duft einer Bouillabaisse.

»Silke, du bist eine Künstlerin«, sagte Falk zur Begrüßung, und die so Geehrte brach in schallendes Gelächter aus.

»Du hast noch nicht einmal probiert!«, sagte Silke Söderbaum und umarmte Falk herzlich.

»Ist nicht nötig«, grinste Falk, »ich weiß auch so, dass die Suppe Wahnsinn sein wird.«

Dann begrüßte er nacheinander Jörn, der sich ebenfalls erhob und Falk kurz und männlich umarmte, und Thies, der selbstverständlich sitzen blieb und nur knapp nickte. Falk sah sich in dem winzigen Raum verstohlen um – kein Kai.

Während Falk sich setzte, verteilte Thies den Kartenstapel, den er seit Falks Eintreten kunstvoll gemischt hatte.

Falk erkundigte sich nach dem Rettungsschwimmer: »Kai meinte, er würde heute für mich einspringen.«

Silke und Jörn sahen ganz erstaunt aus, aber Thies schnaubte heftig.

»Pah! Davon träumt er wohl.« Dann schob er sich einen Kautabak unter die Lippe und nahm seine Karten auf. »Achtzehn.«

Silke nickte. »Ist das dein Neuer?«

»Zwanzig?« Thies zog es offenbar vor, sich dazu nicht zu äußern, und reizte weiter. Bei »Sieben« schüttelte er den Kopf. Silke sah erwartungsvoll zu Falk, aber der schob ihr nur den Stich zu, er hatte ein miserables Blatt.

Silke sah hocherfreut in ihre Karten – beim Pokern hätte sie jedes Mal haushoch verloren –, ordnete um und fragte Thies dann ganz unschuldig weiter aus, nicht ohne zuvor verkündet zu haben, dass sie auf Grand Hand spielte.

»Ist das der große Dunkle, mit dem ich dich gestern gesehen habe?«, versuchte Silke es noch mal.

Thies zog nur die Augenbrauen nach oben.

»Der sieht doch ganz nett aus«, Silke ließ nicht locker und sackte dabei einen Stich nach dem anderen ein.

Thies zuckte bloß mit den Achseln.

»Der ist auch ganz nett.« Falk schob Silke alle seine Karten hin, er war so dermaßen blank, dass er keinen Schnitt machen würde.

Silke grinste triumphierend. Sie hatte haushoch gewonnen, stutzte aber, als Thies seine letzte Karte ausgespielt hatte.

»Sag mal, träumst du? Du hattest ja die Karo-Zehn, damit hättest du doch meine Dame übernehmen können! Ich glaub's nicht, das ist dir noch nie passiert!«

Nicht nur Silke, auch Jörn und Falk waren sehr überrascht, dass dem Cowboy so ein böser Schnitzer unterlaufen war. Dafür hätte er jeden anderen gelyncht. Thies schien selbst nicht ganz zu glauben, dass ihm das passiert war. Er starrte auf die Karten, schüttelte den Kopf, drehte sich dann eine Kippe und stellte sich an die geöffnete Tür des Häuschens, während Jörn übernahm und mischte.

»Netter Junge, aber 'n büschen frech«, sagte Thies, während er den Rauch durch die Nase blies.

Silke lachte gutmütig. »Das heißt, er leistet dir nicht bedingungslosen Gehorsam wie deine anderen Sklaven?«

Jörn und Falk kicherten, denn das war natürlich der wunde Punkt.

Thies zeigte mit der Kippe auf Silke. »Den erzieh ich noch, das wirst du schon sehen.« Dann blickte er wieder nach draußen.

»Apropos Erziehung«, nahm Jörn den Faden auf und wendete sich an Falk. »Hast du deinen Vater erwischt?«

Jetzt wurden Silke und sogar Thies hellhörig. Also erzählte Falk die ganze Geschichte von Harms' überraschender Anwesenheit auf Heisterhoog noch einmal von vorne.

Silke stellte in einer Tour Zwischenfragen und bekräftigte dann Falks Befürchtungen bezüglich seiner Mutter aufs heftigste. »Das ist eine Katastrophe!«, meinte sie und riss die Augen dabei weit auf. »Da hat man sich endlich emanzipiert und es geschafft, von diesem miesen Drecksack loszukommen, da steht er plötzlich vor der Tür! Ausgerechnet jetzt, wo Grit auch noch so süß verliebt ist.«

Thies war anzusehen, dass er versuchte, Silkes Äußerung über Harms nicht auf sich zu münzen, aber er runzelte verunsichert die Stirn.

Jörn allerdings überraschte Falk mit seiner Bemerkung. »Der arme Piet.«

Also, an Piet hatte Falk in der ganzen Sache noch nicht einen Gedanken verschwendet. Er bemerkte aber, dass nun auch Thies und Silke bedrückt nickten.

»Warum Piet? Was geht das denn Piet an?«, erkundigte sich Falk.

»Vielleicht ja gar nichts«, versuchte Jörn abzulenken. Silke zog bedeutungsschwanger die Augenbrauen nach oben. »Sie sind so ein süßes Paar, Piet und deine Mama«, sagte sie dann warm und legte Falk die Hand auf den Arm. »Es wäre schade, wenn das nichts wird.« Silke guckte ganz kurz zu Thies, der ihren Blick auffing.

Falk stöhnte. »Mann, das nervt mich alles so. Das ist doch verkehrte Welt. Jetzt muss ich als Sohn das junge Liebesglück meiner Mutter vor meinem Vater schützen!« Er schüttelte den Kopf, aber als Jörn, Silke und Thies anfingen zu lachen, fand er selbst, dass diese verkürzte Darstellung äußerst komisch klang.

»Zum Glück hab ich keine Kinder, die sich in mein Liebesleben einmischen«, sagte Thies in einer für ihn fast schon geschwätzigen Bemerkung. Dabei zwinkerte er Silke zu, die daraufhin mädchenhaft errötete.

»Aber dann ginge vielleicht mal was voran …«, raunte Jörn Falk zu, so dass Thies es durchaus hören konnte. Silkes Wangen wurden noch eine Spur röter.

Thies entgegnete nichts. Er sah Jörn durchdringend an,

schien dann zu überlegen und stand abrupt auf. Er nahm aus seinem Kühlschrank einen eiskalten Roséwein und öffnete die Flasche. Er goss vier Gläser ein und stellte jedem eines hin. »Auf meine süße Silke!«, toastete er, und Jörn und Falk brachen unisono in wildes Geheul aus.

Silke war sprachlos. Während die Männer ihr zuprosteten und ihren Wein hinunterstürzten, hatte sie noch immer den Arm mit dem vollen Glas erhoben. »Aber Thies, wir wollten doch nicht …«, stotterte sie perplex.

»Wissen doch sowieso schon alle«, knurrte Thies und begann erneut, sich eine Kippe zu drehen.

»Er hat recht, Silke. Wir sind eine ziemlich kleine Insel, falls dir das bis jetzt entgangen ist.« Jörn lachte.

Silke nahm nun einen Schluck, sah aber noch immer aus, als sei ihr die plötzliche Enthüllung unangenehm. »Trotzdem. Ich will nicht, dass geredet wird.«

»So wird doch noch viel mehr geredet«, meinte Jörn.

Silke stand nun auf und drehte ihnen den Rücken zu.

Falk war sicher, dass sie verbergen musste, wie gerührt sie davon war, dass ausgerechnet ihr Freund, der coole Cowboy, ihre Affäre publik gemacht hatte.

Thies legte den Arm um Silke. Er küsste sie liebevoll auf den Hals. »Ich wollte eigentlich ein bisschen angeben mit dir. Aber wenn du nicht willst … bleibt es unter uns vieren. Okay?« Er zwinkerte Jörn und Falk zu und stellte sich zum Rauchen wieder an die geöffnete Tür.

Silke, die mittlerweile ihre köstliche Fischsuppe in vier Teller gefüllt hatte, verteilte diese und seufzte. »Na gut, wenn's denn mal schon raus ist, dann können wir euch ja auch alles erzählen.« Sie wechselte einen kurzen Blick mit Thies, der ihr aufmunternd zunickte. »Thies zieht wohl zu mir. Das ist ja kein Zustand hier in der Bruchbude. Und ich kann Hilfe beim Renovieren brauchen.«

Falk lag ein Kommentar auf der Zunge, aber er schluckte ihn

hinunter. Er freute sich für Thies und Silke. Seit er auf Heisterhoog weilte, hatte er die beiden fest ins Herz geschlossen, obwohl sie, ebenso wie Jörn, über zehn Jahre älter waren als er. Aber alle drei hatten das Herz am rechten Fleck, und er wusste, dass er sich an jeden von ihnen wenden konnte, wenn er Sorgen hatte. Deshalb hob er nun sein Glas und toastete: »Auf die Liebe!«

Die anderen fielen mit ein, und die erste Flasche Rosé war schneller geleert als die wunderbare Bouillabaisse gegessen. Der Skatabend wurde lang und ausgelassen, und Falk war seinen Freunden zutiefst dankbar, dass sie ihn, für den der Tag so trüb begonnen hatte, auf andere Gedanken gebracht hatten.

Als Jörn und er sich verabschiedeten – nun musste Silke nicht mehr so tun, als würde sie ebenfalls aufbrechen, um dann später heimlich wieder zurückzukehren –, war es weit nach Mitternacht. Falk beleuchtete mit der Taschenlampe den Weg zu seiner Kate. Jörn hatte sein Fahrrad dort abgestellt, und bevor sie sich verabschiedeten, nahm Falk seinen Mut zusammen und stellte Jörn endlich die Frage, auf deren Antwort er schon lange neugierig war: »Bist du eigentlich Single, Jörn?«

Der Bürgermeister nickte. Aber er sah nicht im Geringsten traurig oder deprimiert aus. »Ich bin ein alter Hagestolz«, gab er lächelnd zur Antwort.

»Es ist nie zu spät«, meinte Falk aufmunternd, »das siehst du ja an Grit und Piet.«

Erst jetzt verfinsterte sich Jörns Gesicht. »Ja. Ich hoffe nur, es bleibt dabei. Piet hätte es verdient«, meinte er nachdenklich.

Jetzt wurde Falk neugierig. »Du hast vorhin schon einmal so eine Bemerkung gemacht. Was meinst du damit?«

Jörn sah Falk direkt ins Gesicht. »Hat Grit dir nichts erzählt?«

Falk verneinte.

Jörn überlegte kurz. »Vielleicht weiß sie es selbst nicht. Deshalb … rede lieber nicht mit ihr darüber. Vielleicht möchte Piet gar nicht, dass sie es erfährt.«

Falk runzelte die Stirn. »Mach's nicht so geheimnisvoll. Was ist mit Piet?«

Jörn guckte erst einmal in den klaren Sternenhimmel und holte dann tief Luft. »Piet war schon einmal verheiratet. Und sehr verliebt. Elsa hieß seine Frau. Sie war nicht von hier, sondern von der Küste. Sie hatten gerade ein Baby bekommen, als es passierte.«

Falk schluckte. Er war plötzlich nicht mehr sicher, ob er die Geschichte hören wollte.

»Sie waren mit dem Auto auf dem Festland unterwegs. Zu Elsas Eltern. Sie saß hinten, neben dem Kleinen, er war nicht mal ein Jahr alt. Es war ein Auffahrunfall, Piet war nicht schuld. Aber er hat als Einziger überlebt, schwer verletzt.«

Falk fröstelte. Er mochte sich die grausame Szene nicht vorstellen. Aber er bekam jetzt ein Gefühl dafür, was Piet mit sich herumschleppte. Deshalb sprach er nie über sich. Über seine Vergangenheit. Und er hatte ihn für einen Langweiler gehalten.

Jörn blickte Falk nun direkt ins Gesicht. »Er war mit keiner Frau mehr zusammen. Bis er Grit getroffen hat. Deshalb habe ich vorhin ›armer Piet‹ gesagt. Ich würde ihm so wünschen, dass er mit deiner Mutter glücklich wird.«

Ja, dachte Falk betroffen, das wünsche ich ihm auch. Und Mama. Dann hob er die Hand zum Gruß und sah Jörn nach, bis das rote Rücklicht des Bürgermeisterfahrrads in der Dunkelheit verschwand. Verdammter Harms, dachte Falk noch und schloss die Tür hinter sich.

# 13.

Es war allerschönstes Strandwetter! Der Himmel strahlend blau und, wie es die vergangene sternenklare Nacht schon verheißen hatte, absolut wolkenlos. Obwohl es erst elf Uhr am Vormittag war, hatte die Sonne ihre Kraft voll entwickelt, und das Thermometer war auf satte achtzehn Grad geklettert. Falk hatte Hummeln im Hintern. Er wollte unbedingt an den Strand, aber im Moment saß er im Gemeindesaal von Norderende fest, und das würde garantiert eine Zeitlang dauern. Der Gemeinderat war bereits vollzählig, doch es fehlten noch der Produzent und Bertie. Auch Thies hatte sich bisher nicht eingefunden. Dafür war Hubert von Boistern ausgesprochen pünktlich. Er hatte überraschenderweise Gernot Limpinsel mitgebracht und das damit erklärt, dass Gernot ihn für seine Rolle als Mediator gecoacht habe.

Jörn verwies Hubsi milde lächelnd darauf, dass er ihn *tatsächlich* als Mediator berufen habe und nicht nur *zum Spiel.*

»Jörn«, entgegnete Hubsi daraufhin ungewohnt sanft, denn normalerweise hasste er es, berichtigt zu werden, »dank Gernot weiß ich jetzt: Wir spielen alle nur eine Rolle in unserem Leben. Immer. Auch du. Denk mal drüber nach.« Er tätschelte generös den Arm von Jörn, der sich ein Lachen schwer verkneifen musste.

Nun erschienen die beiden Leute von der Produktionsfirma, Bertie und Karli, der Produzent. Falk hob die Hand zum Gruß und lächelte Bertie an, aber der sah an ihm vorbei, als würde er ihn nicht kennen. Auch das noch, stöhnte Falk innerlich auf, jetzt fährt er die Zickentour. Es wird echt Zeit für eine Aussprache unter vier Augen!

Als Letzter, mit zehnminütiger Verspätung, tanzte schließlich Thies Hoop an, ohne Kai im Schlepptau, denn irgendjemand musste mit Nille die Stellung am Strand halten. Falk machte sich ohnehin Sorgen, ob die beiden dem heute zu vermutenden Publikumsverkehr standhalten würden. Nille war zwar durchaus in der Lage, einen Strandkorbschlüssel herauszusuchen oder einen Korb an eine gewünschte Stelle zu fahren, aber alles, was mit Geld und Bezahlung zu tun hatte, überforderte ihn total. Und da Falk in seinem Büdchen neben dem Strandkorbgeschäft auch einen kleinen Kiosk aufgezogen hatte, wo er Eis, Sonnencreme, Pflaster, Süßigkeiten, Kaltgetränke und köstlichen Kaffee verkaufte, war es unvermeidbar, dass Nille Geld einkassieren und Wechselgeld herausgeben musste. Nille tat aber nichts dergleichen. Er gab gerne großzügig alles her, was sich in Falks Kiosk befand, und verlangte dafür meistens keine Gegenleistung. Dafür sollte nun Kai sorgen und die Kasse machen. Was aber, wenn der durch seine Tätigkeit als Bademeister und Rettungsschwimmer anderweitig beschäftigt war? Falk dachte mit Grauen daran, wie teuer ihn dieser Strandtag zu stehen kommen konnte, wenn Nille Stunde um Stunde sein Geschäft verwaltete.

Jörn klopfte jetzt auf seinen Tisch und eröffnete die Sitzung. Er begrüßte die Mitglieder des Gemeinderats und entschuldigte sich für die sehr kurzfristige Einberufung, dann begrüßte er die anwesenden Gäste. Der Produzent reagierte nicht einmal mit einem Augenzucken, stattdessen verschränkte er missmutig die Arme vor der Brust. Thies Hoop sah auch nicht friedfertiger aus. Er starrte Karli böse an, als könnte er diesen mit seinem Blick dematerialisieren.

Anschließend trug Jörn die Sachlage vor, und Falk bewunderte, wie schon so oft, Jörns Fähigkeit, beiden Parteien

Rechnung zu tragen. Obwohl er als betroffener Bürgermeister durchaus parteiisch sein durfte, schließlich versuchte die Produktionsfirma, die Gemeinde Heisterhoog für den Ausfall eines Drehtages in Höhe von knapp 150 000 Euro haftbar zu machen. Auf der anderen Seite stand allerdings, dass ebendiese Firma mit den Dreharbeiten wiederholt gegen die von der Gemeinde gemachten Auflagen verstoßen hatte. Es war also offensichtlich, dass Jörn Krümmel darauf hinauswollte, dass man sich ohne Rechtsstreit auf einen Vergleich einigte. Der Produzent lehnte das aber in seiner Stellungnahme kategorisch ab. Ein Raunen und Stöhnen ging durch den Gemeinderat. Alle Mitglieder hatten sich, wie Falk, von ihrem Hauptberuf frei gemacht, um an der Sitzung teilnehmen zu können, und hofften, dass sich die Sache schnell und formlos erledigen ließe. Aber Karli betete noch einmal alles herunter, was bereits im Schreiben des Chefs der Produktionsfirma stand: Die Gagen der Schauspieler, die für den Tag gebucht waren, aber nicht drehen konnten, die Miete von diversem Equipment, das nun einen zusätzlichen Tag bezahlt werden musste, die hundertfünfzig Statisten, die Verpflegung und so weiter und so weiter – nichts, was man nicht schon wusste. Dann stand Bertie auf und begann in seiner Funktion als Aufnahmeleiter zu monieren, dass die Dreharbeiten auf Heisterhoog von Beginn an wegen mangelnder Akzeptanz in der Bevölkerung behindert, ja wenn nicht gar sabotiert worden seien.

»Sag mal, spinnst du?!« Falk hielt es nicht länger auf dem Sitz, entgegen seinem Vorsatz, sich zurückzunehmen und später mit seinem Kumpel ein klärendes Vieraugengespräch zu führen. Bertie blickte ihn ungerührt an, Jörn klopfte um Ruhe bittend auf seinen Tisch, aber Falk war nicht zu stoppen. »Ihr kommt hier an, nehmt alles in Beschlag, Straßen, Parkplätze, Bohlenwege, den Strand, seid aber null vorbereitet! Und jetzt versuchst du, den Spieß umzudrehen – das ist doch lächerlich, Bertie!«

Hubsi zog Falk an seinem Sweatshirt und bedeutete ihm, dass er sich hinsetzen solle.

Bertie dagegen tippte sich an die Stirn. »Chill mal, Alter. Wir hätten ja im Studio drehen können, aber *du* wolltest doch unbedingt, dass wir auf eure Insel kommen …«

»Geht's noch?« Falk unterbrach Bertie erneut. »Du wolltest dich um jeden Preis profilieren, weil du sonst gar nicht gedreht hättest, und warst heilfroh, dass ich vorgeschlagen habe, das Ding nach Heisterhoog zu verlegen …«

»Mooo-ment!« Jetzt trat Hubert von Boistern in den Ring. Seine große Stunde war gekommen: die Rede ans aufgebrachte Volk. Eine Spezialität von Hubsi, wie Falk bereits mehrfach erleben durfte. Hubert sonnte sich einen Moment in der Aufmerksamkeit aller Anwesenden – nur Thies verdrehte genervt die Augen –, dann hub er mit sonorer Stimme an: »Das ist doch keine Privatfehde, Jungs«, sagte er und musterte streng sowohl Bertie als auch Falk, die sich sofort wie zwei Schüler vorkamen, die wegen eines ungebührlichen Streiches zur Räson gerufen wurden. »Hier geht es doch um viel mehr. Und damit meine ich nicht nur das Geld!« Hubsi wandte sich mit erhobenem Zeigefinger von Falk und Bertie ab und blickte bedeutungsschwanger in die Runde.

Falk bemerkte, dass Gernot Hubert zunickte, offensichtlich hatten die beiden tatsächlich Hubsis Auftritt durchgesprochen und perfektioniert. Er gehört in den römischen Senat, schoss es Falk durch den Kopf. Er vergaß fast seinen Ärger über Exkumpel Bertie, als er sich den fetten Hubert in wallender Toga und mit lorbeerbekränztem Haupt vorstellte.

Hubert begann gerade, salbungsvoll zu erklären, warum man sich ohne Streit einigen solle, denn alle Menschen seien schließlich an Harmonie interessiert, gerade auf einer so entspannten Insel wie Heisterhoog (das kannte Falk nun schon), was für die Produktionsfirma bedeutete, dass die Dreharbeiten von jetzt an reibungslos für die Heisterhooger ablaufen müssten …

An dieser Stelle räusperte sich Thies vernehmlich und brachte von Boistern aus dem Konzept. »Rhabarber, Rhabarber, Rhabarber«, ließ er sich vernehmen.

Hubsi stockte und blickte irritiert zu Gernot, der ganz leicht den Kopf schüttelte. Hubsi wollte gerade fortfahren, als Thies aufstand und sich an die Mitglieder des Gemeinderates richtete.

»Wir sollen also glauben, dass es hier nicht um Geld geht, ja?« Thies nahm nun jeden Einzelnen des Gemeinderates ins Visier, ganz so wie ein gewiefter Anwalt die Geschworenen in einem amerikanischen Gerichtsstreifen. »Und das aus dem Mund von Bernd Frekksen! Dass ich nicht lache.«

Alle hier auf der Insel wussten, dass Hubert von Boistern seinen adeligen Namen von seiner Frau Thea übernommen hatte. Ursprünglich war er ein getaufter Frekksen, was nicht nur in seinen Ohren weniger vornehm klang. Gernot Limpinsel, Karli und Bertie guckten allerdings irritiert.

Thies ließ sich davon nicht beirren. »Der Frekksen hat immer nur an einen Gott geglaubt, und das war und ist und bleibt: die Kohle! Lasst euch man nicht einreden, dass das jetzt anders ist, da kann er noch so viel Kreide gefressen haben.«

Thies bedachte Gernot Limpinsel mit einem spöttischen Blick. Falk versuchte in Jörns Gesicht zu lesen, ob der eingreifen würde. Aber in dessen Mundwinkel spielte ein feines Lächeln, so dass Falk sicher war, dass Thies letztendlich aussprach, was Jörn – rein privat – dachte, aber als Bürgermeister nicht aussprechen durfte.

Hubsi hatte sich gefangen und baute sich bedrohlich vor Thies auf. Er schob seinen Hundertkilobauch wie einen Panzer vor sich her, Thies dagegen wirkte wie ein gemeingefährliches Klappmesser. Die beiden Kontrahenten funkelten sich an.

»Dein Privatkrieg mit mir geht hier keine Sau was an«, dröhnte Hubsi. Und er hatte recht. »Hier geht es darum, Schaden von unserer Insel abzuwenden.«

»Und das schaffen wir, indem die Filmheinis abrücken. Und zwar sofort«, konterte Thies.

»Machen Sie sich nicht lächerlich«, schaltete sich nun Karli unerschrocken ein. »Wir drehen hier noch zwei Wochen. Das haben wir schwarz auf weiß. Und wenn Sie uns nicht sabotiert hätten, dann könnten wir auch pünktlich abrücken. Wenn uns die Insulaner aber weiterhin das Leben so schwermachen …« Er schüttelte bedauernd den Kopf und sah beifallheischend zu Bertie. Bevor er fortfahren konnte, rückte Thies sein Gesicht ganz nah an seines heran.

»Jetzt hör mal gut zu, du Wicht. Ihr habt euch nicht an unsere Verabredung gehalten. Deshalb habe ich mich auch nicht verpflichtet gefühlt, fair zu spielen. Das war vielleicht 'ne Scheißaktion, okay. Aber ich kann noch ganz anders.«

Der Produzent zuckte zusammen.

»Thies, halt dich besser zurück«, versuchte Hubsi einzuschreiten.

Thies fuhr herum. »Dir geht's nur darum, dass du deine Immobiliendeals mit den Leuten in Ruhe abwickeln kannst, deswegen willst du keinen Stress. Aber weißt du was? Das geht mir am Arsch vorbei.«

Monika vom Wollladen und der Buchhändler begannen aufgeregt zu tuscheln. Dass Hubsi vorhatte, an den Produzenten und die beiden Starschauspieler Ferienwohnungen zu verscheuern, zu einem vermutlich extrem überhöhten Preis, hatten sie wohl noch nicht gewusst. Hubsi sah beleidigt aus und hielt für einen kurzen Moment die Klappe.

»Aber«, fuhr Thies fort und nahm erneut Karli ins Visier, »wie gesagt, ich kann auch anders. Und ich sag dir eins: Wenn ihr eure Schadenersatzforderung nicht heute noch zurücknehmt, dann gibt's Krieg.« Thies berührte mit seiner Stirn fast die von Karli, der sich allergrößte Mühe gab, unbeeindruckt zu wirken, dem aber bereits die Schweißperlen auf der Stirn standen. »Und zwar richtig. Wenn ihr auch nur einen Zentimeter eures Areals verlasst, wenn ich auch nur ein Kaugummipapier von euch in den Dünen finde, wenn …«

»Es reicht, Thies.« Jörn stand auf und unterbrach das Schauspiel. Schade, wie Falk fand, denn er hätte Thies, der normalerweise nie mehr als zwei Sätze aneinanderreihte, gerne noch länger in Aktion gesehen.

»Wir konnten uns ein Bild machen. Was du da machst, ist Nötigung, und ich glaube nicht, dass wir so zu einem Konsens kommen.« Jörn nickte dem Produzenten zu.

»Äh«, stammelte dieser. »Ich werde mich mit dem Anwalt bereden, wie wir weiter vorgehen. Möglicherweise nehmen wir Ihr«, nun räusperte er sich vernehmlich, »Angebot an.«

Obwohl niemand jemals ein Angebot gemacht hatte, nickte Jörn freundlich. »Nun, dann denke ich, können wir unser kleines Treffen auflösen. Wir hören dann voneinander.«

Karli gab Jörn verkniffen die Hand, warf Thies einen säuerlichen Blick zu und hatte es plötzlich sehr eilig, aus dem Raum zu kommen. Bertie und Gernot Limpinsel folgten ihm rasch.

Hubert von Boistern wollte ebenfalls hinterher, blieb aber noch einmal vor Thies stehen. »Du bist ein elender Hinterwäldler. Deine Wildwestmethoden ziehen nicht in der Welt des Big Business. Und eins sag ich dir, Thies«, er tippte dem Cowboy mit seinem Zeigefinger energisch auf die Brust, »komm mir nicht in die Quere.«

Thies grinste schief. Hubert und er starrten sich einen Moment in die Augen, dann lief Hubsi den Leuten vom Film hinterher.

»Hast du Angst, dass deine kleine Nancy die Rolle nicht bekommt?«, rief Thies ihm hinterher.

Hubert drehte sich auf dem Absatz um. »Von wegen«, gab er bissig zurück. »Meine Nancy ist so begabt, die kommt noch ganz groß raus.« Dann verschwand er und schloss die Tür des Gemeindesaals hinter sich.

»Thies, wir sprechen uns noch.« Jörn war ganz ernst geworden und bat den selbsternannten Sheriff in sein Amtszimmer. Die Leute vom Gemeinderat dagegen, die im Prinzip gar nicht hätten erscheinen müssen, so wie die Sache nun gelaufen war, zerstreuten sich peu à peu.

Nur Monika blieb neugierig bei Falk stehen. »Nancy spielt da mit?«, fragte sie neugierig. »Seit wann das denn?«

»Keine Ahnung«, gab Falk zurück, »aber wundern tut's mich nicht.«

»Pffft«, Monika blies die Backen auf, »die Boisterns hängen sich doch überall mit rein, wenn es nur ein bisschen Publicity verspricht.«

Sie sah missbilligend drein, aber Falk mutmaßte, dass sie insgeheim froh war, dass sie brandheißen Tratsch unter die Leute bringen konnte. Im Nu würde sich die Nachricht von der schauspielenden Nancy über die Insel verbreiten.

Falk beeilte sich, die Kurverwaltung zu verlassen, er statte-te weder Biggi noch seinem Büro einen Besuch ab, sondern wollte so schnell wie möglich zum Strand und dort nach dem Rechten sehen. Als er durch Norderende fuhr, hielt er die Augen nach Harms offen, konnte aber die auffällige Gestalt seines Vaters nirgendwo entdecken.

Als er eine Viertelstunde später bei seiner Hütte am Strand auftauchte, empfing ihn Nille schon freudestrahlend. Er zeigte auf die große Wandtafel, die an der hinteren Wand der Hütte hing. Die Tafel hatte Falks Onkel Sten angefertigt, und man sah darauf den Strandabschnitt, den »Thomsens Strandkörbe« abdeckte. Es waren Areale eingezeichnet, für den Textilstrand, den Familien-, den Hunde-, den Nacktbade-, den Single-, den Rentnerstrand und den für die Spinner. Überall steckten winzig kleine Strandkörbe aus Holz mit ihren Nummern drauf und bezeichneten, dass sie vermietet und wo sie platziert waren. Nille schnitzte und bemalte die Miniaturkörbe und kümmerte sich mit akribischer Pedanterie darum, dass die

Karte immer auf dem aktuellsten Stand war. Jeder Strandkorb, der umgestellt wurde, dessen Schlüssel zurückgegeben wurde oder der reparaturbedürftig war, wurde entsprechend markiert oder von der Karte entfernt. Am heutigen Tag hatte Nille zwölf Strandkörbe zur Neuvermietung gebracht. Sogar Einnahmen hatte der Klabautermann vorzuweisen, deutete dabei aber pflichtschuldigst auf das DLRG-Häuschen, vor dem Kai im Sand saß und sich sonnte.

Falk winkte dankend zu dem jungen Mann hinüber, der als Antwort lässig mit der Hand wedelte. Die Befürchtungen von Falk, die Kasse könnte leer sein, hatten sich zum Glück nicht bewahrheitet.

Dann kam Kai lässig herübergeschlendert. »Und?«, erkundigte er sich. »Wie ist es gelaufen?« Dabei spuckte er einen Priem in den Sand.

Falk traute seinen Augen nicht: Fing der auch schon an wie Thies und kaute Tabak? Er musterte Kai. Vor zwei Wochen war er auf die Insel gekommen, hatte sich, ohne direkt am »Casting« teilzunehmen, mühelos den Job unter den Nagel gerissen und sich ganz offensichtlich bei Thies unentbehrlich gemacht. Wie sonst war es zu erklären, dass Kai Thies duzte, in seine Behausung ging, auch wenn Thies nicht anwesend war, dort Kaffee kochte, den Thies – Wunder aller Wunder! – sogar trank? Auch Falk mochte den jungen Schlaks, der sich mit Nille angefreundet hatte und sich als sehr hilfsbereit erwies, wenn bei Falk wegen seiner Paralleljobs Not am Mann war. Und trotzdem wurde Falk das Gefühl nicht los, dass Kai, der nie von sich erzählte, ein Geheimnis hatte.

»Weiß nicht, wie es gelaufen ist«, gab Falk schließlich zur Antwort. »Thies hat die Sache, na ja, an sich gerissen, um es mal nett auszudrücken. In Wirklichkeit hat er die Jungs vom Film ordentlich in die Mangel genommen und ihnen schlussendlich sogar gedroht.«

»Cool!«, sagte Kai beeindruckt und machte die Becker-Säge.

»Hey, hey, Moment mal«, bremste Falk die jugendliche Begeisterung, »es war nicht gerade die feine englische Art, was Thies sich da geleistet hat. Das war Nötigung, wenn man es genau nimmt, und wenn die Filmleute uns böse kommen wollen, dann zeigen sie ihn auch noch an.«

»Ach Quatsch!« Kai winkte ab. »Die haben dazu gar nicht den Arsch in der Hose. Ich glaube, wir haben Ruhe vor denen.«

»Dein Wort in Gottes Ohr«, lächelte Falk und streckte sich.

Es war Juni, es war warm, der Himmel klar und das Meer bewegt. Er würde sich in seinen Liegestuhl fläzen, einen Kaffee trinken, einen Krimi lesen und den Tag genießen. Bertie und die Meute vom Film waren für heute erledigt, und um Harms würde er sich am Abend kümmern. Die nächsten Stunden würde er einfach nur entspannen. Er warf einen Blick aufs Wasser und beobachtete die zufriedenen Urlauber am Strand. Es ging ein Wind, nicht zu stark und nicht zu lau, so dass die Piratenfähnchen, die sich praktisch alle Heisterhooger Touristen mit Kindern unter zwölf zulegten, munter an den Strandkörben oder -burgen flatterten. Väter ließen mit ihren Kindern Drachen steigen, während die Mütter mit geschlossenen Augen in den Strandkörben lagen und die Sonne genossen. Vereinzelt balgten ein paar Hunde miteinander, am nahe gelegenen Spielplatz wühlten Kleinkinder mit ihren Schippen im Sand. Spaziergänger kamen am Wasser entlang von Süderende und gingen in Richtung Norderende und umgekehrt. Junge Pärchen spielten Beachball und das monotone Plock-Plock-Plock der harten Gummibälle auf den Holzschlägern würde Falk gleich in meditative Tiefenentspannung versetzen.

Falk streifte seine Schuhe ab, holte den Krimi aus dem Rucksack und ließ sich mit einem befriedigten Seufzen in seinen Liegestuhl fallen. Er fand, er hatte den besten Job der Welt.

Falk erwachte davon, dass ihm jemand mit kühler Hand über die Backe strich.

»Wenn du schläfst, siehst du immer noch aus wie mein kleiner Junge«, murmelte eine Stimme, und Falk schlug die Augen auf.

Grit saß neben ihm im Sand und lächelte ihn an. »Ich bin schon zehn Minuten hier, aber ich hab's nicht übers Herz gebracht, dich zu wecken«, sagte sie. »Du siehst so süß aus, wenn du schläfst.«

Falk verdrehte die Augen und hoffte, dass niemand hörte, was seine sentimentale Mutter da von sich gab. Sie meinte es lieb, aber er hasste es, wenn sie immer den kleinen Jungen statt des erwachsenen Mannes in ihm sah.

»Was machst du hier?«, lenkte er schnell vom Thema ab.

»Piet arbeitet. Der hat heute alle Hände voll zu tun«, antwortete sie und blinzelte in die Sonne. »Und bei dem Wetter ist doch nichts schöner als ein Strandspaziergang, oder?«

Falk nickte. »Möchtest du was trinken?« Er zeigte auf seine Bude.

»Danke, nein, ich wandere noch bis Süderende weiter und geh da einen Kaffee trinken«, sagte Grit und stand auf. »Vielleicht komme ich auf dem Rückweg noch mal vorbei, falls ich nicht am Watt entlanggehe.«

Falk wuchtete sich mühsam aus seinem tiefergelegten Liegestuhl hoch und hauchte seiner Mutter ein Küsschen auf die Wange. »Dann vielleicht bis später.«

Grit nickte und wandte sich ab, doch dann drehte sie sich noch einmal um. »Weißt du, wen ich heute gesehen habe?«, sagte sie und riss plötzlich entsetzt die Augen auf. »Harms!«

Falk schoss sofort das Adrenalin in den Körper. Seine Arme prickelten, im Magen fühlte es sich flau an, und der Kopf wurde heiß. Doch bevor er etwas sagen konnte, winkte Grit schon ab. »Natürlich nicht wirklich. Aber er sah total so aus!«

»Ach ja?«, fragte Falk lahm zurück.

Grit lachte. »Der Mann hatte totale Ähnlichkeit mit ihm! Mir ist ganz schlecht geworden, aber dann war mir klar, dass er es gar nicht sein *kann*. Na, das hätte mir gerade noch gefehlt, dass *der* hier erscheint.« Sie zwinkerte Falk fröhlich zu und ging dann nach vorne zum Wasser. Ihr bunter Seidenschal, den sie heute wie einen Pareo trug, flatterte ihr munter um die Beine.

Falk blickte ihr nach und fragte sich bang, ob er gerade den besten Zeitpunkt verpasst hatte, seine Mutter mit der Wahrheit zu konfrontieren.

# 14.

Am Freitagmorgen um acht stand Falk in seiner Lagerhalle und sah sich um. Es war der Zeitpunkt der Übergabe. Die Komparsen, die bei ihm einquartiert waren, hatten ihre Drehzeit beendet und waren am frühen Morgen mit der ersten Fähre gen Festland geschippert. Eigentlich war Bertie als Aufnahmeleiter für die Hallenübergabe an Falk verantwortlich, aber der hatte sich gedrückt und seinen Assistenten geschickt. Einen aufgeregten Jüngling Anfang zwanzig, der Falk gleich überheblich kommen wollte und den dieser schnell in die Schranken wies. Der Junge war in einem Fahrzeug der Filmproduktion angekommen, hatte Falk ein Protokoll in die Hand gedrückt, seine Unterschrift gefordert und wollte sich sofort wieder verdrücken. Falk jedoch bestand auf einer ordentlichen gemeinsamen Abnahme, sonst würde er überhaupt nichts unterschreiben. Das fand der Typ spießig und uncool, aber Falk ließ nicht locker, und so gingen sie jetzt gemeinsam die lichtdurchflutete leere Halle ab und schauten nach, ob alles in Ordnung war.

Mittendrin saß Nille stolz wie ein König auf einem Berg Klamotten, den die jungen Männer offensichtlich vergessen hatten, und zappelte unruhig mit den Beinen. Falk hatte Nille schon vor zwei Wochen beim Einzug der Komparsen in die Halle gebeten, sich eventuelle Beschädigungen zu merken, damit er sie der Filmfirma, falls nötig, in Rechnung stellen konnte, aber als er den Klabautermann heute danach gefragt hatte,

hatte dieser lediglich den Kopf geschüttelt und sein übliches »S-s-super, F-f-falk« von sich gegeben.

Tatsächlich hatte Falk nach einer Viertelstunde akribischer Untersuchung nichts in der Halle gefunden, was irgendwie durch die zwei Wochen Benutzung als provisorische Unterkunft gelitten hätte, der junge Mann bekam also seine Unterschrift und fuhr, ohne sich zu verabschieden, davon. Falk hatte bemerkt, dass hier und da Reparaturen vorgenommen worden waren – eine Fensterscheibe war neu, der Teil einer Wand gestrichen, eine Lampe ersetzt. All das waren Kleinigkeiten, für die die Firma hätte aufkommen müssen, aber Falk wusste, wer sich um die Beseitigung der Makel und Schönheitsfehler gekümmert hatte. Der Gleiche, der auch dafür gesorgt hatte, dass die Halle picobello gefegt und der Boden gewischt war. Nille musste um fünf Uhr aufgestanden sein, um das alles zu schaffen.

»Jetzt kochen wir uns erst mal 'nen Kaffee, was, Nille?«, sagte Falk befriedigt und klopfte seinem Freund und Helfer auf die Schulter.

Aber dieser deutete nur auf die Kaffeemaschine, von der bereits ein betörender Duft ausging.

Falk stutzte, denn da stand nicht die Maschine, die er kannte und die er von Onkel Sten übernommen hatte. Seine Maschine, das war eine kleine weiße Filterkaffeemaschine eines No-Name-Herstellers gewesen. Mit einer von verkleckertem Kaffee verkrusteten Heizplatte, einer verkratzten Glaskanne und einem Filterbehälter mit Sprung. Was da jetzt stand, war eine kleine knallrote, auf Hochglanz polierte Kaffeefabrik. Mit Druck- und Temperaturmesser.

»Wo kommt die denn her?«, erkundigte sich Falk erstaunt.

Nille platzte vor Stolz und zeigte aufgeregt auf sich. Er war, wie immer, wenn ihn seine Gefühle übermannten, außerstande, auch nur ein verständliches Wort hervorzubringen, sondern schluckte und stotterte vor Aufregung, so dass Falk ihm beruhigend zureden musste.

»Ist ja gut, Nille, ist ja gut. Von dir ist die Maschine?«

Nille schüttelte den Kopf. »G-g-gesch…gesch…«, brachte er hervor, dann brach er verzweifelt ab.

Falk ging ein Licht auf. »Ein Geschenk!«

Nille nickte erleichtert.

»Für dich?«, riet Falk weiter.

Nille zuckte die Achseln.

»Von den Jungs?«

Der Klabautermann nickte und strahlte.

»Mensch, Nille, das ist ja super. Die haben dir die Maschine bestimmt geschenkt, weil du hier alles so toll gemacht hast«, lobte Falk.

Nille guckte verlegen zu Boden.

»Die hast du verdient. Nimm sie mit nach Hause. Mir reicht hier unsere alte Maschine.«

Aber nun wurde Nille ganz zappelig. »N–n-nicht!« Er zeigte auf die Maschine. »H-h-hier, F-f-falk. S-s-super h-h-hier!«

Falk musste grinsen. Vermutlich hätte Nille nichts davon gehabt, die Maschine in seiner Bruchbude zu Hause aufzustellen, dort, wo er sich am seltensten aufhielt.

»Na gut, Nille. Die bleibt hier, aber sie ist *deine* Maschine!« Nille nickte erleichtert.

»Und weißt du was? Zur Feier des Tages hole ich uns ein paar Teilchen. Kaffee ohne Kuchen, das ist doch nichts. Und nachher fahren wir an den Strand. Da rollt heute die ganz große Welle.«

Nille strahlte bis über beide Ohren, und Falk schwang sich aufs Rad, um beim Bäcker in Süderende Kuchen zu holen.

Als er eine halbe Stunde später mit frischem, noch von der Backstube warmem Bienenstich, Quarkstreusel und Mohnzopf zurückkam, traute er seinen Augen nicht. In einem der Strandkörbe, die vor der Lagerhalle standen, saß Nille glücklich Kaffee trinkend neben Falks Vater Harms. Falk wäre vor

Überraschung fast vom Rad gefallen. Er hatte jeden Abend in Norderende nach Harms gesucht, war ihm aber nie begegnet. Er hatte schon die Hoffnung gehegt, dass Harms abgereist sei, und es deshalb auch nicht für nötig gehalten, seine Mutter von dessen Anwesenheit zu unterrichten. Und jetzt saß Harms Thomsen hier, den Becher ohne Henkel in der Hand, Schulter an Schulter mit Nille, als ob er hier zu Hause wäre.

»Papa?!«

Falk stellte den Drahtesel an die Wand und ging zu den beiden Männern. Nille machte den Eindruck, als würde er Harms kennen, und tatsächlich klopfte Harms dem Klabautermann leutselig aufs Knie, als Falk mit seinem Kuchenpaket staunend näher kam.

»Ihr kennt euch?«

Harms und Nille grinsten sich an.

»Klar«, sagte Harms.

»H-h-harms«, sagte Nille.

Falk sagte erst mal nichts mehr. Stattdessen schüttelte er den Kopf, holte sich einen doppelten Espresso aus der neuen Dampfmaschine und hockte sich auf die Ladefläche seines Traktors. Es war Mitte Juni und genau das richtige Wetter für die Urlauber, die heute die Insel überschwemmen würden. Wind und Sonne, vereinzelte Wolken, mittlere Temperatur. Einfach Nordsee. Während Falk seinen Quarkstreusel aß und seinen nicht minder zufriedenen Vater beobachtete, dachte er daran, wie friedlich sein Leben verlaufen könnte. Eigentlich. Er verspürte nicht den geringsten Drang, sich mit seinem Vater auseinanderzusetzen. Er wollte einfach nur, dass sein Leben ein langer ruhiger Fluss wäre. Oder eine Nordseewelle, die an den Strand gespült wurde und dann gaaanz langsam auslief, bis sie schließlich im feuchten Sand versickert war.

»Okay, Papa«, hörte Falk sich sagen, kaum dass er den letzten Bissen hinuntergeschluckt hatte und das Kuchenpapier zusammengeknüllt. »Was liegt an? Ich muss jetzt los mit Nille, an den Strand. Drei Bundesländer kommen heute. Kommst du mit, oder was ist?«

Harms zuckte mit den Schultern und sah unschuldig drein. Komisch, dachte Falk, seit sein Vater hier aufgetaucht war, hatte er alles Großspurige und Überhebliche verloren. Er war einfach nur ein alter, gebeugter Mann. Aber Falk wusste genau, dass dies nicht die Wahrheit war. Zumindest nicht die ganze. Er hatte Harms nie anders erlebt als desinteressiert, auf seinen Vorteil bedacht, gierig und egomanisch. Der Graugelockte, der nun hier saß, war allenfalls ein Wolf im Schafspelz.

Falk schwang sich auf den Fahrersitz und ließ den Trecker an. Harms hievte sich neben ihn, Nille krabbelte hinten auf die Ladefläche. Sie holperten wortlos über den Strand, bis sie an der kleinen Strandbude zum Stehen kamen. Thies stand auf seiner Veranda und beäugte Falks Vater, als dieser mühsam vom Trecker sprang. Der Sheriff sagte kein Wort, aber er musterte Harms interessiert, denn nach dem Skatabend konnte er sich wohl ausrechnen, um wen es sich bei Falks Begleitung handelte.

Falk stellte den Motor ab und grüßte. »Alles fit?«, rief er Thies zu.

Der lehnte sich an seine Balustrade und zog eine Selbstgedrehte hinter seinem Ohr hervor. Er riss ein Streichholz über die Sohle seines Stiefels und zündete sich mit der Flamme die Kippe an. Er inhalierte tief, blies den Rauch aber lange nicht mehr aus. Stattdessen grinste er und kam langsam die Holztreppe heruntergestiefelt. Endlich quoll der Zigarettenrauch aus Mund und Nase, als Thies sagte: »Sie haben zurückgezogen.«

Falk war einen Moment verwirrt, aber dann verstand er. »Die Schadenersatzklage?«

Thies zwinkerte. »Yep.«

»Warum und wieso jetzt plötzlich?«, wollte Falk wissen, während er im Augenwinkel sah, wie sein Vater es sich in seinem Liegestuhl bequem machte.

Thies Hoop paffte aus dem Mundwinkel weiter, während er

die Daumen lässig in die Jeanstaschen einhakte. »Ohne Kommentar, hat Jörn gesagt.«

Es war offensichtlich, dass Thies glaubte, seine Drohung habe geholfen. Und er war auch noch stolz darauf.

»Na, dann bin ich ja gespannt, ob die restlichen Dreharbeiten jetzt reibungslos ablaufen können«, gab Falk frommer Hoffnung Ausdruck.

»Tja«, war Thies' trockener Kommentar. Dann blickte er auf Falks Vater, der Thies gar nicht wahrzunehmen schien.

»Und wen hast du da mitgebracht?« Thies wusste sicherlich die Antwort, so dass seine Frage als kleine Provokation in Richtung Harms aufgefasst werden durfte.

»Das ist …«, setzte Falk auch sogleich an, aber Thies unterbrach ihn.

»… der große und berühmte Schriftsteller Harms Thomsen. Soso.« Thies ging ein paar Schritte auf den Liegestuhl zu.

Harms blickte kurz hoch. »Freut mich«, sagte er in einem Tonfall, der alles andere als das verhieß.

Thies betrachtete Harms von oben und nickte mehrmals nachdenklich mit dem Kopf. »Wir sind uns ja nicht mehr über den Weg gelaufen.«

Jetzt sah Harms hoch und Thies ins Gesicht.

»Aber dein Bruder hat 'ne Menge über dich erzählt«, fuhr Thies fort, »und nicht immer das Beste.«

Harms sah aus, als hätte er gar nicht verstanden, was Thies sagte.

Der wandte sich einfach ab. Als er an Falk vorbei zu seinem DLRG-Häuschen schlenderte, raunte er noch »Drecksack«. Dann verschwand er in seiner Bude und schloss die Tür. Kurz darauf huschte auch Kai ins Innere des Westernforts – ohne anzuklopfen, wie Falk irritiert bemerkte.

Aber Falk beschloss, sich zunächst auf das Wichtigste zu konzentrieren. Und das war die bevorstehende Ankunft der Urlauber. Erfahrungsgemäß kam der erste Schwung bereits mit der Mittagsfähre auf die Insel. Das waren die, die mitten in der Nacht starteten, wenn die Autobahnen noch leer waren. Diese Urlauber waren straff durchorganisiert, und kaum hatten sie die Schlüssel ihres Feriendomizils in der Hand, mieteten sie sich Fahrräder und einen Strandkorb. Es galt also, bereits eine gewisse Anzahl vorbereitet zu haben. Falk checkte auf seiner Tafel, wie viele Körbe er in welchem Areal zur Verfügung hatte, und beschloss dann, mit Nille noch einige weitere Körbe an den Strand zu holen. Er wollte Harms bitten, ihn solange im Kiosk zu vertreten, aber der war in der Sonne im Liegestuhl eingeschlafen. Falk spannte einen Sonnenschirm auf und klopfte bei Kai an. Der war wie immer hilfsbereit und sagte Falk zu, ein Auge auf den Kiosk zu haben.

Gegen Mittag trafen tatsächlich die ersten Familienväter ein, manche ohne Anhang – der musste wohl in der Ferienwohnung bleiben und das Gepäck auspacken. Diese Männer nahmen ihre Schlüssel entgegen und verschwanden sofort wieder vom Strand, erleichtert, eine lästige Aufgabe abgehakt zu haben. Andere kamen mit der gesamten Familie im Schlepptau. Die Kinder rannten in der Regel glücklich und mit vollem Karacho ans Wasser, froh, dass sie endlich aus der Blechbüchse heraus und in die Ferienfreizeit entlassen waren.

Falk und Nille hatten alle Hände voll zu tun, während Harms, der nach fast zwei Stunden erwacht war, zunächst aufmerksam das Geschehen verfolgte und sich dann in eine Tageszeitung vertiefte, die ein Urlauber im Müll versenkt hatte.

Gegen fünfzehn Uhr setzte eine Entspannungsphase ein – bis zur Ankunft der nächsten Fähre, wie Falk wusste. Er setzte sich zu Harms unter den Sonnenschirm und gönnte sich ein Eis aus seiner Truhe.

»Das ist also jetzt dein Job«, konstatierte sein Vater.

»Exakt«, bestätigte Falk.

»Hm. Und das willst du wohl noch eine Zeitlang machen, ja?«

Falk nickte. Er nahm sich fest vor, sich nicht auf leidige Diskussionen über seine Zukunftsplanung einzulassen. Schließlich hatte sich sein Vater dreißig Jahre nicht besonders für ihn interessiert, da war es nun für mögliche Einwände auch zu spät. Aber Harms schien nicht vorzuhaben, Falk in der Hinsicht Vorschriften machen zu wollen. Er lehnte sich entspannt zurück und verengte die Augen zu Schlitzen. »Die Halle, in der du deine Strandkörbe lagerst – gehört das Grundstück auch zu deinem Besitz, oder hast du die gepachtet?«

»Nein«, gab Falk stolz zurück. »Die gehört auch dazu. Alles, bis zur Kate. Satte 8000 Quadratmeter.«

»Und alles nur für die Strandkörbe. Findest du das nicht ein bisschen verschenkt? Du könntest ja noch was anderes damit anfangen.«

»Hab ich nicht vor«, gab Falk leichthin zurück und streckte sich im Sand aus. »Und außerdem: Dich geht das nichts an.«

»Gott bewahre!« Harms hob theatralisch die Hände. »Ich habe ja nur laut nachgedacht.«

»Papa«, Falk stützte sich mit einem Ellenbogen im Sand auf. »Jetzt red mal Tacheles. Bist du nur aus sentimentalen Gründen hier?«

Harms nickte und sah Falk treuherzig an. Eine Spur zu treuherzig.

»Und wie lange hast du vor, das Spielchen noch zu spielen?«, ging Falk in die Offensive.

Harms zog die Augenbrauen nach oben. »Wenn du meinst, wie lange ich bleiben will, dann muss ich dir sagen: Ich weiß es nicht.«

Falk blies die Backen auf und ließ dann langsam die Luft daraus entweichen. Das sollte Kommentar genug sein. Dann sah er Harms an.

Harms lächelte.

»Papa«, Falk beschloss, sich weiter vorzuwagen. »Mama ist auch gerade hier.«

»Soso«, Harms lächelte noch immer. Ein freundlicher älterer Mann.

»Und ganz ehrlich: Ich glaube nicht, dass es gut für sie ist, wenn ihr euch begegnet.«

»Warum soll das nicht gut für sie sein?« Ein freundlicher, älterer, ganz und gar unschuldiger Mann.

»Weil sie frisch verliebt ist. Und weil sie dich das letzte Mal gesehen hat, als du sie verlassen hast. Mit einem kleinen Kind. Und vorher hast du sie betrogen. Meinst du nicht, das kommt alles wieder hoch bei ihr, wenn sie dich hier sieht?« Falk war jetzt wirklich sauer ob der Begriffsstutzigkeit seines alten Herrn.

»Also, ich weiß nicht, Falk. Das ist doch sehr an den Haaren herbeigezogen.« Harms konnte kein Wässerchen trüben. »Wie du selbst sagst, ist das fünfundzwanzig Jahre her. Da ist längst Gras drüber gewachsen.«

Falk starrte seinen Vater an. Er würde es nicht verstehen. Er war noch nie in der Lage gewesen, sich in andere Leute hineinzuversetzen. Falk musste also deutlicher werden. »Ich möchte, dass du wieder fährst«, sagte er leise, aber mit Nachdruck.

Das Lächeln verschwand von Harms' Gesicht. Seine Schultern sackten nach unten, ebenso seine Mundwinkel. Der ganze Mann sah plötzlich grau und eingefallen aus. Verlegen sah er zu Boden, dann direkt ins Falks Gesicht. »Das kann ich nicht«, sagte er ernst.

Falk hatte nicht mehr gefragt, warum. Er hatte seinem Vater ins Gesicht gesehen und gewusst, dass er in diesem Moment die Wahrheit gesagt hatte. Er konnte nicht fahren, warum auch immer. Falk glaubte sich in seinem Verdacht, sein Vater könnte todkrank sein, bestätigt. Also hatte er die Flucht nach vorne angetreten und Grit angerufen.

»Mama, hast du heute Abend Zeit? Ich muss was Wichtiges mit dir besprechen.«

»Heute? Na ja, wir wollten vielleicht heute ins Kino gehen, aber … ist es sehr wichtig?«

»Ja.«

»Na gut, dann. Wann soll ich bei dir sein?«

»Um acht. Und, Mama … es ist noch jemand da.«

»Falk, ist alles in Ordnung? Wer soll denn das sein? Du klingst so komisch. Warum machst du so ein Geheimnis darum?«

»Du hast recht gehabt neulich. Harms ist da. Du hast ihn gesehen.«

»…«

»Mama?«

»Dann komm ich nicht.«

»Bitte.«

Tut, tut, tut …

Grit hatte aufgelegt. Falk hoffte inständig, dass sie kommen würde, aber er war sich nicht sicher. Mit seinem Vater verhielt es sich nicht besser. Als er Harms davon in Kenntnis setzte, dass er heute Abend ein Treffen mit beiden Eltern in seiner Kate arrangieren würde, gab Harms zu verstehen, dass er nicht wüsste, warum er sich mit Grit treffen sollte. Er sei nicht nach Heisterhoog gekommen, um sie zu sehen.

»Aber ich denke, du bist auf einer *sentimental journey*«, wandte Falk ein, »da gehört deine Ex doch wohl dazu. Schließlich ist sie die Mutter deines einzigen Sohnes.«

»In Gottes Namen«, ließ sich Harms herab. »Wenn du meinst, es bringt was. Aber eigentlich bin ich hier, um die Insel meiner Väter zu besuchen. Nach meinen Wurzeln zu graben und natürlich«, er setzte wieder den treuherzigen Dackelblick auf, »mich mit meinem Sohn zu versöhnen.«

»Ich wüsste nicht, dass wir uns gestritten hätten«, meinte Falk lapidar. »Du hast dich einfach nur nicht für mich interessiert.«

»Aber jetzt tue ich das«, sagte sein Vater strahlend und breitete weit die Arme aus. »Ich bin hier, um teilzunehmen. Und du weißt: *It's never too late!*«

Falk wollte einen bissigen Kommentar zurückgeben, aber dann dachte er an Gina. Was hätte sie ihm geraten? Gina hätte in ihrer unerschütterlichen positiven Art daran appelliert, jedem Menschen eine Chance zu geben. Und wer weiß? Vielleicht stimmte es ja doch, und er hatte jetzt die Chance, seinem Vater näherzukommen. Bevor dieser das Zeitliche segnete. Also nickte Falk brav und rang sich ein dünnes Lächeln ab. Harms erwiderte es, nahm zu allem Überfluss sogar Falks Hand und drückte sie. Anschließend wuchtete er sich schwerfällig aus dem Liegestuhl hoch und verabschiedete sich. »Na dann, *see you later*!«

Nille kam unter dem Traktor hervorgekrabbelt, an dem er wieder herumgeschraubt hatte, und umarmte Harms, bevor dieser langsam in Richtung Dünenweg schlurfte. Falk sah der gekrümmten Figur seines Vaters nach und dachte, dass keiner ein schlechter Mensch sein konnte, den Nille liebte.

Der weitere Nachmittag verlief in geordneten Bahnen. Falk wurde ebenso viele Strandkörbe los, wie er von der Lagerhalle geholt hatte, und rechnete sich seinen Verdienst hoch, wenn der Rest der Saison ebenso gut verlaufen würde. Es sollte für den Winter locker reichen, wenn er gut haushaltete und ein bisschen zur Seite legte. Aber in Gedanken war Falk immer bei seinen Eltern, und je näher der Abend rückte, umso nervöser wurde er.

Einzig ein Erlebnis am späten Nachmittag lenkte ihn von seinen schweren Gedanken ab. Kai saß auf der Veranda des DLRG-Häuschens in Thies' Schaukelstuhl und beobachtete wie immer die Badenden. Vielleicht auch einige nicht badende Strandschönheiten, das ließ sich nicht so einfach voneinander trennen. Plötzlich stieß er einen Laut der Verwunderung aus, dann rief er Thies, Nille und Falk aufgeregt zu sich. Er lachte über sein ganzes junges Lausbubengesicht und hielt ihnen das Fernglas hin.

»Da, schaut mal!« Er zeigte auf den weiten Strandabschnitt in Richtung Süderende, wo auf halbem Weg zwischen Dünen und Wasserlinie zwei Figuren vage zu sehen waren.

Thies schnappte sich sein Fernglas zuerst. Er guckte durch, setzte das Glas ab, schüttelte den Kopf und sah dann wieder durch. »So was«, kommentierte er trocken und reichte das Glas an Nille weiter.

Der zoomte und schwenkte wild, konnte aber offensichtlich gar nichts erkennen, denn er reichte das Fernglas sofort mit einem Achselzucken an Falk weiter.

Als dieser hindurchsah, traute er seinen Augen kaum. Zwei hellblonde Menschen tanzten dort allein auf dem Sand. Sie waren beide in Weiß gekleidet, er in eine weite Leinenhose, mit nacktem bronzenen Oberkörper, sie in eine fast durchsichtige weiße Tunika gehüllt, unter der ein goldener Winzbikini durchschimmerte. Die beiden fassten sich an den Händen, sprangen in die Luft, drehten sich umeinander und wiegten sich im Wind. Dann stoppte der blonde Mann, strich sich mit dem Handrücken die charakteristische Haarsträhne aus dem Gesicht und nahm eine seltsame Stellung ein, in etwa wie ein betender Storch. Die Blondine tat es ihm gleich. Sie schüttelte ihre hellblonde Mähne nach hinten, dann stellte auch sie sich auf ein Bein, winkelte das andere an und führte die Arme vor dem Körper wie zum Gebet zusammen. So standen sie dort beide, in meditative Stimmung versunken – Gernot Limpinsel und Nancy von Boistern.

Falk setzte das Fernglas ab und schaute Thies an.

Der grinste nun breit. »Nancy goes Hollywood« war sein trockener Kommentar, bevor er sich wieder in seine Stube verzog.

# 15.

Falk hatte sich Mühe gegeben, das Treffen mit Grit und Harms so nett und normal wie möglich zu gestalten. In Norderende hatte er frischen Räucherfisch, Krabben und Heringssalat gekauft, dazu dunkles Vollkornbrot, Bier und Apfelsaft. Das hatte er auf seinem kleinen runden Tisch arrangiert, eine Kerze angezündet und fand nun, dass alles nach einem »entspannten Treffen in netter Atmosphäre« aussah. Harms kam als Erster. Er hatte sich nicht die Mühe gemacht, ein Gastgeschenk mitzubringen, und wenn es nur eine Flasche Bier gewesen wäre. Stattdessen setzte er sich an den Tisch und rieb sich in Vorfreude auf das Essen die Hände. Falk konnte ihn nur schwer davon abhalten, ohne Grit mit dem Essen zu beginnen. Obwohl Falk durchaus unsicher war, ob seine Mutter es übers Herz bringen würde zu erscheinen, wollte er den Anstand haben, mindestens zehn Minuten zu warten.

Das Gespräch mit Harms kam nur schwer in Gang. Falk fragte nach den Büchern, ob Harms aktuell an etwas arbeitete und wie sich die letzten Werke verkauft hatten, aber überraschenderweise blieb Harms diesbezüglich recht einsilbig. Als Falk seinen Vater in New York besucht hatte, hatte Harms beide Male kein anderes Gesprächsthema gekannt als sich, sein Œuvre und die Verkaufszahlen. Dass er nun die Zähne nicht auseinanderbekam, bestätigte Falk erneut, dass Harms von etwas anderem total absorbiert war. So sehr, dass seine Arbeit als Schriftsteller in den Hintergrund rückte. Eine

Krankheit. Eine schlimme Krankheit. Es konnte nicht anders sein.

Falk beobachtete seinen Vater. Er hatte ein großes Gesicht mit weicher Haut, die mit den Jahren immer faltiger, aber auch grauer geworden war. Altersflecken wucherten auf Stirn, Schläfen und Handrücken. Die Augen waren wässrig, was bestimmt am nicht eben geringen Alkoholkonsum lag. Auch der jahrzehntelange Nikotinmissbrauch seines Vaters hatte Spuren hinterlassen. Das Haar war dicht und lockig wie eh und je, aber die einzelnen grauen Strähnen, die einst den dunklen Schopf durchzogen hatten und Harms so interessant und distinguiert wirken ließen, hatten sich so ausgebreitet, dass er nun zur Gänze grau und zum Teil sogar weißhaarig war. Mit Mühe konnte man noch immer erkennen, was Harms Thomsen einst so attraktiv gemacht hatte – die Größe und die Wucht seiner Erscheinung, der dunkle und tiefgründige Blick, das starke Gebiss und seine sonore Stimme –, aber es ließ sich nicht leugnen, dass der Schriftsteller nun ein alter Mann geworden war. Er wirkte zusammengefallen, kraftlos und traurig. Falk hatte Mitleid mit ihm.

Es war zwanzig nach acht, Harms hatte sich soeben ein Brot mit Heringssalat gemacht und bereits das zweite Pils geöffnet, als es draußen klopfte. Anstatt Grit einfach hereinzubitten, stand Falk auf und öffnete ihr die Tür. Grits kurze rotgesträhnte Haare waren vom Wind zerzaust, die Wangen von der Fahrt mit dem Fahrrad und vielleicht von der Anspannung gerötet. Sie trug eine Jeans, die an den Beinen umgekrempelt war, ein schlichtes dunkelblaues T-Shirt und den unvermeidlichen Seidenschal in Regenbogenfarben. Sie war mit ihren neunundvierzig Jahren unleugbar eine attraktive Frau.

Grit begrüßte Falk flüchtig. Sie trat ein und hatte nur Augen für Harms. Dabei sah sie streng und unerbittlich aus. Harms dagegen, der sich laut eigenem Bekunden nicht für ein Treffen mit seiner Ehemaligen interessierte, fiel fast das Brot aus der

Hand vor Überraschung. Er erhob sich langsam, während er Grit mit einem zunächst fassungslosen Blick, dann mit wachsender Faszination anstarrte. Falks Mutter dagegen sah regelrecht schockiert aus. Sie blieb wie angewurzelt stehen und musterte den alten Mann am Tisch.

Falk, der noch immer die Klinke der Eingangstür umfasst hatte, fühlte sich seltsam unbeteiligt. Als wäre er ein Theaterbesucher, der versehentlich auf der Bühne statt im Zuschauerraum gelandet war. Ihm war durchaus bewusst, dass dies ein wichtiger Moment in seinem Erwachsenenleben war, denn seit er ein vierjähriger Pimpf gewesen war, hatte er seine Eltern nicht mehr zusammen erlebt.

»Ich lass euch vielleicht erst mal alleine«, brach er zaghaft das Schweigen.

Aber Grit schüttelte den Kopf, wich ein paar Schritte zurück und sagte tonlos: »Nein. Das brauchst du nicht. Wir haben uns nichts zu sagen.« Dann verschwand sie blitzschnell nach draußen, packte ihr Fahrrad und fuhr energisch den Weg in Richtung Bushaltestelle zurück, ohne sich einmal umzusehen.

Falk traute sich nicht, ihr nachzurufen. Er hatte geahnt, dass ein Wiedersehen mit Harms für Grit nicht leicht sein würde. Tatsächlich schien es für sie sogar katastrophal zu sein.

Falk war der Appetit jedenfalls vergangen, als er an den Tisch zurückkehrte. Harms dagegen aß für zwei. Er hatte äußerst beeindruckt von Grits gutem Aussehen gewirkt, aber Falk wollte mit seinem Vater nicht über seine nun abwesende Mutter sprechen. Auf alle Fälle herrschte nun Klarheit, Falk musste nicht weiter versuchen, Harms' Anwesenheit auf Heisterhoog zu erklären. Grit würde schon versuchen, Harms aus dem Weg zu gehen. Nichtsdestotrotz tat es Falk weh, dass nun ein Schatten auf Grits romantischem Jahresurlaub lag.

Harms war direkt leutselig und erkundigte sich lebhaft nach allem, was ihm in den vergangenen fünfundzwanzig Jahren herzlich egal gewesen war. Ob Falk sein Studium abgeschlossen hatte (nein), ob er vorhatte, nach Hamburg zurückzukehren (vielleicht), und ob er sich in festen Händen befände (auf alle Fälle: ja!). Falk versuchte im Verlauf des Abends Indizien dafür zu finden, dass er mit seiner Annahme, Harms sei böse erkrankt, recht haben könnte. Tatsächlich sah sein Vater nicht nur alt und krank aus, er lenkte das Gespräch auch immer wieder auf seinen Bruder Sten, Falks alten Onkel. Dass er es bedauere, keinen besseren Kontakt zu Sten gehalten zu haben. Dass er Sten bewundere, wie dieser mit dem Nötigsten sein Dasein gefristet habe. An dieser Stelle widersprach Falk, denn Sten hatte es an nichts gemangelt, er hatte einfach keine hochtrabenden Bedürfnisse gehabt, im Gegensatz zu manch anderen. Und dann ergänzte Harms noch, dass er es zutiefst bedauere, das Erbe ausgeschlagen zu haben.

»Ehrlich gesagt bin ich sehr froh darüber, dass du das getan hast«, gab Falk zu. »Was hättest du denn angefangen mit einem Stück Insel, weit weg von Manhattan?«

»Jaja, da hast du schon recht«, gab Harms zu, sah dabei aber aus wie ein listiger Fuchs.

»Du hättest es doch vermutlich einfach verscheuert, oder nicht?«, bohrte Falk nach.

Harms tat unschuldig und zuckte mit den Achseln. »Ist ein schönes Stückchen Land. Die Immobilienpreise sind extrem gestiegen in den letzten Jahren. Also … das ist eine gute Investition.«

»Jetzt nicht mehr«, sagte Falk bestimmt und stand auf, um den Tisch abzuräumen. »Jetzt gehört es mir, und ich gebe es nicht mehr her.« Er trug die Teller und Gläser in die Küche.

Harms blickte ihm nachdenklich hinterher.

Gegen elf Uhr verabschiedeten sie sich, Harms wollte den Bus Richtung Norderende noch erwischen. Als Falk sich erkundigte, in welchem Hotel Harms wohnte, damit er ihn auch erreichen könne, wenn es nötig sei, wischte Harms sich zerstreut über die Augen.

»Äh, ich weiß nicht …«, sagte er und blickte ratlos drein.

»›Deichgraf‹ oder ›Dünenkieker‹?«, fragte Falk. »Gibt ja nur zwei.«

Aber statt einer Antwort umarmte Harms ihn. Er drückte Falk fest an sich und murmelte: »Mein Junge«, bevor er sich löste und zur Bushaltestelle ging.

Falk sah ihm betreten hinterher. Ob Harms Thomsen etwa dement wurde? Oder wie sonst war es zu erklären, dass er nicht wusste, in welchem Hotel er seit fast einer Woche wohnte? Und wieso umarmte er plötzlich seinen Sohn? Das hatte es noch nie gegeben.

Falk war zu aufgewühlt, um zu schlafen, und beschloss, noch einen Spaziergang zum Strand zu machen. Oder noch besser: zu joggen. Er ging in seine Kate, schlüpfte in die ausgebeulte Jogginghose, streifte sich einen Hoodie über und zog die Stirnlampe an. Das war einer der vielen Augenblicke, in denen er sich wünschte, einen Hund zu haben. In Hamburg hatte er Hunde regelrecht gehasst, die ihn im Volkspark beim Joggen gejagt oder die Bürgersteige vollgekackt hatten und bei Grillpartys als ungebetene Gäste aufgetaucht waren. Aber hier, in seiner Heisterhooger Klause, wo er die meiste Zeit draußen verbrachte, hier wünschte er sich manchmal einen treuen Gefährten. Falk nahm sich vor, bei seinem nächsten Berlin-Aufenthalt mit Gina dem Tierheim einen Besuch abzustatten. Vielleicht gab es Liebe auf den ersten Blick und er würde einen treuen Kumpel auf die Insel mitnehmen können. Der Gedanke gefiel Falk außerordentlich, und so machte er sich mit mehr Leichtigkeit im Herzen auf den Weg.

Die kühle Nachtluft strich angenehm über Falks Gesicht, er hörte die Wellen ans Ufer rauschen, sah sie aber noch nicht, weil er sich auf dem Hinweg auf dem Dünenweg hielt. Zurück wollte er dann am Wasser entlanglaufen. Er hatte den halben Weg nach Norderende hinter sich und bog kurz vor dem Leuchtturm um eine Landzunge, als er schon von weitem einen hellen Lichtschein sah. Er lief darauf zu und traute seinen Augen kaum: Die Dreharbeiten waren in vollem Gange. Falk hielt direkt darauf zu, das war eine Gelegenheit, unbeobachtet ein wenig zuzugucken. Er suchte sich eine Düne aus, von der aus er einen guten Blick auf das Geschehen haben, aber trotzdem nicht auffallen würde. Doch als er die Düne erklomm, sah er im Dunkeln die Silhouette eines kräftigen Mannes von hinten. Ob die Filmleute Wachen aufstellten, die aufpassten, dass die Schaulustigen nicht die Dreharbeiten störten? Aber wohl kaum nachts, wunderte sich Falk und ging ein bisschen näher an die Silhouette heran. Von dort, wo der Unbekannte stand, hatte man das hell ausgeleuchtete Geschehen gut im Blick. Der Darsteller Max, in amerikanischer Uniform, lag im Sand und schien zu schlafen. Eine Krankenschwester beugte sich über ihn und rief etwas in die schwarze Nacht. Dann trat aus dem Finsteren eine zweite Krankenschwester mit einem Verbandskasten hervor und sagte etwas, was Falk von der Düne aus nicht verstehen konnte. Er verstand aber, dass der Regisseur »Cut!« rief und alle inmitten ihrer Bewegung verharrten. Dann kam Gernot Limpinsel in seiner Leinenkluft ins Bild und tuschelte mit der zweiten Krankenschwester. Die nickte und verschwand wieder in der Finsternis, aus der sie gekommen war. Auch Gernot verschwand. Ein Mädchen trat in den Lichtschein, sagte etwas und schlug die Klappe. Die Szene, die Falk soeben beobachtet hatte, wiederholte sich exakt wie zuvor. Und wieder schrie jemand: »Cut!«

Die dunkle Silhouette neben ihm seufzte laut. Jetzt erkannte Falk auch, wer da außer ihm noch neugierig die Dreharbeiten verfolgte. Es war Ole Reents, der Verlobte von Nancy von Boistern. Sonnenbank-Muskelpaket-Kleinhirn-Ole. Der Barkeeper aus der »Rum-Ba-Bar«. Der Bodyguard der von

Boisterns. Ole sah beeindruckend furchteinflößend aus, er war mindestens eins neunzig, hatte die Figur und den Haarschnitt von Dolph Lundgren, aber, das hatte Falk im vergangenen Dreivierteljahr auf seiner Insel mehrmals erlebt, das Herz am rechten Fleck.

Ole hatte Falk offenbar schon bemerkt, denn nun zeigte er mit dem Kinn kurz auf das Geschehen am Fuß der Düne und sagte: »Meine Nancy.«

Falk kniff die Augen zusammen. Die Krankenschwester bei dem Soldaten war eindeutig Jasemina, auch das klappeschlagende Mädchen kam nicht in Frage, also blieb nur die andere Krankenschwester, die immer und immer wieder aus dem Dunkeln in die hell ausgeleuchtete Szene trat, etwas sagte und dann vom Geschrei des Regisseurs unterbrochen wurde.

Falk stellte sich neben Ole. »Hab schon gehört, dass Nancy eine Rolle bekommen hat. Ist doch toll. Ich wusste gar nicht, dass sie schauspielern will.«

Erneutes Seufzen von rechts. »Das soll sie man besser bleiben lassen.«

Oha. Ole schien das Engagement Nancys beim Film nicht so recht zu passen. Und wenn Falk an die Szene dachte, die er heute durch Thies' Fernglas beobachtet hatte – Nancy und Gernot als betende Störche –, dann glaubte er, dass Ole durchaus zu Recht skeptisch war. Aber dazu schwieg er lieber.

Dort unten im Lichtkegel legte jetzt Gernot Limpinsel den Arm um Krankenschwester Nancys Schulter und schien sie zu trösten.

Ole neben ihm wandte sich ab. »Das ist nichts für mein Mädchen«, sagte er noch zu Falk und trabte dann die Düne hinunter.

Falk blickte ihm hinterher, bis die Gestalt in der Schwärze der Nacht verschwand. Er selbst warf noch einen Blick auf die Dreharbeiten, aber als dieselbe Szene wieder von vorne begann, beschloss auch Falk, umzukehren und nach Hause zu joggen. Er war jetzt rechtschaffen müde und würde sicher gut schlafen.

Der Samstag war wieder ein wunderschöner Strandtag, und Falk, der um acht Uhr morgens bereits an seiner Hütte saß und sich für den Ansturm der zweiten Urlauberwelle präparierte, war bester Laune. Er war am frühen Morgen schon von der Sonne geweckt worden und hatte angesichts des strahlenden Himmels ein Gefühl der Erleichterung verspürt. Auch wenn es gestern ein anstrengender Abend gewesen war, so war doch die Katze mit Harms aus dem Sack, und er war nicht verantwortlich für das, was nun passierte. Harms würde bestimmt irgendwann abreisen, und Grit durfte sich an Piets breite Schulter lehnen. Ihm blieb jetzt nur noch, die Saison zu genießen und von Gina zu träumen.

Dafür ließ ihm der Tag nicht allzu viel Zeit, denn bereits ab neun Uhr morgens ging es rund. Wirklich warme Sommer- und Strandtage waren an der Nordsee nicht üppig verteilt, so dass die erfahrenen Urlauber solche Tage voll auszukosten pflegten. Die Karawane rollte schon morgens an, dann wurden Sonnensegel aufgespannt, Burgen gebaut, Kinder eingecremt, Eis gelutscht, Drachen steigen gelassen und Ball gespielt, dass es eine Freude war. Unerschrocken schmissen sich die Urlauber in die gerade mal siebzehn Grad kalten Meeresfluten, jauchzten und planschten, so dass von Kai volle Aufmerksamkeit gefordert war. Er patrouillierte mit seinem Megaphon stundenlang an der Wasserlinie auf und ab und ermahnte die Badenden. Sogar Thies ließ sich auf seiner Holzveranda blicken und überwachte den Strand aufmerksam. Nille schleckte mehr Eis, als er verkaufte, und ließ sich zwischendurch von übermütigen Kindern im Sand eingraben. Als Falk am Abend in seine Kate zurückkehrte und sich unter die Dusche stellte, schlief er beinahe im Stehen unter dem heißen Strahl ein.

Rasch drehte er das warme Wasser ab und das kalte auf, um sich fit für den Chorabend zu machen.

Er wollte soeben das Haus verlassen, als sein Handy klingelte – mit dem altmodischen »Love is in the air«-Klingelton, den er seit neuestem für Gina reserviert hatte.

»Süße!«, rief Falk erfreut in den Hörer, bereute aber sofort seine Fröhlichkeit, denn am anderen Ende hörte er nur verzweifeltes Schluchzen. Es dauerte eine Zeitlang, bis er Gina so weit beruhigt hatte, dass sie sich zumindest in abgehackten Sätzen einigermaßen verständlich machen konnte.

»Der ist so ein Arsch …«, stammelte sie zwischen zwei Schluchzern.

Falk brauchte eigentlich nicht zu fragen, um wen es ging, denn es konnte sich nur um einen handeln: Gerd Jonkers, Ginas Ab-und-zu-Chef.

»Jonkers?«, erkundigte er sich aber pflichtschuldigst.

Gina schniefte wieder laut und schluchzte, bevor sie versuchte, Falk zu erklären, dass ebendieser Jonkers sie für ein neues Projekt nicht angeheuert hatte, obwohl er ihr den Job bei der letzten Honorarverhandlung als Zuckerstückchen vor die Nase gehalten hatte.

»Der nutzt dich nur aus«, sagte Falk. »Du musst auch mal nein sagen, der kann nicht umspringen mit dir, wie er will.«

»Kann er doch!«, rief Gina hysterisch in den Hörer.

Falk musste sich ein bisschen wundern, welchen Grad von Erregung Gina erreichte. Normalerweise wurde sie ganz kühl und nüchtern, wenn sie sich über ihre unbefriedigende Situation als minderbezahlte Architektin ausließ. Schreien und Weinen – das passte ganz und gar nicht zu ihr. Vermutlich hatte sie ihre Tage, mutmaßte Falk, behielt dies aber wohlweislich für sich.

»Was soll ich denn sonst machen?« Gina putzte sich lautstark die Nase. »Bei Starbucks Kaffee verkaufen?«

Warum nicht, dachte Falk bei sich, aber er wusste, wenn er es laut sagen würde, hinge der Haussegen mächtig schief.

»Ich hab das alles so satt«, jammerte seine Angebetete, »kannst du nicht herkommen und mich trösten?«

Jetzt steckte Falk gehörig in der Klemme. Tatsächlich war er nahe dran, nach Berlin zu kommen, in der letzten Zeit war es immer Gina gewesen, die angereist war. Aber im Moment brannte bei ihm die Hütte. Die Dreharbeiten waren noch nicht abgeschlossen, Jörn hatte für Marita noch keinen Ersatz gefunden, die Saison lief auf Hochtouren, und sein Vater war noch immer vor Ort. Das aber wollte er seiner Freundin nicht alles aufzählen, denn sie war stets auch übers Wochenende gekommen, wenn sie in Berlin viel um die Ohren gehabt hatte.

»Okay«, sagte er stattdessen und versuchte, die Wogen zu glätten und sich Luft zu verschaffen. »Vielleicht kann ich für nächste Woche mal eine Vertretung finden und zwei Tage runterkommen.«

»O ja! Das wäre ganz, ganz toll, echt, Süßer!«

O weh, dachte Falk, da habe ich den Mund zu voll genommen. Er dämpfte sofort Ginas Euphorie: »Wie gesagt, ich muss erst gucken, ob den Job jemand übernimmt. Du weißt ja …«

»Berlin, Brandenburg und Hamburg«, sagte Gina, nun schon richtig fröhlich, »ich hab doch extra den Ferienplan ausgedruckt.«

Falk wurde es warm ums Herz. Wenn das nicht Liebe war! »Dann weißt du ja auch, wie's ist, also, ich hab schon echt zu tun gerade.«

»Versuchst du es? Bitte, bitte, bitte.« Jetzt war Gina zuckersüß.

Falk wunderte sich über ihre Stimmungsschwankung. Er brachte es aber nicht übers Herz, ihr jetzt schon abzusagen, schließlich hatte sich ihre Aufregung über Gerd Jonkers gerade erst gelegt. »Ich schau, was ich machen kann«, sagte er zart in den Hörer.

»Ich freu mich so!«, entgegnete Gina und küsste ihn in den Hörer. »Und jetzt ab zum Chor, sonst wird Jörn sauer.«

»Alles klar, Kapitän«, verabschiedete sich Falk. Auch er schickte noch ein Bussi durch den Äther, legte auf und fuhr los. Wie er aus der Nummer rauskommen sollte, wusste er nicht, aber darüber würde er sich später den Kopf zerbrechen.

# 16.

*»Und sein kleines Mädel, das sehnt er sich her, das zu Haus so heiß ihn geküsst! Und dann schaut er hinaus auf das weite Meer, wo fern seine Heimat ist.«* Falk sang den altmodischen Text mit Inbrunst, und beim Refrain legte er sich noch einmal so richtig ins Zeug. *»Ahoi! Kameraden. Ahoi, ahoi. Leb wohl kleines Mädel, leb wohl, leb wohl.«*

So harmonisch und schwungvoll hatte der Chor in der letzten Zeit nur selten geklungen. Jörn Krümmel schaute begeistert über seine Lesebrille und dirigierte mit Verve. Sie hatten sich bereits durch »La Paloma«, »My Bonnie«, den »Hamborger Veermaster« und »Junge, komm bald wieder« geschmettert, bevor der Abend nun mit »Wir lagen vor Madagaskar« abschließen würde. Irgendwie schien es Falk, als ob ein Großteil der Sänger heute befreiter sang als sonst, und er überlegte, woran das liegen konnte. Für die von Boisterns, Thea und Hubsi, waren die Dreharbeiten auf Heisterhoog in jeder Hinsicht ein voller Erfolg gewesen. Kontakte zur deutschen Film- und Fernseh-Hautevolee, ein paar lukrative Immobiliengeschäfte, die nebenbei abfielen, und die kommende glamouröse Karriere ihrer Tochter waren Grund genug, euphorisch zu sein. Silke Söderbaum und Thies Hoop schien der Entschluss, zusammenzuziehen und darüber hinaus ihre Beziehung wenigstens halbwegs öffentlich zu machen, Glück und Selbstvertrauen zu geben. Jörn Krümmel war gewiss erleichtert, dass sich die Schadenersatzklage gegen seine Gemeinde von selbst erledigt hatte. Und Falk war die Last der

Heimlichkeit gegenüber seiner Mutter wie ein schwerer Stein vom Herzen gefallen. Einzig Bratfisch-Piet, der Pirat, der als Tenor neben Falk stand, wirkte bedrückt und angespannt.

»Wenn ihr so singt, dann wird das doch noch was mit der CD«, beendete Jörn sehr glücklich den Abend.

»Au weia, Kinder, wir waren zu gut!«, murmelte Pfarrer Päffgen und erntete damit einige Lacher.

Ihnen allen war ein wenig mulmig bei dem Gedanken, eine CD aufzunehmen, denn sie ahnten, dass sie ungern mit ihren gesanglichen Defiziten konfrontiert werden würden. Es war eine Sache, sich jeden zweiten Samstag zum Singen zu treffen und alles zu geben, ohne Scham und Scheu. Auch der jährliche Auftritt beim Dorffest mochte noch angehen, aber eine ganz andere Sache waren die weiter gehenden Ambitionen, die außer Jörn niemand von ihnen hatte.

Als sie das Pfarrhaus verließen, nahm Falk Piet beiseite. »Trinken wir noch ein Glas?«

Piet zögerte. »Grit wartet zu Hause. Ich hab eigentlich gesagt, ich komme gleich nach dem Chor.«

»Vielleicht will sie ja noch herkommen?«, versuchte Falk sein Glück.

Piet sah betreten zu Boden. »Glaub nicht. Sie ist ziemlich … durch den Wind.«

»Okay.« Falk fühlte sich schuldig. Das war genau das gewesen, was er befürchtet hatte. Dass es Grit schlechtging wegen Harms. »Ich glaub, er bleibt nicht lange«, versuchte er Piet zu beruhigen.

»Warum ist er überhaupt hier?« Auch Piet nannte Harms' Namen nicht.

Falk zuckte mit den Schultern. »Er sagt, er hatte Sehnsucht nach der alten Heimat. Und dass er was gutmachen will. Bei mir.«

Jetzt sah Piet ihm direkt in die Augen. Der Blick war sehr direkt und forschend. »Und was meinst du?«, fragte der Pirat.

Falk holte tief Luft. Er wusste nicht, ob es gut war, seinen Verdacht zu äußern, zumal es wirklich nur ein Verdacht war. Aber er fand, Piet hatte Offenheit verdient. Er schien ein besonnener Mensch zu sein, und vor allem: Er wollte nur das Beste für Grit. »Ganz ehrlich?«

Piet nickte.

»Ich glaube, dass er krank ist. Todkrank womöglich. Ich habe keine Ahnung, was er hat. Vielleicht Krebs, vielleicht beginnende Demenz. Weiß nicht. Aber ich denke, dass er sich eigentlich verabschieden will. Sonst hätte er die Reise nie im Leben gemacht.«

Piet nickte. »Hm. Das passt. Grit hat gesagt, er sah wahnsinnig schlecht und alt aus.«

»Ja«, gab Falk zu, »er ist richtig mies beieinander. Deshalb kann ich ihn auch nicht wegschicken.«

Piet schüttelte den Kopf und sah Falk sehr ernst an. »Wenn es wirklich so ist, dann hat er ein Recht darauf. Als Vater. Sich zu verabschieden, meine ich.«

Falk dachte an Piets eigene Geschichte. Er hatte nicht Abschied nehmen können. Nicht von seiner Frau und nicht von seinem kleinen Kind. Falk hatte einen Kloß im Hals.

Sie standen noch eine halbe Minute in der Dunkelheit schweigend zusammen, bevor Piet zu seinem Wagen ging.

»Also dann«, sagte er, stieg ein und ließ den Motor an.

Falk hob die Hand zum Gruß und zögerte dann einen Moment, ob er tatsächlich zu Gino rübergehen sollte, der Abend hatte nun einen Dämpfer erhalten. Aber angesichts der Tatsache, dass zu Hause niemand auf ihn wartete, entschied er sich dafür.

Drinnen ging es schon hoch her. Hubert von Boistern alias Bernd Frekksen schmiss gerade eine Runde für den ganzen Tisch. »Auf unsere Nancy! Auf dem Weg von Heisterhoog nach Hollywood!«

Herzhaftes Lachen in der großen Runde, alle hielten ihre Gläser hoch und prosteten sich zu. Aber es war klar, dass nur Thea und Hubsi, die stolzen Eltern, daran glaubten, dass Nancy eine Karriere als Aktrice bevorstand. Vielleicht, dachte Falk bei sich, waren die von Boisterns aber auch schon zufrieden, wenn Nancy als Glamoursternchen in den bunten Blättern erschien, auf Galas eingeladen wurde und an der Seite anderer, ebenso namenloser Sternchen posierte.

Es war eine ausgelassene Runde, sogar Pfarrer Päffgen war dieses Mal mitgekommen, und Falk quetschte sich neben ihn auf die Bank. Hubsi bestimmte mit seiner dröhnenden Stimme das Gespräch, das sich selbstverständlich nur um seine persönliche Verbindung zu Karli, dem Produzenten, drehte, und dass er, Hubert von Boistern höchstselbst, es in alleiniger Anstrengung als Mediator geschafft hatte, dass sein neuer Freund seine Forderung zurückgezogen hatte. Thies musste natürlich einen bissigen Kommentar dazu abgeben, den Hubsi konterte, und so entstand zum Vergnügen aller Anwesenden ein klassischer Schlagabtausch von reichem Farmer zu Sheriff. Denn eigenartigerweise, so war es Falk bereits vergangenes Jahr aufgefallen, hatten die ewigen Kontrahenten beide einen Hang zum Western Style. Allerdings bevorzugte Hubsi seine Cowboystiefel und den riesigen Stetson in Weiß, während Thies, der Sheriff, selbstverständlich cooles Schwarz trug.

Mitten in dem spielerischen Streit betrat ein neuer Gast das Hinterzimmer des Sizilianers. Zum Erstaunen der Anwesenden war es Kai.

Er grüßte leutselig in die Runde und blickte Thies schließlich freudig ins Gesicht. »Hey, da bist du ja!«, strahlte er. »Hab ich mir doch gedacht. Nett habt ihr's hier.«

Dann setzte er sich Falk gegenüber, neben Jörn, und orderte bei Elizabetta eine Cola. Entweder entging ihm Thies' finstere Miene, oder es war ihm egal, was sein Chef dazu sagte, dass er ihm auch privat folgte wie ein treuer Hund. Es war ungewöhnlich, dass sich ein Fremder, eine Saisonkraft, zu den Einheimischen gesellte. Kai aber suchte Anschluss, seit er bei Thies angeheuert hatte. Dennoch: Dass Kai hier uneingeladen auftauchte, schien für Thies zu weit zu gehen. Er sah grimmig zu Kai hinüber, so dass Silke sich bemüßigt sah, ihm beruhigend den Arm zu tätscheln und auf ihn einzureden.

Jörn dagegen, freundlich und leutselig wie immer, interessierte sich sofort für den jungen Neuankömmling und fragte ihn nach seinem Woher und Wohin aus. Kai erzählte, dass er gerade sein Abitur auf dem zweiten Bildungsweg gemacht hatte und noch bei seiner alleinerziehenden Mutter in Kiel lebte. Er wollte eine Saison auf der Insel als Rettungsschwimmer jobben, um sich in dieser Zeit klarzuwerden, welche Pläne er in der Zukunft verfolgen würde. Davon habe er noch gar keine Vorstellung. Und dass es ihn ausgerechnet nach Heisterhoog verschlagen habe, sei reiner Zufall.

Falk war sich nicht so sicher, ob Kai in diesem Punkt die Wahrheit sagte, zu zielstrebig hatte Kai ihn damals ausgefragt, als er ihm am Fähranleger begegnet war. Und da hatte er noch kein Wort davon gesagt, dass er als Rettungsschwimmer arbeiten wollte. Aber das alles ließ Falk dahingestellt, denn Kai schien einfach ein netter, aufgeweckter junger Spund zu sein, der manchmal ein wenig zu sehr zur Anhänglichkeit neigte.

Thies und Silke verabschiedeten sich schon früh aus der Runde, und die Tatsache, dass sie gemeinsam aufbrachen, führte zur Tuschelei, besonders in der Von-Boistern-Ecke.

»Sind die zusammen?«, erkundigte sich auch Kai interessiert, aber sowohl Jörn als auch Falk gaben sich unwissend.

Als Falk eine Stunde später ebenfalls aufbrechen wollte, stand Hubsi plötzlich hinter ihm und legte einen fetten Arm um ihn, einen um Kai und lud die beiden noch auf ein Glas in die »Rum-Ba-Bar« ein. Kai stimmte sofort begeistert zu, denn auf der Insel gab es nachtlebenmäßig für einen Zwanzigjährigen nicht eben ein üppiges Angebot. Falk brummte zwar schon der Schädel, aber auf ein Gläschen würde er Kai noch begleiten und dann abziehen.

Als sie die Tür zur »Rum-Ba-Bar« öffneten, schlug ihnen nicht nur eine Wolke Schweiß, Parfum und abgestandene Luft entgegen, die Bässe wummerten gerade zu »Walk this way« von den Beastie Boys, und Falk staunte, wie vollgestopft die kleine Bar mit angeschlossener Disko war. Sie mussten richtig schieben, um noch hineinzukommen.

»Ist ja irre«, freute sich Kai, und das, was er anschließend noch von sich gab, ging im krachlauten Diskosound unter.

Falk kämpfte sich zur Bar durch, hinter deren Tresen Ole Reents stand und wie ein Weltmeister zapfte, mixte und einschenkte, aber dennoch die Aufmerksamkeit aufbrachte, Falk zuzunicken und dessen Bestellung aufzunehmen. Falk hätte am liebsten einen stärkenden Kaffee getrunken, doch aus Rücksicht auf Barkeeper Ole, der alles allein managte, verzichtete er darauf und orderte nur einen Saft. Dann ließ Falk den Blick schweifen und erkannte, warum die Bar heute ungewohnt gefüllt war. Die Leute vom Film waren eingefallen. Er sah die beiden Schauspieler Max und Jasemina auf der winzigen Tanzfläche, wie sie versuchten, sich gleichzeitig lasziv anzutanzen und dem jeweils anderen mit ihrem Tanzstil die Show zu stehlen. Während Max eine Mischung aus Headbanging und Pogo hinlegte, glichen Jaseminas gewundene Bewegungen eher einem Ausdruckstanz. Auch Gernot und Nancy schwitzten um die Wette. Sie umkreisten einander wie Pfaue beim Balzen. Falk schielte schnell zu Ole. Tatsächlich hatte der bei allem, was er hinter dem Tresen tat, seine Verlobte im Blick, und an den angespannten Kiefermuskeln konnte Falk erkennen, dass ihm nicht gefiel, was er sah. Nancy dagegen hatte nur Augen für Gernot Limpinsel. Falk fiel auf, dass Nancy für ihre Verhältnisse unglamourös gekleidet war. Sie trug lediglich Hot Pants und ein lockeres T-Shirt, dessen Ausschnitt immerhin so weit war, dass es ihr über beide Schultern rutschte. Darunter trug Nancy einen Bikini. Auf ihre High Heels hatte sie heute verzichtet, an ihren Füßen mit den pink lackierten Zehennägeln hatte sie lediglich flache Flipflops aus Leder – Jesuslatschen, hatte Falks Mutter immer dazu gesagt. Als hätte Nancy bemerkt, dass Falk und Ole sie – aus unterschiedlichem Interesse – anstarrten, verließ sie die Tanzfläche und kam an die Bar. Sie begrüßte Falk freundlich und bestellte dann bei Ole etwas zu trinken. Der beugte sich vor und zischte Nancy etwas zu, was Falk nicht verstand. Er betrachtete ihr Gesicht. Sie wirkte jünger als sonst, aber auch hübscher. Sie war verschwitzt und hochrot und wirkte irgendwie – sympathisch. Nicht mehr wie Paris Hilton, deren Look sie normalerweise haargenau kopierte. Falk grübelte, bis er wusste, was es war: Nancy von Boistern war so gut wie ungeschminkt. Eine Sensation! In der Regel wetteiferten Nancy und ihre Mutter Thea darum, wer die meisten Farben im Gesicht verteilen konnte. Aber heute konnte man sogar niedliche Sommersprossen auf ihrer Nase erkennen. Nancy nahm gerade zwei Drinks von Ole entgegen, der noch immer schlechtgelaunt auf sie einredete, was sie mit demonstrativem Augenrollen quittierte, bevor sie sich wieder zu Gernot und den beiden Schauspielern durchdrängelte. Falk folgte ihr mit den Augen, und plötzlich kam ihm jemand Bekanntes ins Visier. Sein alter Kumpel Bertie! Der hatte Falk noch nicht entdeckt, denn er war intensiv damit beschäftigt, auf das Mädchen, das neulich Nacht bei den Dreharbeiten die Klappe geschlagen hatte, einzureden. Und nicht nur das: Er legte ihr in einer eindeutigen Geste einen Arm um die Taille. An und für sich konnte es Falk ja egal sein, aber irgendwie fühlte er sich Bille gegenüber verantwortlich. Bille, die er, Falk, sitzengelassen hatte und die sich nun mit Bertie zusammengetan hatte – ihrer großen Liebe, wie sie seitdem bekundete. Falk beschloss einzuschreiten.

Er kämpfte sich zu Bertie durch und schlug ihm von hinten auf die Schulter, als er ihn endlich erreicht hatte. Das Klappe-

Mädchen sah ziemlich gelangweilt aus, und so wie Falk es einschätzte, würde er Bertie nicht eben einen großartigen Abend versauen.

»Hey, Alter«, brüllte er durch den lauten Beat in Berties Ohr.

Bertie drehte sich um und sah ziemlich verärgert aus, dass er bei seiner wichtigen Beschäftigung gestört wurde. Als er erkannte, dass es Falk war, hellte sich seine Miene kurz auf. Aber nur kurz.

»Falk«, begrüßte ihn Bertie mit schwerer Zunge und versuchte, ernst auszusehen. »Wir müssen echt mal reden, Mann.«

»Hallo?« Falk war überrascht. »Wer versucht denn, dich seit zwei Wochen zu treffen? Und wer drückt mich dauernd weg oder vertröstet mich oder antwortet gar nicht?«

Das Mädchen, das Bertie belagert hatte, nutzte die Gelegenheit und schlüpfte aus der Umarmung. Augenscheinlich war sie froh, Berties Frontalangriff entkommen zu sein.

»Mann ey«, Bertie hatte ordentlich getankt. »Du siehst doch, was hier los ist!« Er machte eine vage Armbewegung durch die Bar, und Falk fragte sich, was das mit ihm und Bertie zu tun haben könnte. Aber Bertie wollte sich offenbar in einen Furor hineinsteigern und irgendein konfuses Gefühl der Unzufriedenheit an Falk auslassen.

»Ich hab zu tun, Mann!«, brüllte er ihm mit seinem Alkoholatem ins Gesicht. »Von früh bis spät!«

»Das ist doch keine Arbeit hier«, wandte Falk ein, bereute es aber sofort.

»Du hast ja keine Ahnung, Falk, keine Ahnung!« Bertie sah verzweifelt aus.

Falk schlug vor, dass sie gemeinsam vor die Tür gehen sollten, etwas Luft schnappen, denn bei dem lauten Sound war eine Unterhaltung mit dem schwer angeschlagenen Bertie nicht möglich. Bertie war bereits zu desorientiert, um dazu eine Meinung zu haben, und so zog Falk seinen Freund am Ärmel hinter sich her in Richtung Tür. Aus dem Augenwinkel sah er, dass das Klappe-Mädchen schon einen anderen Typ aufgerissen hatte oder der sie. Jedenfalls tanzte sie angeregt um Kai herum, der, wie Falk neidlos anerkannte, dabei eine sehr gute Figur machte.

Kurz vor der Tür blieb Bertie plötzlich abrupt stehen und schlug Falks Hand von seinem Arm. »Überhaupt, Alter, überhaupt«, lallte er mit latenter Aggressivität in Falks Richtung, »weißt du, warum ich so viel Arbeit habe?«

Falk antwortete lieber nicht, ihm war durchaus klar, dass Bertie ihm die Antwort gleich selber liefern würde. Und er hatte nicht vor, den Stier noch mehr zu reizen.

»Wegen dir«, Bertie streckte seinen Zeigefinger aus und zeigte damit auf Falk, wurde aber von hinten geschubst und pikste nun schmerzhaft in Falks Brust. »Wegen dir und den ganzen Irren auf deiner Insel!« Bertie funkelte Falk aus seinen wässrig-roten Augen an.

Falk war sich sicher, wenn Bertie sich hier drinnen noch weiter aufregen würde, würde er aus den Latschen kippen. Offensichtlich hatte sein Kumpel oder Exkumpel wenigstens einen Regalmeter Wodka Red Bull intus. Falk griff an die Klinke, zog die Tür auf, gleichzeitig drehte Bertie sich um und hob sein Glas, weil er vermutlich ein weiteres Getränk ordern wollte. Aber dazu kam er nicht mehr, weil Ole Reents in derselben Sekunde mit einem überaus sportlichen Hechtsprung über den Tresen sprang, Gernot Limpinsel, der nicht schnell genug reagierte, am Schlafittchen packte und ihn mit einem gezielten Uppercut aus der von Falk gerade geöffneten Tür beförderte.

Was nun folgte, konnte Falk im Nachhinein nicht mehr mit Sicherheit rekonstruieren, denn der fliegende Gernot hatte auf seinem unkonventionellen Weg, die Bar zu verlassen, Bertie mit seinem Schuh an der Schläfe erwischt. Da dieser ohnehin schon Schlagseite hatte, kippte er nach hinten, mit dem Kopf gegen das Nasenbein von Falk, dem sofort schwarz vor Augen wurde, bevor er zu Boden ging. Als Falk wieder zu sich kam, war in der »Rum-Ba-Bar« die schönste Kneipenschlägerei im Gange. Frauen kreischten – Nancy unüberhörbar am lautesten –, und einige Männer versuchten, ihre Freundinnen aus der Schusslinie zu ziehen. Wieder andere plünderten die Flaschenregale hinter der Bar, und ein kleiner Teil hatte sich in die wilde Schlägerei zwischen Ole, Gernot, dem Schauspieler Max, einigen Beleuchtern vom Film und Insulanern gemischt. Falk hatte keinen Bedarf, sich zu beteiligen, und wollte nachts um zwei auch nicht zuschauen oder gar schlichten. Er wollte nur noch ins Bett. Bertie war auf ihm zu liegen gekommen und hielt sich stöhnend den Kopf, und Falk beschloss, seinen Kumpel aus dem Getümmel zu ziehen. Sie retteten sich um die Ecke der »Rum-Ba-Bar« in eine kleine ruhige Gasse mit Friesenhäusern und hörten schon von weitem das Martinshorn der Polizei.

»Komm, wir hauen ab«, sagte Falk. Bertie sagte nichts mehr. Er stützte sich auf dem ganzen Weg von Süderende nach Tüdersen schwer auf Falks Fahrrad und fluchte vor sich hin. Falk führte mit einer Hand unterstützend den Drahtesel, mit der anderen versuchte er die Nasenblutung zu stoppen, die Berties Hinterkopf verursacht hatte. Seine Nase schmerzte höllisch, und er hoffte inständig, dass sie nicht gebrochen war. Sie brauchten eine gute halbe Stunde für den Weg, und kaum hatte Falk die Tür zu seiner Kate aufgeschlossen, schmiss sich Bertie aufs Bett, stöhnte »Alter, Mann« und schlief sofort ein.

Falk blickte auf seinen schnarchenden Freund, zog diesem die Sneakers aus und ging ins Bad. Ein ganz großer Fehler, wie er sofort bemerkte, denn sein Anblick war schockierend. Seine Nase war auf die doppelte Größe angeschwollen, und die beginnende Rötung ließ jetzt schon erahnen, in welch schillernden Farben sie morgen erblühen würde. Falk seufzte gequält, zog sich aus und gönnte sich eine heiße Dusche. Dann beschloss er, Thies noch eine SMS zu senden, dass er morgen später am Strand auftauchen würde, er musste wenigstens sechs Stunden

Schlaf bekommen. Als er sein Handy aus der Jeans nahm, sah er, dass er ebenfalls eine Kurznachricht erhalten hatte. Sie war von Gina und lautete: *Willst Du mich heiraten?*

Falks Herz setzte einen Moment aus. Dann schoss er mit dem Handy ein Foto von seinem Gesicht und schickte es mit der schlichten, aber deutlichen Antwort *Ja* zurück.

Er schob Bertie ein Stück zur Seite und kuschelte sich in sein Kissen. Trotz der starken Schmerzen in der Gesichtsmitte schlief er so glücklich und selig ein wie schon lange nicht mehr.

# 17.

Der Apotheker machte am Montagmorgen große Augen, als Falk kurz vor neun den Laden betrat.

»Herr Thomsen!« Sie kannten sich natürlich vom Shantychor. »Das sieht aber gar nicht gut aus!«

Falk entging nicht, dass der Apotheker ein leichtes Grinsen unterdrücken musste. »Fühlt sich auch gar nicht gut an«, bestätigte Falk.

»Haben Sie abklären lassen, dass kein Bruch vorliegt?«, erkundigte sich der Mann hinter dem Tresen, als Falk ihm einen Zettel hinüberschob. Grit hatte ihm genau aufgeschrieben, welche Salben und Verbandsmittel er für die malträtierte Nase benötigte. Er war am Sonntag, Bertie hatte noch seinen Rausch ausgeschlafen, gleich zu ihr gefahren und hatte seinen Zinken untersuchen lassen. Zwar war Grit keine Ärztin, aber zwanzig Jahre Arbeit als Krankenschwester schulten ebenfalls ungemein. Grit hatte dafür plädiert, dass Falk, um alle Eventualitäten auszuschließen, seine Nase röntgen lassen solle, aber Falk hatte das fachmännische Urteil seiner Mutter genügt. Er war trotz der immensen Schwellung noch in der Lage, Luft durch die Nase ein- und auszuatmen, so dass er Grits Urteil, es handele sich »lediglich« um eine Prellung, gerne glaubte. Der Schmerz hatte sich durch die Einnahme von Paracetamol dämpfen lassen, außerdem hatte Grit ihn zusätzlich aus ihrer homöopathischen Notfallapotheke versorgt. Das Schlimmste war ohnehin der Bluterguss, der mittlerweile eine schöne dunkelviolette Färbung hervorgerufen hatte, die sich bis unter die Augen zog und Falk wie einen blutrünstigen Vampir wirken ließ – allerdings ohne den derzeit angesagten Teenie-Sex-Appeal von Robert Pattinson.

Schmerz war für Falk ohnehin zweitrangig gewesen. Er verspürte im Moment nur Glück. Gina wollte ihn heiraten, das war alles, was zählte. Sie würden sich eine gemeinsame Zukunft aufbauen, wie und wo auch immer. Das waren im Moment Details, die Falk für völlig nebensächlich hielt. Er hatte am Sonntag vom Strand aus mehrmals mit seiner Liebsten in Berlin telefoniert, die in Tränen aufgelöst gewesen war und ihm immer wieder versicherte, wie sehr sie ihn liebte. Über Ginas seit neuestem aufgetauchten Hang zur Hysterie wollte Falk sich lieber keine Gedanken machen.

»Sagen Sie bloß, waren Sie auch an der Prügelei in der Bar von Ole Reents beteiligt?«

»Wonach sieht's denn aus?«, gab Falk zurück.

Der Apotheker legte die Salben und Mittelchen auf den Tresen und gab die Preise in die Kasse ein. Er lachte. »Soll ja hoch hergegangen sein, wie man hört.«

Falk grinste. »Ich konnte mich rechtzeitig durch K.o. retten.«

»Siebzehn fünfzig.« Der Apotheker wiegte bedenklich den Kopf. »Andere sind nicht so glimpflich davongekommen.«

»Ach ja?« Falk wurde neugierig.

»Der Herr Limpinsel«, konkretisierte der Mann im weißen Kittel, »wie man hört, musste in eine Klinik aufs Festland gebracht werden. Hubert hat selbst dafür gesorgt.«

»Oje, hat Ole ihn so schlimm erwischt?« Falk dachte an den Schwung, mit dem Gernot Limpinsel von Ole Reents durch die Tür befördert worden war. Dagegen war der Rums von Berties Hinterkopf auf Falks Nase wie eine leichte Berührung mit der Fingerspitze gewesen.

»Kieferbruch«, klärte der Apotheker Falk düster auf. »Das ist natürlich ganz tragisch für die Dreharbeiten.«

Das wagte Falk zu bezweifeln, schließlich spielte Gernot ja nicht mit, er coachte die Schauspieler lediglich, machte Sprechtraining und solche Sachen.

»Die eine Schauspielerin, Jasemina oder wie die heißt, hat nämlich noch an Ort und Stelle einen Nervenzusammenbruch bekommen.« Jetzt hob der Apotheker, der offensichtlich nicht gerne als Plaudertasche dastehen wollte, unschuldig beide Hände. »Habe ich von meiner Frau gehört. Die hat es von Thea. Aber ob es stimmt, weiß ich natürlich nicht.«

Und mir kann es herzlich egal sein, dachte Falk bei sich. Ich heirate nämlich! Aber er schwieg, zahlte und verließ freundlich grüßend die Apotheke. Auf der gegenüberliegenden Seite der Straße lag die Sparkasse, und Falk musste dort hinüber, um Geld abzuheben.

Er würde gleich noch in die Kurverwaltung gehen und seinen beziehungsweise Maritas verwaisten Schreibtisch abarbeiten. Viel lag nicht an, auch die Anrufe, die er in seiner Funktion als Tourismusmanager bekam, waren nicht der Rede wert. In der Regel waren es Firmen, die sich nach den Möglichkeiten erkundigten, auf der Insel Seminare und »Incentives« abzuhalten, oder aber Eventmanager auf der Suche nach der passenden »Location« für ihre Super-Mega-Hyper-Ü-30-Single-Beach-Party. Derartige Ansinnen lehnte Falk in Absprache mit Jörn generell ab. Dafür war Heisterhoog nicht die geeignete Insel, da waren sich alle Insulaner – mit Ausnahme der von Boisterns – einig. Sie wollten nicht zum Nordsee-Ballermann werden.

Falk verstaute sein Geld in der Brieftasche und wandte sich zum Gehen. Doch dann blieb sein Blick an den Immobilienangeboten hängen. Nur mal gucken, dachte er, rein interessemäßig. Es waren vier Angebote, immerhin. Bei zwei davon handelte es sich um Einzimmerapartments mit Kochnische für einen völlig überzogenen Preis. Das dritte war eine historische Mühle, wunderschön, aber mit einem großen Makel: Sie lag auf der Nachbarinsel. Bei dem vierten Angebot handelte es sich um eine heruntergekommene Frühstückspension, sehr schön am Watt gelegen, aber neben der Million, die das Objekt kosten würde, hätte man noch einige Hunderttausend reinstecken müssen, um es auf Vordermann zu bringen. Falk seufzte. Niemals würde er mit seiner Strandkorbvermietung so viel verdienen, dass er sich auf der Insel mit Gina würde niederlassen können. Denn seine Kate war auf Dauer viel zu klein für zwei. Oder mehr. Falls Gina das überhaupt wollte. Momentan hörte sich alles an nach: Heiraten ja, aber du ziehst nach Berlin.

Falk wollte die Sparkasse gerade verlassen, als er drüben seinen Vater erblickte, die Treppe der Apotheke mühsam erklimmend. Für seine Anfang sechzig sah Harms wirklich schlecht aus, dachte Falk. Harms blieb vor der Tür der Apotheke stehen und hustete in ein Taschentuch, erst dann betrat er das Geschäft.

»Er sieht schrecklich aus.«

Falk fuhr zusammen und blickte nach links, von wo die Stimme seiner Mutter gekommen war. Grit stand neben ihm, er hatte sie nicht bemerkt, weil er Harms im Visier gehabt hatte. Auch sie blickte zur Apotheke hinüber, in der der Schriftsteller soeben verschwunden war.

»Was macht die Nase?« Grit schaute nun zu Falk und machte Anstalten, die Aubergine in seiner Gesichtsmitte zu betasten, aber er wehrte das ab.

»Mama, bitte.« Falk war es ohnehin schon peinlich, von allen wegen des zugerichteten Zinkens angestarrt zu werden, und dass seine Mutter daran in der Öffentlichkeit herumknetete, würde es nicht besser machen.

Grit lachte. »Schon gut. Ich beiße nicht. Sieht aber bereits besser aus. Du wirst sehen, in zwei bis drei Wochen ist das weg.«

Falk stöhnte. Zwei bis drei Wochen! So groß konnte kein Pflaster sein, um die Schmach vollständig zu verdecken. Er würde sich also noch lange zum Horst machen müssen.

Nun kam Harms wieder aus der Apotheke, mit einer Tüte

in der Hand. Falk und Grit beobachteten ihn beide. Er ging langsam die Treppe hinunter und versuchte dabei, in die Tüte zu gucken, die er in einer Hand hielt. Dabei stolperte er und fiel fast die Stufen hinunter. Grit sog scharf die Luft ein, und Falk hatte den Impuls, sofort über die Straße zu hechten und Harms zu halten. Aber dieser konnte sich gerade noch fangen und am Geländer festhalten. Erschöpft setzte er sich auf die unterste Treppenstufe.

Falk und Grit sahen sich besorgt an.

»Was ist denn mit dem los?« Grit runzelte die Stirn.

Falk beschloss, mit seiner Mutter Tacheles zu reden. Sie war schließlich Krankenschwester und in diesen Dingen recht pragmatisch. »Ehrlich gesagt, Mama, ich glaube, es geht ihm nicht besonders.«

»Das ist ja wohl offensichtlich«, entgegnete Grit scharf. »Er sieht aus wie ein alter Tattergreis. Dass ich den mal so angehimmelt habe!«

Falk musste lächeln, wurde aber sofort wieder ernst. »Ich wüsste nicht, was er sonst hier wollte. Das ganze Gequatsche, von wegen aussöhnen und so. Das würde ihm doch normalerweise gar nicht in den Sinn kommen.«

Grit pflichtete ihm bei. »Harms ist wirklich nicht sentimental. Nie gewesen. Es wäre komisch, wenn er das jetzt plötzlich entdeckt.« Sie blickte immer noch zu Harms hinüber, der sie bislang nicht bemerkt hatte. »Es sei denn …«

Falk beendete den Satz: »… er sieht dem Tod ins Gesicht.«

Sie sahen sich an. Und waren einer Meinung.

»Das hat mir gerade noch gefehlt!«, schimpfte Grit. »Warum muss der alte Sack hier auftauchen …«

»Mama.« Falk versuchte, Grit zu beschwichtigen, doch die wurde jetzt richtig laut.

»Das ist der Fluch meines Lebens! Ich habe endlich mal richtig Urlaub, zum ersten Mal, seit ich denken kann!« Sie blickte giftig auf die andere Seite, wo Harms nun aufmerksam auf die

Szene geworden war und zu ihnen herüberguckte. Falk winkte, und Harms zog sich am Geländer hoch.

»Und damit nicht genug!« Grit fuchtelte aufgebracht mit einer Hand vor Falks Gesicht herum, als sei er die Ursache allen Übels. »Ich lerne einen richtig tollen Mann kennen. Und ich will nichts anderes als vier schöne Wochen mit ihm verbringen. Vier! Ist denn das zu viel verlangt?«

Falk beobachtete, wie Harms mit seiner Tüte in der Hand die Straße überquerte und auf sie zukam. Auch Grit sah das, was ihren Furor aber keine Sekunde lang dämpfte.

»Und dann taucht nach fünfundzwanzig Jahren in der Versenkung der alte Trottel ausgerechnet hier auf?« Grit zeigte nun direkt auf Harms, der bei ihnen zu stehen gekommen war und grinste. Falk schwieg betreten, Grit pustete sich ärgerlich ihre roten Strähnchen aus dem Gesicht, und Harms sagte freudestrahlend: »Das ist sie, meine Gritti. Ganz wie früher.«

Grit starrte ihn nur an und schüttelte den Kopf. »Spar dir dieses ›Gritti‹. Das war mal.«

Harms tat, als sei er mächtig beeindruckt, aber das Lächeln wich nicht von seinem Gesicht.

»So, mein Lieber«, Grit übernahm resolut die Initiative. »Dann lese ich dir jetzt mal die Leviten. Das ist seit fünfundzwanzig Jahren überfällig.« Sie sah Falk an. »Und du verschwindest zur Arbeit. Ich geh mit deinem Vater einen Kaffee trinken. Wir beide telefonieren später.«

Falk nickte und trabte gehorsam in Richtung Kurverwaltung ab, noch bevor Harms ihn auf die lila Nase ansprechen konnte. Er sah noch, wie Grit Harms am Ärmel in das nächstbeste Café zerrte, wo trotz der frühen Uhrzeit schon die ersten Tische belegt waren.

Als Falk die Kurverwaltung betrat, machte auch Biggi große Augen.

»Ich wollte dir eigentlich brandheiß von der Schlägerei bei

Ole erzählen – aber wie es scheint, ist das nicht nötig«, bemerkte sie spitz und schob ihm ein Plastikdöschen mit von Speck ummantelten Pflaumen hin.

»Tapas?«, Falk nahm sich aus Höflichkeit eine Speckpflaume. Sie schmeckte köstlich, und er lobte Biggi überschwänglich.

Biggi lächelte verkniffen.

»Ist was?« Falk stoppte auf dem Weg in sein Büro.

Biggi hackte in die Tastatur, als sei der Teufel hinter ihr her. Sie hatte den Kopf gesenkt und vermied es, Falk anzusehen.

»Jetzt komm.« Falk ging wieder zu ihrem Schreibtisch, nahm sich noch eine weitere Pflaume, quasi als vertrauensbildende Maßnahme. »Du hast doch was.«

Biggi senkte den Kopf noch tiefer und schniefte. Dann flüsterte sie: »Da ist ein Bewerber drin.« Und zeigte mit dem Kopf auf die geschlossene Bürotür des Bürgermeisters.

»Für meine Stelle? Also, Maritas Stelle?«

Biggi nickte.

Falk war hocherfreut. »Das ist doch super! Mann oder Frau?«, erkundigte er sich neugierig.

»Ein Typ«, Biggi blickte jetzt hoch, »ganz jung.«

Irgendetwas stimmte nicht mit ihr. Es schien, als ärgerte sie sich. Dabei quoll ihr Schreibtisch über, weil sie die halbe Stelle von Marita mit erfüllte und einen Großteil des Papierkrams übernahm.

Falk musterte Biggi. Sie war um die fünfzig. Laut Jörn arbeitete sie seit dreißig Jahren in der Kurverwaltung, und bei ihr liefen alle Fäden zusammen. Was Biggi nicht wusste, wusste auch niemand anders. Sie war die unangefochtene Vorzimmerqueen.

»Dir wäre es lieber, Marita kommt zurück, oder?«

Biggi nickte. »Wir haben so lange zusammengearbeitet … Da ist man eben eingespielt. Aber daraus wird wohl nichts mehr.« Biggi sah ein bisschen schuldbewusst drein.

»Auf mich warst du ja auch nicht gerade gut zu sprechen«, erinnerte sich Falk und provozierte sie damit absichtlich.

Biggi setzte einen gequälten Gesichtsausdruck auf. »Hm. Ja. Das tut mir auch leid. Ich dachte halt, du kommst hier an, als Freund von Jörn, und … und …«

»Krempel alles um? Bring den Laden auf Vordermann? Hast du davor Angst?«

Biggi lächelte. »Na ja, du musst das verstehen. Hier ist sonst niemand, der mir Konkurrenz macht. Norbert, ich meine, also wirklich.« Sie rang sich ein spöttisches Lachen ab.

»Weißt du was, Biggi? Du hast es selbst in der Hand. Lass dir von niemandem das Wasser abgraben. Aber das geht nur, wenn du andere nicht ausbremst. Vielleicht kommt einer, ein Neuer, Junger, der geile Ideen hat. *So what?* Ist doch super! Einfach mitmachen, drauf einlassen – und sehen, was da kommt.« Mit diesen Worten stand Falk auf und stopfte sich die letzte Speckpflaume in den Mund. »Und in Sachen Fressalien schlägt dich sowieso niemand.«

Damit betrat er sein Büro, und Biggi schaute ihm hinterher – unentschieden, ob sie wegen der kleinen Standpauke schmollen oder sich über das nachgeschobene Kompliment freuen sollte.

Kurz bevor Falk die Tür hinter sich schließen konnte, rief sie ihm aber noch hinterher.

»Ach, Falk, beinahe hätte ich es vergessen! Da hat jemand angerufen und nach dir gefragt.«

Biggi kramte einen Post-it-Zettel hervor und brachte ihn Falk.

»Aus Manhattan«, sagte sie bedeutungsvoll.

Falk blickte überrascht auf den Zettel. »Maximilian Newbay von Newbay & Newbay. Lojers«, hatte Biggi darauf notiert. Und eine lange Telefonnummer.

»Lojers?« Fragend blickte Falk Biggi an. »Was heißt das?«

Biggi kniff die Lippen zusammen. »Äh, also ehrlich, keine Ahnung. Der hat so schnell geredet.«

Falk murmelte das Wort mehrmals vor sich hin, dann ging ihm ein Licht auf. »Kann es sein, dass er ›Lawyers‹ gesagt hat?«

Erleichtert schnippte Biggi mit den Fingern: »Das war's!«

»Das heißt Anwälte«, klärte Falk sie auf, während er mit klopfendem Herzen an seinen Schreibtisch ging. Ein Anwalt aus einer Kanzlei in Manhattan wollte ihn sprechen. Das konnte nur mit Harms zu tun haben. Und Falk hoffte inständig, es möge keine Hiobsbotschaft sein. Er begann, mit zittrigen Fingern zu wählen.

Selten hatte er einen Anruf von seiner Mutter so sehnsüchtig erwartet wie diesen. Es war schon fast Abend, Falk hatte nach dem Telefonat mit Maximilian Newbay verbissen seine Arbeit in der Kurverwaltung erledigt, war im Anschluss pflichtschuldigst an den Strand gegangen und hatte versucht, sich wahlweise auf die Arbeit oder seine Krimilektüre zu konzentrieren. Tatsächlich hatte er immer wieder auf sein Handy geschielt und gehofft, dass Grit sich melden würde. Natürlich hätte er auch die Initiative ergreifen und von sich aus anrufen können, aber er wollte Grit nicht bedrängen. Nach ihrem Kaffeetrinken mit Harms hatte sie sicherlich viel zu überdenken und aufzuarbeiten, da war es gut, ihr die Zeit zu geben, die sie brauchte.

Zwischendurch hatte er Gina noch den Berlin-Besuch abgesagt, was viel leichter war als gedacht. Falk hatte seiner Freundin einfach von der geänderten Lage berichtet, und Gina hatte daraufhin vollstes Verständnis gehabt, dass er in der Situation unmöglich von Heisterhoog wegkonnte. Zumal sie im Moment nur an unbezahlten Aufträgen herumwerkelte, wieder einmal, wie Gina frustriert feststellte. Die Lage für Architekten war katastrophal in Berlin, und Falk gab sich alle Mühe, mit seiner Freundin ein Motivationstelefonat zu führen. Wieder einmal, wie er feststellte.

Thies war am späten Nachmittag noch aus seiner Bude herausgekommen, in der Hand zwei eiskalte Cola.

»Die solltest du vielleicht besser auf die Nase gießen«, meinte er und lachte sich schlapp über Falks bunten Zinken.

»Danke. Ist echt nicht lustig«, gab Falk zurück, nahm die Cola aber trotzdem. »Andere hat's allerdings noch schlimmer getroffen, wie ich gehört habe.«

Thies nickte schadenfroh und prostete Falk zu. »Dieser Sprechheini, Limpinsel, der ist im Krankenhaus. Ole ist richtig ausgerastet.«

»Kriegt er 'ne Anzeige?«

Thies zuckte mit den Schultern. »Glaub nicht. Dafür wird Hubert schon sorgen. Der fühlt sich ja sowieso schuldig.«

»Hubsi? Wieso der denn?«

»Na, wenn Nancy nicht wäre, wäre der Streit wohl kaum so eskaliert«, meinte Thies lapidar. »Tja, hast du Kinder, hast du Sorgen!«, lachte er dann und hob Falk seine Colaflasche entgegen.

Falk stieß mit seiner dagegen und dachte bei sich, dass für ihn der Spruch andersherum eher zutraf: »Hast du Vater, hast du Sorgen.«

Sie saßen noch eine Weile beieinander, Nille und Kai gesellten sich dazu und kommentierten die Urlauber, die einer nach dem anderen den Strand verließen. Kurz vor sieben kam eine SMS von Grit, in der sie Falk auf ein Abendessen mit ihr und Piet einlud. Falk sagte gerne zu und schwang sich aufs Fahrrad. Mit einem guten Essen unter Freunden würde Grit die schlechte Nachricht über Harms vielleicht besser verdauen.

»Die schlechte Nachricht ist …«, Grit platzte sofort damit heraus, kaum hatte sie Falk die Tür von Piets gemütlichem Heim geöffnet, »Harms hat Lungenkrebs.«

»Ach du Sch…«, Falk war völlig schockiert. Obwohl er es

längst geahnt hatte, war er überrumpelt von der Nachricht, als Grit sie ihm so schonungslos an den Kopf warf.

»Jetzt lass den Jungen doch erst mal reinkommen«, ertönte Piets Stimme aus der offenen Küche, von wo es köstlich nach Miesmuscheln in Weißwein-Gemüsesud duftete. Falk war Piet dankbar für die Intervention, denn er fühlte sich noch nicht in der Lage, zwei so katastrophale Nachrichten über seinen Vater an einem Tag zu verdauen. Das würde ihm vielleicht mit etwas im Magen leichter fallen. Obwohl, dachte Falk, so oder so waren die Nachrichten unverdaulich.

Er streifte seine Schuhe ab und betrat den geölten Holzboden, der sich von der Sonne aufgeheizt zu haben schien. Wieder bestaunte er die Aussicht aus der breiten Glasfront von Piets Wohnzimmer und war froh, den Abend in der heimeligen Atmosphäre verbringen zu können. Er hätte jetzt nicht allein in seiner Kate sitzen und Trübsal blasen mögen. Und an Harms denken, der Lungenkrebs hatte und bald sterben würde. Falk spürte, dass er plötzlich unendliches Mitleid mit seinem Vater hatte.

Piet reichte ihm ein Glas Chardonnay, an dem sich kleine Wassertröpfchen gebildet hatten, so kalt war die goldschimmernde Flüssigkeit im Glas.

»Auf euch beide!«, sagte Falk spontan und erntete einen überraschten Blick seiner Mutter.

»Gerne«, prostete Piet ihm zu und küsste Grit in den Nacken, bevor er sich weiter in seiner Küchenzeile zu schaffen machte.

Grit nippte nur an ihrem Wein, dann setzte sie sich mit Falk an den großen Holztisch.

»Woher weißt du das mit dem Lungenkrebs?«, erkundigte sich Falk bang. »Hat er dir das erzählt?«

»Musste er nicht«, gab Grit zurück. »Die Anzeichen sind eindeutig. Die fahle Gesichtshaut, das krampfhafte Husten, aber vor allem: Er raucht nicht mehr.«

Falk stutzte. Dass ihm das nicht aufgefallen war! Natürlich! Harms war ein notorischer Kettenraucher. Und hier hatte er noch nicht ein Mal zum Glimmstängel gegriffen. Grit hatte recht, das war ein ziemlich sicheres Indiz für die Diagnose.

»Der lässt doch nicht freiwillig von seinen Kippen ab!«, bemerkte Grit finster. »Da muss schon was Schlimmes sein. Eine Krankheit zum Beispiel.«

»Aber sicher wissen wir es nicht«, versuchte Falk sich zu beruhigen.

»Nein«, meinte seine Mutter. »Aber dazu dieses sentimentale Gelaber, ich glaube, du hast schon recht. Ich meine, er hat jetzt zwanzig Jahre in den USA gelebt, Wahnsinnserfolg mit seinen Büchern gehabt und ein prima Leben ohne uns geführt. Warum zum Teufel sollte er plötzlich hierherkommen?«

Nun war der Zeitpunkt gekommen, zu dem Falk seinerseits mit einer bitteren Neuigkeit aufwarten musste. Gequält sah er Grit an.

»Weil er pleite ist«, rückte er heraus.

Prompt verschluckte sich Grit an einem Schluck Weißwein.

Falk klopfte ihr fürsorglich auf den Rücken.

Als Grit wieder Luft bekam, sah sie ihren Sohn entsetzt an. »Was?!«

Falk erzählte, dass er am Vormittag mit Harms' Anwalt telefoniert hatte, der seinen Klienten gesucht und irgendwann Falk ausfindig gemacht hatte. Maximilian Newbay hatte Falk natürlich nicht in die Details eingeweiht, ihm aber berichtet, dass Harms von der Steuerbehörde gesucht werde. Er hatte illegal das Land verlassen, obwohl ein Verfahren wegen Steuerhinterziehung gegen ihn eröffnet worden war. Der Anwalt hatte Falk inständig gebeten, auf seinen Vater einzuwirken, dass dieser sich stellen möge.

»Und das alles hat sehr danach geklungen, dass Harms pleite ist«, schloss Falk seinen deprimierenden Bericht.

Nun hatte sich auch Piet zu ihnen an den Tisch gesellt. »Darf ich mal zusammenfassen?«, fragte er, rein rhetorisch natürlich. »Harms Thomsen ist vermutlich todkrank, hat Krebs und kein Geld mehr. Dazu wird er von der amerikanischen Steuerfahndung gesucht. Er hat also nichts und niemanden mehr, bis auf …«

Grit und Falk sahen sich an und sagten wie aus einem Mund: »… uns.«

# 18.

Die wunderbaren Muscheln in Weißweinsud halfen nicht über die verzweifelte Stimmung des Abends hinweg. Grit und Falk deklinierten alles durch, aber zum Schluss blieb keine andere Perspektive: Sie mussten sich Harms' annehmen. Obwohl gerade Grit sich in keiner Weise dem Mann gegenüber verpflichtet fühlte, der sie vor Jahren belogen, betrogen und sitzengelassen hatte. Der ihr die schlimmste Verletzung ihres Lebens zugefügt hatte. Aber andererseits war es ihr, der Krankenschwester mit dem weichen Herzen, auch nicht möglich, die Insel zu verlassen, nach Hamburg zu fahren und Falk mit dem Problem alleinzulassen.

Falk wiederum hätte Harms am liebsten dorthin geschickt, wo er herkam, auf dem schnellsten Weg zurück nach Manhattan, ohne Rücknahmemöglichkeit. Die Tatsache, dass die Steuerbehörde dort auf den Schriftsteller wartete, ließ ihn, ebenso wie Grit, völlig kalt. Harms sollte für Steuerhinterziehung ruhig die Strafe bekommen, die er verdiente. Aber die Aussicht, dass Harms, todkrank und mittellos, von keinem Gesundheitssystem in Amerika aufgefangen werden würde, sondern vermutlich nur die Wahl hatte, in einer Obdachlosenunterkunft dem Tod entgegenzudämmern, machte beiden Angst. Das konnten sie Harms nicht zumuten. Weitere Verwandte, zu denen man ihn hätte schicken können, gab es nicht. Sten war tot, und Falk hatte dessen Erbe angetreten. Freunde schien Harms auch keine zu haben, nur einen Anwalt. Und der würde sich kaum verpflichtet fühlen, den alten und kranken Mann zu pflegen und zu versorgen.

Falk hatte aber gar nicht den Platz, Harms bei sich einzuquartieren. Die Kate war für einen Menschen gedacht, übergangsweise könnte Falk noch mit Gina darin wohnen, doch auch das wäre niemals eine Dauerlösung. Falk hätte also sein Erbe verkaufen müssen, um Harms unterzubringen und durchzufüttern – um dann erneut ohne Beruf und Besitz dazustehen. Jetzt, wo er vorhatte, Gina zu heiraten und sich mit ihr eine gemeinsame Zukunft aufzubauen.

Falk, Grit und Piet hatten bis zum Morgengrauen beisammengesessen und versucht, das Problem von allen Seiten zu beleuchten, aber sie waren ohne Lösung geblieben. Einzig die Tatsache, dass Piet Grit in den Arm genommen und ihr versichert hatte, er sei für sie da und würde für sie beide sorgen, wenn sie vorhätte, ganz nach Heisterhoog zu kommen, hatte Grit in ihrer Verzweiflung getröstet. Und Falk die Gewissheit gegeben, dass sie beide nicht allein mit ihrem Problem waren.

Grit hatte die Möglichkeit allerdings vorerst ausgeschlossen, denn der feste Job als Oberschwester war ihr wichtig, und sie wollte mit fast fünfzig nicht alles hinschmeißen. Sie würde aber mit ihrem Chef reden und um zwei weitere Wochen Sonderurlaub bitten.

Falk bekam die Aufgabe, mit Harms zu sprechen. Denn dieser müsste ja auch eine Vorstellung davon haben, wie es weitergehen sollte, schließlich war er ja mit einem bestimmten Vorsatz auf die Insel gekommen – hoffte jedenfalls Falk.

Aber Grit hatte nur die Augenbrauen zusammengezogen und Falk mitleidig angeguckt. »Einen Plan? Dein Vater? Wach auf, Falk.«

In der Morgendämmerung war Falk aufgebrochen und durch das diffuse graue Morgenlicht geradelt, das exakt seine Seelenlage widergespiegelt hatte. Wenigstens eine ganz kleine Mütze voll Schlaf wollte er noch bekommen.

Tatsächlich war dann in der folgenden Woche so viel passiert, dass Falk das Gespräch mit Harms erfolgreich hinauszögern konnte.

Der Dienstag war damit vergangen, dass Falk sich hingebungsvoll um seine Nase gekümmert hatte, die eine sehr attraktive ocker-schlammgrüne Färbung angenommen hatte. Aber die Schmerzen waren fast verschwunden und die Schwellung deutlich kleiner. Falk zerbrach sich den Kopf, wie er das Gespräch mit seinem Vater beginnen sollte, schließlich konnte er schlecht mit der Tür ins Haus fallen und Harms damit konfrontieren, dass für ihn eigentlich kein Platz auf der Insel war. Bis zum Abend kam er zu keinem Ergebnis und war froh, dass er Harms nicht getroffen hatte. Denn das kam ja noch dazu: Falk hatte keinen Schimmer, wo sein Vater sich aufhielt. Nach wie vor war er darauf angewiesen, dass entweder Harms zu ihm kam oder sie sich zufällig über den Weg liefen. Er hoffte im Stillen, dass nichts davon allzu schnell passieren möge, damit er noch ein bisschen Luft hatte, darüber nachzudenken.

Am Mittwoch lud Thies spontan zu einem Skatabend. Er hatte von einem befreundeten Fischer frisch geräucherte Aale bekommen, »die müssen weg«, wie Thies mit seinem unnachahmlichen Charme behauptete. Falk nahm die Einladung dankbar an, denn das war eine weitere willkommene Gelegenheit, das Gespräch mit Harms zu verschieben.

Am späten Nachmittag, als Falk gerade seine Bude zugesperrt und Nille nach Hause geschickt hatte, kam Silke Söderbaum über den Strand gelaufen, in einem langen, duftigen, blumenbunten Sommerkleid und mit offenen Haaren. Falk war baff, so attraktiv zurechtgemacht hatte er Silke noch nie gesehen. Sie strahlte und stellte kommentarlos eine Flasche Aquavit auf den kleinen Tisch bei Thies, bevor sie den Cowboy liebevoll auf den Mund küsste. Thies errötete tatsächlich und wandte sich schnell ab, damit niemand sehen konnte, wie glücklich er lächelte.

»Sonst wird uns schlecht von dem fetten Aal«, erläuterte Silke ihr Mitbringsel.

Falk war skeptisch. »Dann wird mir bestimmt vom Schnaps schlecht.«

Silke lachte. »Du Schäfchen! Damit besäuft man sich doch nicht! Davon genießt man ein oder zwei Gläser nach dem Essen, das war's dann auch.«

Jetzt mischte sich Kai ein. Er hatte ebenfalls schon Feierabend, war aber augenscheinlich noch mit Arbeiten draußen am Beachvolleyballfeld beschäftigt gewesen. Als er nun in die Bude trat, runzelte Thies die Stirn.

Kai nahm sich die Flasche und studierte fachmännisch das Etikett. »Nicht schlecht«, sagte er und stellte die Flasche wieder hin. »Probiere ich auch gerne mal, wenn ich darf.«

»Du hast Feierabend«, brummte Thies ungemütlich, bevor Silke noch etwas auf Kais Ansinnen sagen konnte.

»Hey, chill mal«, Kai lächelte defensiv, »ich bin groß, ich muss noch nicht in die Heia.«

Falk und Silke konnten die schwarze Wolke, die sich über Thies' Haupt zusammenbraute, deutlich sehen, der junge Rettungsschwimmer offenbar nicht. Stattdessen nahm er sich einen Stuhl, lümmelte sich darauf und grinste Thies breit an.

»Ich kenn hier keinen. Also such ich ein bisschen Anschluss. Ist doch nichts dabei, oder?«

»Und ob da was bei ist.« Thies baute sich breitbeinig vor ihm auf. »Ich hab's dir schon mal gesagt und nicht nur einmal: Dienst ist Dienst und Schnaps ist Schnaps.«

Kai zog eine Augenbraue nach oben und tat, als verstünde er nicht.

Thies trat noch einen Schritt näher an Kais Stuhl, und dieser kippelte damit nach hinten, nicht ohne provozierend die Arme vor der Brust zu verschränken.

»Für dich ist hier Ende Gelände. Du machst deinen Job und dann ist gut. Hier spielen die Großen.«

»Uhh, jetzt hab ich aber Angst!« Kai wedelte mit den Händen, kippelte noch immer mit dem Stuhl und lächelte Thies an. Seine Augen allerdings lächelten nicht. Zwischen den beiden lief ein waschechtes Blickduell.

»Thies ...«, versuchte Silke vorsichtig einzugreifen, aber Thies drehte sich nicht mal zu ihr um, er hielt nur eine Hand hoch, um ihr Einhalt zu gebieten. Gleich darauf setzte er einen Stiefel auf die Sitzfläche des Stuhls, auf dem Kai saß. Nun hatte er die Macht, den Stuhl aus dem labilen Gleichgewicht zu bringen.

In dem Moment kam Jörn Krümmel zur Tür herein. »Tach zusammen!«, rief er fröhlich, verstummte dann aber sofort, als er die spannungsgeladene Situation zwischen Kai und Thies wahrnahm.

Es war Kai, der schließlich die Augen niederschlug und damit signalisierte, dass er aufgab.

Thies nahm seinen Stiefel sachte von dem Stuhl. »Ich kann mir auch einen anderen Schwimmer suchen«, sagte der Cowboy, und Falk entging nicht, dass die Stimme rauer war als sonst. Was geht nur ab zwischen den beiden?, wunderte Falk sich insgeheim.

Kai nahm wortlos seinen Rucksack und verschwand aus dem DLRG-Häuschen. Sie sahen ihn wütend in Richtung Wasser stapfen.

Keiner sagte ein Wort, bis Thies das Schweigen brach.

Er stellte Wasser und Bier auf den Tisch und schmiss die Karten dazu. »Erst mal 'n paar Runden spielen, zum Warmwerden. Dann gibt's den Aal.« Es war offensichtlich, dass der Sheriff nicht über den merkwürdigen Vorfall reden wollte.

Falk, Jörn und Silke sahen sich befremdet an.

»Warum bist du so zu dem Jungen? Er ist doch ein netter Kerl.« Silke setzte sich neben Thies und nahm die Karten, um sie geschickt zu mischen.

Thies brummte nur.

Aber Silke ließ nicht locker. »Das war ja wohl büschen übertrieben gerade eben. Oder nicht?«

Thies steckte sich eine Kippe in den Mundwinkel, öffnete die Flaschen und vermied es, zu Silke hinüberzusehen.

Die grinste. »Du magst ihn.« Sie zwinkerte Jörn und Falk zu. »Und das stinkt dir.«

Thies schnaubte, stand auf und ging nach draußen, wo er sich die Zigarette anzündete.

»Mein Süßer«, sagte Silke butterweich und wusste genau, dass sie damit die Provokation auf die Spitze getrieben hatte. Thies zog es vor, ihre Kommentare zu ignorieren, aber Falk und Jörn amüsierten sich köstlich darüber.

Keine zehn Minuten später saß Thies wieder am Tisch und hatte sich gefangen. Er war wieder ganz der Alte, klopfte Sprüche und gewann eine Runde nach der anderen.

»Na warte, dir zieh ich noch die Hosen runter …«, sagte Silke gerade, als Falk durch das Fenster des kleinen Häuschens, das zum Wasser hinausging, etwas Seltsames wahrnahm. Auf dem Meer trieb ein Schlauchboot, in dem ein Hund saß. Außen am Boot war eine Boje oder etwas Ähnliches festgemacht, die munter auf den Wellen auf und ab hüpfte.

Falk kniff die Augen zusammen. »Du, Thies, da ist was.« Er zeigte mit dem Finger durchs Fenster.

Thies drehte sich um. Jetzt sahen sie alle das treibende Schlauchboot. Und darin saß tatsächlich ein Hund. Thies nahm seinen Feldstecher. Er guckte hindurch, dann schmiss er den Feldstecher hin und rannte sofort nach draußen.

»Scheiße. Scheiße, verdammte!«, hörten sie ihn brüllen.

Jetzt nahm Silke das Fernglas. Sie schlug erschrocken die Hand vor den Mund. »Das ist Nille!«

Die Boje! Sie war Falk gleich so komisch vorgekommen. Keine Boje, sondern Nilles Glatzkopf hing außen am Schlauchboot. Der Rest von Nille war vermutlich im Wasser. Auch Falk rannte nun nach draußen.

Thies hatte das Wasser schon erreicht, aber es war noch jemand da, der versuchte, an das Schlauchboot heranzukommen. Ein sehr guter Schwimmer pflügte dort draußen bereits durch die Wellen. Die Flut war auf ihrem Höchststand, und die Wellen waren mehr als nur ein sanftes Plätschern. Ein paar hundert Meter weiter weg am Strand sah Falk den Rucksack des tapferen Schwimmers liegen und erkannte ihn sofort. Er gehörte Kai, und dieser musste es sein, der dort draußen sein Bestes gab.

Thies hatte sich eine Rettungsweste übergestreift und wollte nun das kleine Aluboot ins Wasser ziehen. Rasch packte Falk mit an. Der Schwimmer draußen hatte das Schlauchboot fast erreicht, und Nille, der sich mit beiden Armen von außen am Boot festklammerte, begann nun, zu schreien und mit einem Arm zu wedeln, als sei er mitten in seiner Vorstellung für das Bademeister-Casting. Thies und Falk hatten jetzt ebenfalls das Wasser erreicht, und der schwarze Cowboy schob das Boot weit über die Wellen, sprang dann hinein und paddelte, was das Zeug hielt. Falk ging zurück zur Winde, bereit, Thies jederzeit zurückzuziehen.

Jörn und Silke waren auch aus dem Häuschen gekommen und verfolgten das Geschehen durch das Fernglas.

»O Gott, er hat ihn«, seufzte Silke erleichtert und reichte das Glas an Jörn weiter. Falk konnte auch mit bloßem Auge erkennen, dass Kai Nille im Rettungsschwimmergriff rückwärts durchs Wasser zog, geradewegs auf das kleine Aluboot mit Thies zu. Der seinerseits alles gab, um die beiden im Wasser zu erreichen. Das Schlauchboot mit dem Hund jedoch trieb weiter ab.

Falk, Jörn und Silke beobachteten atemlos, wie Kai das Boot erreichte und gemeinsam mit Thies versuchte, Nilles erschreckend leblosen Körper ins Boot zu hieven. Die Unternehmung war schwierig, immer wieder zog Thies an Nilles Körper und Klamotten, drohte dabei aber das Gleichgewicht zu verlieren und selbst ins Wasser zu fallen. Kai versuchte von unten, aus dem Wasser, zu schieben, erreichte jedoch seine natürlichen Grenzen, da er sich nirgends abstützen konnte. Schließlich kippte Nille aber über den Rand ganz in das flache Boot, und Thies machte ein Zeichen zum Festland hin. Jörn und Falk drehten sofort an der Seilwinde und gaben alles, damit das Rettungsboot so schnell wie möglich an Land kommen konnte. Thies schien sich um Nille zu kümmern, er paddelte nicht und war über den Körper des Klabautermannes gebeugt. Silke, die eine Decke geholt hatte, rannte ihm entgegen. Falk warf noch einen besorgten Blick auf Kai, der dem herrenlosen Schlauchboot mit Hund hinterherkraulte.

Aber das Aluboot mit Thies war nun an Land, und Falk half rasch, Nille aus dem Boot zu heben. Silke legte die Decke über den Klabautermann, der darunter schrecklich zerbrechlich wirkte. Er war käseweiß im Gesicht, die Augen waren geschlossen, und die Nase stach spitz hervor. Thies setzte seine Bemühungen, Nille wieder ins Hier und Jetzt zu holen, fort. Er presste rhythmisch auf den Brustkorb und beatmete Nille. Man sah, dass Nille noch lebte, er bewegte ganz leicht die Lippen. Falk spürte, wie sich sein Herz zusammenzog vor Schmerz, als er seinen Gehilfen so hilflos im Sand liegen sah. Nille war mehr als sein Assistent, mehr als das Inselfaktotum. Nille war ein wahnsinnig lieber und treuer Freund. Neben sich hörte Falk Silke schluchzen, und er legte einen Arm um sie.

»Er schafft das«, versuchte er Silke zu beruhigen.

Thies klatschte Nille jetzt links und rechts auf die Backen, fest, aber liebevoll.

»Komm, Nille«, sagte er, packte dessen Kinn fest mit der rechten Hand und schüttelte den Klabautermann. »Aufwachen, Kaffee.«

Tatsächlich zitterten jetzt Nilles Lider, dann öffnete er zuerst das rechte, dann das linke Auge. Silke kiekste erleichtert und beugte sich sofort über Nille und küsste ihn auf die Stirn.

Der Klabautermann machte den Mund auf, um etwas zu sagen, aber es kam nur heiseres Krächzen. Daraufhin wurde er ganz ungeduldig und drehte den Kopf wild hin und her.

»Ruhig, Nille, alles okay, du bist bei uns, Kai hat dich rausgeholt«, versuchte Falk zu beschwichtigen.

Aber nun wurde Nilles Nervosität noch schlimmer, verzweifelt versuchte er, ihnen etwas mitzuteilen. Schließlich gelang es ihm, ein ganzes Wort zu artikulieren. »H-h-hund!«, stotterte er aufgeregt.

Falk, Thies und Silke drehten sich zum Meer. Richtig, das Schlauchboot mit dem Hund!

Sie sahen erleichtert, dass Kai den Strand fast erreicht hatte, im Schlepptau das Boot mit dem Hund, der nun aufgeregt bellte. Jörn stand bis zur Taille im Wasser, bereit, Kai das Tau abzunehmen. Gemeinsam zogen sie das Schlauchboot – Falk identifizierte es sofort als zum Filmteam gehörig – ans Ufer. Sobald das Boot auf Sand lag, sprang der Hund, ein mittelgroßer Mischlingsköter mit kurzem gelben Fell und großen Ohren, von denen eines in die Höhe stand, das andere abgeknickt war, heraus und umtobte Kai und Jörn schwanzwedelnd. Nille hatte sich aufgesetzt und strahlte endlich über sein ganzes weißes und erschöpftes Mondgesicht. Er schnalzte mit der Zunge, klatschte in die Hände und versuchte, den Hund zu sich zu locken, der tatsächlich zu Nille raste und ihm freudig das Gesicht abschleckte.

Kai ließ sich erschöpft in den Sand fallen, während Thies und Jörn das Schlauchboot und das Alurettungsboot in Richtung DLRG-Häuschen zogen.

Während Nille mit dem Hund schmuste, war Falk losgegangen, den Rucksack von Kai zu holen, den dieser ein paar hundert Meter weiter hatte fallen lassen, um dem Schlauchboot nachzuschwimmen. Als er ihn Kai bringen wollte, waren Silke und Thies schon bei dem jungen Rettungsschwimmer, der noch immer im Sand lag und von der Anstrengung heftig atmete.

»Das war ganz großes Kino«, sagte Thies gerade. »Jetzt komm mit rein, dann kriegst du ’nen Schnaps und ein paar trockene Klamotten. Du Held.«

Kai schüttelte den Kopf und vermied es, Thies anzusehen.

Silke fasste Kais Hand und wollte ihm aufhelfen, aber er schüttelte sie ab.

»Lass mal, ich komm schon klar.« Kai machte ein undurchdringliches Gesicht, nahm Falk den Rucksack aus der Hand, stand auf und klopfte sich notdürftig den Sand aus den tropfnassen Klamotten.

Thies wurde ungeduldig. »Mach keinen Scheiß, komm mit. Du hast Nille das Leben gerettet, das wird gefeiert.«

Kai blitzte Thies angriffslustig an. »Ich darf doch nicht mit den Großen spielen«, gab er giftig zurück.

Thies machte eine wegwerfende Handbewegung. »Schwamm drüber.«

Aber Kai machte keine Anstalten, mit ihnen mitzukommen. Stattdessen ging er einen Schritt von Thies weg. »Such dir doch einen anderen Rettungsschwimmer. Gibt ja genug«, sagte er bitter.

Thies stöhnte und wollte etwas zu seiner Entschuldigung sagen, aber Kai ließ ihn nicht zu Wort kommen.

»Dann kannst du dir auch gleich einen anderen Sohn suchen«, schob er leise hinterher. Er wandte sich ab, schwang sich den Rucksack auf und stapfte in Richtung Tüdersen.

Falk und Silke sahen Thies fassungslos an. In dem Moment, in dem Kai das Ungeheuerliche ausgesprochen hatte, fiel es allen, offenbar auch Thies, wie Schuppen von den Augen. Kai war Thies’ Sohn, und wer wollte, hätte es längst sehen können. Die gleiche schlaksige, hochgeschossene Figur, das lange Gesicht mit dem ausgeprägten Kinn und dem starken Gebiss. Die vollen schwarzen Haare. Warum war die Ähnlichkeit niemandem aufgefallen? Nicht einmal Thies selber?

Falk stellte fest, dass Thies aus allen Wolken gefallen war. Er hatte keinen Schimmer gehabt, dass er Vater war. Darum war auch sonst niemand darauf gekommen, es schien einfach nicht im Bereich des Möglichen zu liegen.

Silke fasste sich als Erste. »Komm«, sagte sie leise zu Falk, nahm seinen Arm und zog ihn weg. »Die müssen jetzt allein sein.«

Falk folgte Silke zum DLRG-Häuschen, wo Jörn, Nille und der Hund schon auf sie warteten. Einmal noch blickte Falk sich um und sah, wie Thies zunächst langsam, dann immer schneller hinter dem sich rasch entfernenden Kai herlief. Falk sah sofort wieder weg, ihm schien es zu intim, selbst auf diese Entfernung, zuzusehen, wie Thies und sein verlorener Sohn einander wiederfanden. Oder auch nicht.

# 19.

Der Abend war sehr lang geworden und von einer tragischen Heiterkeit gewesen, die Falk sonst nur aus russischen Romanen, Filmen oder Theaterstücken kannte. Sie hatten alle zusammengesessen – Silke, Thies, Kai, Nille, Jörn, Falk und der Hund, den sie Leika getauft hatten, nach der Hündin, die einsam ins Weltall geschossen worden war –, hatten getrunken, gegessen, gelacht, und es hatte sogar Tränen gegeben. Am Schluss, Nille hatte sich schon längst mit einer Decke in die Bretterbude von Falk verzogen, war Falk über den Strand gewankt, zu seiner Kate, und hatte wehmütig an seinen Vater gedacht. Wie gerne hätte er mit Harms mal so einen unbeschwerten Abend verbracht. Als sie beide neulich zusammengesessen hatten, in seiner Kate, bei Räucherfisch und Bier, war alles so verkrampft gewesen. Falk hatte hinter jeder Frage seines Vaters einen versteckten Vorwurf oder einen Angriff vermutet. Ob sich das bei Kai und Thies mit den Jahren ähnlich schwierig gestalten würde?

Zunächst hatten die beiden noch lange am Strand gestanden und gestritten. Jedenfalls nahm Silke das an, die zwischen zwei Schnäpsen (»für die Nerven«) immer wieder mal durch das kleine Fenster des Westernforts einen Blick auf ihren Lebensgefährten und dessen Spross geworfen hatte. Schließlich hatten Thies und Kai sich beruhigt und waren nebeneinander am Strand hin und her gegangen. Falk hatte in der Zwischenzeit Bertie angerufen und sich erkundigt, ob der Crew vielleicht ein Hund und ein Boot fehlten.

»Moment«, hatte Bertie gesagt, und dann war es eine Zeitlang still in der Leitung gewesen. Dann war Bertie wieder dran gewesen. Ziemlich kleinlaut. »Äh, ich weiß nicht, wir haben schon Drehschluss«, hatte er gesagt.

»Was soll das denn heißen? Ihr seid alle vom Set weggegangen und habt den Hund vergessen?« Falk war außer sich gewesen.

»Offensichtlich«, hatte Bertie zugegeben. »Der sollte nur im Hintergrund sein. Mit dem toten Colonel.«

»Mit dem toten … Kannst du mir das bitte erklären?«

»Der Colonel wird in dem Boot erschossen und ist dann tot. Nur sein Hund sitzt noch neben ihm und will nicht weg«, hatte Bertie geduldig erläutert.

»Da war aber kein toter Colonel, als wir das Boot rausgeholt haben.«

»Nee«, Bertie hatte Geduld mit dem Filmlaien gezeigt, »den sieht man ja auch nicht. Die Szene, wo er erschossen wird, war schon abgedreht. Und deshalb haben wir das Boot mit dem Hund angebunden, damit man es in einer anderen Szene im Hintergrund sieht.«

»Und dann seid ihr alle nach Hause gegangen und habt das Boot vergessen. Und nicht bemerkt, dass es abgetrieben wurde«, hatte Falk seinem Kumpel erbost vorgeworfen.

Der hatte nur geschwiegen.

Falk hatte Bertie daraufhin mitgeteilt, wo das Boot abzuholen war, den Hund würde er solange in Obhut nehmen.

Bertie hatte nicht einmal gewusst, wem der Hund gehörte, irgendjemandem vom Team.

Jörn hatte sich währenddessen darum gekümmert, dass Nille frische Klamotten und einen heißen, starken Kaffee bekam, der langsam wieder Farbe in das Gesicht des Klabautermannes brachte. Nille wiederum war intensiv mit Leika beschäftigt gewesen, hatte sie mit gekochtem Schinken aus Thies' Kühlschrank gefüttert und sich damit eine Freundin fürs Leben gemacht.

Silke dagegen hatte schweigend vor sich hin getrunken und geschwiegen. Jörn und Falk waren zu der stillen Übereinkunft gekommen, Silke einfach in Ruhe zu lassen. Offensichtlich war das alles zu viel für sie gewesen.

Schließlich waren Thies und Kai gemeinsam in das Häuschen gekommen, mit ernsten, aber entspannten Gesichtern. Kai hatte blaugefrorene Lippen gehabt, weil er mit dem nassen Zeug am Körper über eine Stunde in der kühlen Abendseeluft herumgelaufen war. Aber nach einem Kleiderwechsel, mit dicken Socken an den Füßen, einem starken Kaffee und viel Aal mit Brot, Bier und Aquavit hatte auch er wieder einen rosigen Teint bekommen. Über die Vater-Sohn-Geschichte hatte keiner von beiden sprechen wollen, nur über Verena, die vor zwanzig Jahren auf Heisterhoog in der Süderender Strandhalle gejobbt hatte und die Mutter von Kai war. Eine kurze Affäre von Thies. Sie lebte mit Kai in Kiel und wusste nicht, dass Kai vorhatte, seinen echten Vater zu suchen. Sie wäre auch nicht begeistert darüber, meinte Kai.

Daraufhin war Silke Söderbaum in Tränen ausgebrochen und hatte einen herzzerreißenden sentimentalen Anfall bekommen. Dass sie keine Kinder hatte, sich aber immer welche gewünscht hatte und nun auf verschlungenen Pfaden zu einem großen Sohn gekommen war, nachdem sie ohnehin erst seit kurzem offiziell einen Lebensgefährten habe. Dann hatte sie immer wieder wahlweise zu Kai oder zu Thies gesagt: »Ich hab dich so lieb«, wobei nicht ganz klargeworden war, ob Silke noch den Überblick hatte, wen sie da jeweils vor sich hatte. Thies war sehr liebevoll und behutsam mit ihr gewesen, und schließlich war sie in seinen Armen eingeschlafen.

Nach diesem ereignisreichen Tag hatte Falk beschlossen, die Suche nach seinem Vater und das Gespräch noch einen weiteren Tag aufzuschieben, er musste sich erholen.

Er verbrachte den nächsten Tag an seiner Strandbude, gemeinsam mit Nille und Leika, die er in der Nacht bei sich beherbergt hatte. Als er mit Leika zum Strand gegangen war, war sie außer sich vor Freude und Unternehmungslust gewesen, und Falk hatte sich vorgenommen, falls Leika bis dahin nicht von ihrem rechtmäßigen Besitzer abgeholt sein würde, eine Runde mit ihr zu joggen. Die entsprechende Energie und den Bewegungsdrang schien sie zu haben. Als er seine Bude erreichte, kam Nille ihm hellwach entgegen, er hatte, laut eigenem Bekunden, hervorragend geschlafen und begrüßte Leika mit großer Freude, was diese ebenso erwiderte.

Es wurde trotz des Katers ein wunderschöner Strandtag. Nille und Falk waren den ganzen Tag mit Leika beschäftigt, deren rechtmäßiger Besitzer sich noch immer nicht gemeldet hatte. Natürlich hoffte Falk insgeheim, dass er sich niemals melden würde, aber ihm war auch bewusst, dass das illusorisch war, und er hatte Bertie daraufhin pflichtschuldigst eine SMS geschrieben, dass der Besitzer sich bitte endlich bei ihm melden solle.

Im Häuschen nebenan, bei Vater und Sohn, war alles beim Alten. Der schwarze Cowboy saß wie immer drinnen und beobachtete die Vögel, ab und zu spuckte er einen Priem aus dem Westernfort oder ließ eine dünne Rauchfahne aus der Tür wehen. Kai dagegen ging fröhlich seinem Job als Strandwächter und Bademeister nach.

Mittags saß er bei Falk und Nille unter dem Sonnenschirm und aß mit ihnen ein Eis. Falk kraulte Leika, die den Kopf auf seinen Oberschenkel gelegt hatte, im Tiefschlaf kleine spitze Bellgeräusche ausstieß und ihn vollsabberte.

»Sag mal, Nille«, begann Kai das Gespräch. »Warum hast du dich eigentlich an das Schlauchboot da gehängt?«

Nille sah Kai überrascht an und deutete mit einer leisen Spur von Empörung auf die schlafende Leika. »H-h-hund!«

»Na ja, klar, du wolltest den Hund retten.«

Nille nickte heftig.

»Aber warum bist du dann nicht ins Boot reingeklettert?«

Jetzt schüttelte der Klabautermann ebenso heftig den Kopf.

»Oder bist mit dem Boot an Land geschwommen?«, insistierte Kai weiter.

Nille versuchte, eine Antwort zu geben, war aber wieder zu aufgeregt, um einen verständlichen Ton herauszubringen. Dann verlegte er sich auf Pantomime. Er ahmte mit den Armen Schwimmbewegungen nach und schüttelte dabei immer noch heftig den Kopf. Aber weder Kai noch Falk begriffen den Sinn der Darstellung. Schließlich sprang Nille auf, stotterte aufgeregt Unverständliches und wedelte heftig mit den Armen. Es sah aus wie Hundepaddeln. Plötzlich warf er den Kopf nach oben, fasste sich an den Hals und gurgelte.

Nun glaubte Falk zu verstehen. »Du hattest Angst, dass du ertrinkst?«, fragte er vorsichtig.

Nille stand nun ganz still da und ließ den Kopf hängen. Er nickte.

Kai und Falk sahen sich schockiert an.

»Das heißt doch wohl nicht etwa«, formulierte Kai zaghaft, »dass du gar nicht schwimmen kannst?«

Jetzt hatte Nille seine Sprache wiedergefunden. »N-n-nille n-n-nicht«, stotterte er traurig.

Die beiden Männer waren wie vor den Kopf gestoßen. Nille konnte nicht schwimmen! Und absolvierte seit Jahren brav seine Nummer als Ertrinkender für Thies' Bademeister-Casting. Vermutlich in dem Gottvertrauen, dass ihn die Bewerber schon retten würden, dafür waren sie ja angetreten.

Kai ging nach nebenan und holte Thies, der die Neuigkeit mit käseweißem Gesicht vernahm. Falk hatte ihn noch nie so fassungslos gesehen – nicht einmal, als Kai sich als sein Sohn geoutet hatte. Der Strandsheriff überspielte seine Scham zunächst mit einer geharnischten Standpauke an Nille, warum der ihn nie aufgeklärt hatte und stattdessen ein lebensgefährliches Risiko eingegangen war, bis er sich schließlich kleinlaut bei Nille entschuldigte. Die beiden lagen sich in den Armen, und Kai versprach, dass er sich Nilles Schwimmkünsten annehmen würde. Er setzte sich zum Ziel, dass der Klabautermann schwimmen konnte, wenn er am Saisonende die Insel wieder verließ.

Als Falk am frühen Abend in seine Kate zurückkam, die treue Leika immer noch an seiner Seite, nahm er sich vor, nach einem ausgiebigen Abendessen mit gekochtem Huhn für Leika und Huhn mit Reis und Asiagemüse für Falk sehr früh ins Bett zu kippen und den morgigen Tag der Suche nach Harms zu widmen. Es hatte keinen Zweck, dieses Problem auf die lange Bank zu schieben.

Aber ganz so früh kam Falk doch nicht zum Schlafen, denn er erhielt zwei Anrufe, von denen der eine kürzer, der andere etwas länger dauerte, und beide ließen ihn aufgewühlt zurück. Der erste Anrufer war Bratfisch-Piet. Er lud Falk für übermorgen, am Samstag, in die »Auster« ein, er hatte einen Tisch reserviert. Falk nahm sehr gerne an.

»Gibt's denn was zu feiern?«, erkundigte er sich neugierig.

Es dauerte ein bisschen, bis Piet antwortete.

»Den Fünfzigsten deiner Mutter«, gab er zurück.

»O Sch...eibenkleister!« Falk fiel aus allen Wolken. Natürlich! Grit hatte Geburtstag! Zwar hatte sie den Mantel des Schweigens über den großen Tag gelegt, aber noch vor drei Wochen, als sie auf die Insel gekommen war, hatte Falk sich fest vorgenommen, wenigstens in diesem Jahr ein guter Sohn zu sein und morgens als Erster zu gratulieren. Zumal es sich um den großen Runden handelte. All die Jahre zuvor war ihm der Geburtstag so durchgerutscht, und er hatte meistens knapp vor Mitternacht die Kurve noch gekriegt und als letzter Gratulant bei ihr angerufen. Das wäre ihm dieses Jahr garantiert auch passiert – wenn Piet ihn mit der Einladung nun nicht rechtzeitig aufgeschreckt hätte.

»Deine Mutter behauptet, sie will nicht feiern«, fuhr der Bratpirat fort. »Aber ich glaube, sie freut sich doch, wenn wir drei was Schönes machen.«

Falk pflichtete ihm bei und sagte sein Kommen zu. Bevor sie auflegten, erkundigte Piet sich noch, ob Falk schon mit Harms gesprochen habe. Falk musste bedauernd verneinen und schob die Schuld auf die Tatsache, dass er darauf angewiesen war, Harms zufällig über den Weg zu laufen. Dass er keine Zeit geopfert hatte, Harms gezielt ausfindig zu machen, sagte er nicht.

»Es liegt ihr ganz schön im Magen.« Piet hörte sich sorgenvoll an.

»Ich weiß, mir auch«, gab Falk zu.

Piet räusperte sich. »Hör mal, Falk, ich weiß, ich gehöre nicht zur Familie. Und ich weiß auch nicht, wie – aber ich will dir sagen: Wir kriegen das hin.«

»Danke, Piet«, sagte Falk und dachte: Du bist ein guter Mensch. Dann verabschiedeten sie sich.

Keine halbe Stunde später – Falk hatte sich gerade in seine Jogginghose geschmissen, die Glotze angemacht und seine Füße unter Leikas warmen, schweren Hundekörper gesteckt – klingelte es erneut. Dieses Mal war es Gina. Und sie weinte schon wieder. Falk war ziemlich besorgt. Seit er Gina vergangenes Jahr kennengelernt hatte, kannte er sie als energiegeladene, immer gutgelaunte und ausgeglichene Frau. Was war nur mit ihr los? Seit drei oder vier Wochen war sie weinerlich, hatte Anflüge von Hysterie und vor allem: Sie blickte nicht mehr vertrauensvoll in die Zukunft. Natürlich hatte sie immer schon mit ihrem Job zu kämpfen und war unzufrieden mit ihrer Lage als hochqualifizierte Architektin, die sich seit Jahren unterbezahlt durchschlug. Aber sie hatte es geschafft, den Kopf immer oben zu haben. Seit neuestem sah das ganz anders aus, und Falk erkannte seine Freundin nicht mehr wieder.

»… und dann habe ich auch noch eine Mieterhöhung bekommen, stell dir vor! Der hat doch erst vor zwei Jahren erhöht, ich weiß gar nicht, wie ich das stemmen soll ohne regelmäßigen Verdienst«, jammerte sie gerade.

»Vielleicht kannst du umziehen. In eine kleinere Wohnung«, riet Falk. Er erntete helle Empörung.

»Noch kleiner? Falk, ich wohne schon auf nur sechsundvierzig Quadratmetern. Dann kann ich ja gleich wieder in eine WG ziehen! Mit bald dreißig. Ach menno.« Gina schniefte noch ein bisschen herum. Falk versuchte, Gina von ihrer Misere abzulenken, und erzählte ihr die Geschichte von Kai und Thies, Nille und Leika.

»Hammer, bei dir auf Heisterhoog ist mehr los als bei mir in Berlin«, stellte Gina fest, als Falk mit seiner Schilderung am Ende angelangt war.

»Komm doch ein paar Tage hoch«, bettelte Falk. »Ich vermisse dich so.«

»Ich vermiss dich auch, mein Süßer«, Gina seufzte, »aber ich hab zurzeit nicht mal das Geld für die Fahrt, echt.«

»Wenn's daran liegt: Das übernehme ich«, bot Falk generös an und fühlte sich ganz als der zukünftige Versorger.

Gina versprach, eine Nacht darüber zu schlafen, und nach einigem telefonischen Hin-und-her-Geknutsche legten sie auf.

Zwei Tage später stand Falk tatsächlich an der Mole, um Gina abzuholen. Leika saß mit einem hübschen roten Halsband und einer nigelnagelneuen Leine manierlich zu seinen Füßen. Falk hatte mehrmals mit Bertie gesprochen, aber im Filmteam fand sich niemand, dem der Hund gehörte. Es konnte sich auch keiner erinnern, woher der »Filmhund« gekommen war, Leika war einfach am Set gewesen. Falk war überglücklich über die Nachricht, obwohl er schweren Herzens bei der Kurverwaltung noch einen Zettel aufgehängt hatte, dass ihm ein Hund zugelaufen sei. Irgendjemandem musste Leika schließlich gehören. Aber je mehr Zeit ins Land ging, desto geringer war die Wahrscheinlichkeit, dass sich noch jemand melden würde.

Insgeheim war Falk, obschon kein Esoteriker, fest davon überzeugt, dass das Schicksal ihm Leika zugespielt hatte. Und selbst wenn Leika nicht bleiben konnte: Dank ihr war Falk nun sicher, dass er kein Leben mehr ohne Hund führen wollte. Er sah auf ihren hellen schmalen Schädel und die schlanke Schnauze hinunter, und als hätte sie es geahnt, blickte Leika zu ihm hoch. In diesem Blick aus den bernsteinfarbenen Augen lag so viel Treue und Zuneigung, dass Falk schon wieder warm ums Herz wurde. Er tätschelte Leika beruhigend, und sie ließ als Antwort ihre lange rosa Zunge seitlich aus dem Maul hängen und hechelte.

Es war Mittag, er hatte sein Geschäft für eine Stunde, aber nicht länger, geschlossen. Auch heute war wieder Hochbetrieb, denn in den Bundesländern Rheinland-Pfalz, Saarland und Hessen begannen die großen Ferien, und Falk hatte bereits einen heftigen Arbeitsvormittag hinter sich. Die *Aurora*, die soeben in den Hafen manövrierte, war bis auf den letzten Platz ausgebucht. Schon von weitem hatten die Urlauber von den beiden Decks mit ihren Mützen und Jacken in Richtung Insel gewunken, und wohin man auch sah, strahlten einem Gesichter entgegen, die erfüllt waren von der Urlaubsfreude. Als Gina dann allerdings von Deck stolperte, bekam Falk einen Schreck. Sie war bleich und sah eingefallen aus, als sie sich umarmten, spürte Falk die spitzen Schulterblätter. Gina begrüßte zuerst hellauf begeistert den Hund, der seinerseits an Gina hochsprang und ihr das Gesicht ablecken wollte, als würde er sie kennen. Gina, die selbst einen Hund hatte, der aber bei ihren Eltern lebte, war sofort verliebt in Falks neue Errungenschaft. Sie streichelte und kraulte Leika ausgiebig, bevor sie sich Falk zuwendete und überrascht seine Oberarmmuskeln betastete.

»Boah, machst du Training?« Sie gab ihm einen liebevollen Kuss und wuschelte dann durch seine braunen Locken. »Du siehst verdammt gut aus, Falk Thomsen. Ich muss dich im Blick haben. Die Bikini-Schönheiten werden sich um dich reißen.«

Falk brachte es nicht übers Herz, ihr zu sagen, dass sie erschöpft und mitgenommen aussah. Stattdessen schulterte er ihren Rucksack, legte seinen Arm um ihre Taille und führte sie zum Taxi.

»Hey, ist der Wohlstand bei dir ausgebrochen?«, wunderte sich Gina. Falk erklärte ihr, dass er Zeit sparen müsse, weil am Strand die Hölle los sei, außerdem hatte er sich vorgenommen, Gina rundum zu verwöhnen und aufzupäppeln. Er war überzeugt davon, dass der Job an ihrer offensichtlich schlechten Verfassung schuld war. Entweder hatte sie einen – dann schuftete sie Tag und Nacht – oder sie hatte keinen, dann gönnte sie sich erst recht keine Ruhe, weil sie mit der Teilnahme an Wettbewerben sowie Bewerbungen beschäftigt war.

»Wie lange kannst du bleiben?«, erkundigte er sich, nachdem er den Rucksack im Kofferraum des Taxis verstaut hatte und sie es sich auf den hinteren Sitzen bequem machten. Leika kauerte sich zwischen ihnen im Fußraum zusammen.

Gina zuckte mit den Schultern, und über ihre Augen legte sich ein Schleier.

Schlechtes Thema, dachte Falk sofort.

»Keine Ahnung«, seufzte Gina. »Ich weiß grad nicht weiter.« Dann nahm sie seine Hand und legte sie an ihre Wange. »Lass uns nicht drüber reden, okay?«

Falk küsste ihre Handinnenfläche, die angenehm nach einer Spur Seife, Salz und einfach Gina roch. Und ein bisschen nach Hund. Wie gerne wäre er jetzt in die Kate gefahren, hätte sich mit ihr auf das Bett gelegt und sie angesehen, berührt und geküsst bis zum nächsten Morgen. Stattdessen musste er sofort zum Strand weiter, und am Abend war das Geburtstagsessen von Grit in der »Auster«. Er hatte Piet bereits angekündigt, dass Gina ebenfalls dabei war, und Piet hatte sich aufrichtig darüber gefreut, dass sich die kleine Geburtstagsrunde erweiterte.

Das Taxi hielt an Falks Kate. Falk bezahlte den Fahrer, ließ die aufgeregte Leika von der Leine und trug Ginas Gepäck nach innen. Gina ließ sich sofort aufs Bett fallen und zog Falk zu sich.

»Musst du wirklich sofort los?«, flüsterte sie und knabberte zärtlich an seinem Ohrläppchen.

Falk guckte auf seine Uhr. »Eine Viertelstunde hätte ich noch«, meinte er verschmitzt und küsste Gina innig. Sie erwiderte seinen Kuss leidenschaftlich und zog ihm sein T-Shirt über den Kopf. Falk rollte über sie und wollte sich an Ginas Oberteil zu schaffen machen, als er plötzlich eine nasse Hundenase in seiner Achselhöhle spürte. Leika war freudig aufs Bett gehüpft und wollte nur zu gerne an dem lustigen Spiel teilnehmen. Falk schimpfte und zerrte Leika vom Bett herunter, was diese mit beleidigtem Hecheln quittierte. Als Falk sich erneut neben Gina legte und versuchte, dort anzuknüpfen, wo er aufgehört hatte, legte Leika flehend ihre lange Schnauze auf den Bettrand und guckte Gina treuherzig an, die daraufhin in Lachen ausbrach. Falk seufzte – er hatte sich so sehr nach der Zweisamkeit mit seiner Liebsten gesehnt, dass er in der ohnehin knappen Viertelstunde keine Störung gebrauchen konnte. Er nahm die Leine, befestigte sie an Leikas Halsband und zog den widerstrebenden Hund nach draußen. Dort band er Leika an seinem Fahrradständer fest, redete ihr gut zu und lobte sie. Dann ging er wieder in die Kate hinein und schloss die Tür. Grinsend sprang er neben Gina aufs Bett. Aber die Freude währte keine dreißig Sekunden. Leika begann zunächst, heftig an der Tür zu kratzen. Als Falk und Gina darauf nicht reagierten, setzte sie ihren Protest mit herzzerreißendem Geheul fort.

Gina lachte. »Das macht Bongo auch häufig. Da müssen wir wohl noch Erziehungsarbeit leisten.« Bongo war Ginas Border Collie.

Falk ließ sich mit dem Gesicht voran in sein Kopfkissen fallen und biss frustriert hinein, während Gina bereits vor die Tür gegangen war und Leika befreit hatte. Diese schoss nun überglücklich neben Falk aufs Bett und schleckte ihn dankbar ab.

Falk seufzte. »So geht das nicht, Leika. Da kriegen wir beide ein ganz großes Problem.«

Gina setzte sich neben Herr und Hund und kraulte Leika zwischen den Ohren. »Heute Nacht schläfst du gaaanz tief, versprochen?«

Falk zog sich seufzend sein T-Shirt über, küsste Gina und verabschiedete sich. Er würde am frühen Abend zurückkommen, damit sie rechtzeitig nach Süderende aufbrechen konnten. Gina wollte die Zeit für ein Nickerchen nutzen, um sich zu erholen, damit sie den Abend durchstehen würde.

Falk wunderte sich über die Bemerkung, denn Gina war eigentlich von ihnen beiden diejenige, die bei nächtlichen Unternehmungen und Partys mehr Energie an den Tag legte. Sie musste schon sehr erschöpft sein, wenn sie bei einem normalen Abendessen mit vier Personen schlappmachte.

Vier Stunden später hatte Falk seinen Dienst am Urlauber beendet. Er und Nille hatten bald den Zenit erreicht und bis auf knapp vierzig alle Strandkörbe von »Thomsens« vermietet. Die Hauptsaison rollte an und würde nächstes Wochenende den ersten Höhepunkt erreichen, wenn drei weitere Bundesländer die großen Ferien eingeläutet hätten. An Tagen wie diesem, wenn der Strand voll war, die Vermietung reibungslos lief, die Kinder Eis bei ihm kauften und die Erwachsenen entspannt in ihren Strandkörben lagen, dachte Falk, dass er den schönsten Job der Welt hatte. Er liebte seine Arbeit und hätte sie, wie sein Onkel Sten, bis ins hohe Alter machen können. Aber dann dachte Falk an seinen kranken und mittellosen Vater und an Gina, die er heiraten und versorgen wollte. Daraufhin wurde ihm klar, dass all das mit dem schönsten Job der Welt nicht zu machen sein würde. Die Angst schnürte Falk Thomsen die Kehle zu.

# 20.

Als Falk mit Leika an seiner Seite kurz vor sechs Uhr abends seine Kate erreichte, wünschte er sich nichts mehr als eine erfrischende Dusche, ein kaltes Getränk und eine gutgelaunte Gina, die ihn ausgeruht und entspannt empfangen würde. Als er die Tür öffnete, bot sich ihm aber ein ganz anderes Bild. Am Tisch saß Gina – im Longshirt, mit verstrubbelten Haaren, als sei sie soeben aus dem Bett gekrochen, und ihr gegenüber: sein Vater. Falk traute seinen Augen kaum. In der Mitte des Tisches stand ein großer Blumenstrauß.

Gina strahlte Falk an. »Guck mal, wer gekommen ist!«, sagte sie zur Begrüßung und zeigte auf Harms.

»Ich seh schon«, murmelte Falk und machte keinen Hehl aus seiner mangelnden Begeisterung.

Harms schien das zu merken, denn er machte sich ein bisschen kleiner, als er war, und zeigte entschuldigend auf den üppigen Strauß.

»Ich wollte euch auch gar nicht stören … wenngleich ich hocherfreut bin, deine reizende Freundin kennenzulernen«, der alte Casanova-Charme blitzte plötzlich wieder auf, »aber ich wollte meiner Gritti doch zu ihrem Ehrentag gratulieren.«

Falk schnappte nach Luft. Konnte das wirklich sein? Harms erinnerte sich an Grits Geburtstag? Falk war völlig baff und auch überrumpelt.

Noch bevor er sich dazu äußern konnte, sprang Gina in die Bresche. »Ist das nicht süß?« Gina lächelte breit, und ihr Lächeln schien echt zu sein. »Dein Vater wollte, dass wir Grit den Strauß in seinem Namen geben. Ich habe ihm gesagt, dass er das doch lieber selber tun sollte.«

Harms lächelte harmlos und sah dabei leicht verblödet aus. Unschuldig steht ihm nicht, dachte Falk sofort.

»Aber ich weiß ja nicht, wo ich Gritti finde. Und ich bin bestimmt der Letzte, den sie an ihrem Jubeltag sehen möchte«, flötete sein Vater.

Da hast du wohl recht, dachte sich Falk, verkniff sich aber den Kommentar.

»Und da habe ich ihm vorgeschlagen, dass er uns zur ›Auster‹ begleitet und gratuliert.«

Falk öffnete den Mund, um zu protestieren, aber Harms kam ihm zuvor.

»Ich komme natürlich nicht mit zum Essen! Auf gar keinen Fall!«, sagte er mit gespielter Empörung. »Ich will ihr nur den Strauß geben, dann bin ich weg.«

Falk nickte, nur wenig begeistert, und ging schnurstracks ins Bad. Er würde nicht nur kalt duschen. Er würde eiskalt duschen. Nur als Eisblock würde er das Kommende überstehen können.

Falk hatte es für seine Pflicht gehalten, Piet wenigstens zu warnen, und so hielt sich Grits Überraschung beim Anblick ihres betrügerischen Exmannes gottlob in Grenzen. Sie war zwar alles andere als begeistert, als sie Harms mit seinem großen Blumenstrauß vor der »Auster« erblickte, aber Falk konnte auch erkennen, dass sie, ebenso wie Gina und er selbst, gerührt von seiner Geste war. Harms küsste Grit formvollendet die Hand, machte ihr ein wortreiches und blumiges Kompliment, wie jung und wunderbar sie aussehe, und begrüßte Piet mit einem männlich-kameradschaftlichen Handschlag.

»Tja«, meinte er mit einem kleinen Lächeln im Mundwinkel, »dann wünsche ich euch einen schönen Abend. Lass dich verwöhnen, Grittchen, du hast es verdient.«

Damit drehte er sich um und ließ sie stehen. Falk, Gina, Piet und Grit blickten der langen gebeugten Figur des Schriftstellers hinterher, wie sie mit langsamen, leicht schlurfenden Schritten in der kleinen Gasse zwischen Hortensien, Stockrosen und Lavendel, der in großen Büschen auf den Steinmauern der Friesenhäuser wuchs, verschwand.

Grit stöhnte und rollte mit den Augen. »Harms!«, rief sie mit herrischer Stimme, der man anhörte, dass sie über den soeben von ihr gefassten Entschluss nicht gerade glücklich war. »Komm wieder zurück. Für dich gibt's auch noch einen Platz.«

Harms Thomsen drehte sich um und schüttelte matt den Kopf.

»Und wenn du dich noch lange bitten lässt«, schickte Grit ärgerlich hinterher, »rede ich nie wieder ein Wort mit dir.«

Damit drehte sie sich zum Eingang der »Auster«, fasste die Hand ihres Piraten und raunte ihm zu: »Was mir sowieso das Liebste wäre.«

Piet lächelte sie aufmunternd an, küsste sie und meinte, dass es für ihn völlig okay wäre, Harms auch noch einzuladen.

»Du bist zu gut für diese Welt«, seufzte Grit, und dann betraten sie alle zusammen als bunte Patchworkfamilie das Restaurant.

Piet hatte selbstverständlich den schönsten Platz reservieren lassen: in einer hinteren Ecke zwischen zwei Butzenscheiben mit Blick in den Garten. Direkt über dem Tisch hing das große Modell einer Viermastbark, und aus der Ecke ragte eine alte Galionsfigur. Harms bekam einen Extrastuhl hingestellt und gab sich ruhig und bescheiden. Er »wolle ja niemandem auf den Wecker fallen«, postulierte er, was Grit und Falk zu einem kurzen skeptischen Blickwechsel veranlasste. Falk verfluchte sich, dass er im Lauf der Woche nicht stärker hinterher gewesen war, das klärende Gespräch mit seinem Vater zu suchen, dann hätten er und Grit jetzt wenigstens gewusst, woran sie waren. So lag das Problem, wie sie mit Harms umgehen sollten, noch immer in der Luft.

Piet bestellte eine Runde Champagner für alle und ließ seine Grit hochleben. Er wünschte ihr alles Glück der Erde und dass es ihm vergönnt sein möge, wenigstens die nächsten fünfzig Jahre mit ihr zu verbringen, wenn er schon die ersten verpasst hatte. Grit war zu Tränen gerührt. Anschließend öffnete sie Piets Geschenk – es war ein sehr geschmackvoller Bergkristallanhänger in Tropfenform an einer langen Silberkette, die Grit sofort anlegte. Der Schmuck stand ihr zauberhaft.

Dann war Falk mit seinem Geschenk an der Reihe. Er schob ein Glas Heidehonig über den Tisch, versehen mit einer lila Schleife und einer kleinen daran befestigten Karte. Grit nahm verwundert den Honig in die Hand, und Gina bedachte Falk mit einem strengen Blick nach dem Motto: Ist das alles?

Falk grinste nur.

Als Grit das Kärtchen gelesen hatte, fiel sie ihrem Sohn über den Tisch hinweg um den Hals. »Herrlich! Das ist fast das schönste Geschenk, das du mir jemals gemacht hast«, strahlte sie und küsste ihn. Dann hielt sie das Glas Honig in die Runde und verkündete stolz: »Ich habe eine Patenschaft für einen Bienenstock bei Paulsen bekommen! Für die nächsten zehn Jahre. Einmal jährlich gibt's ein Pfund Honig gratis.«

Falk war glücklich, dass er mit dem Geschenk einen Punkttreffer gelandet hatte. Er war ratlos gewesen, was er Grit schenken sollte, aber heute Morgen beim Frühstück war ihm die zündende Idee gekommen. Denn er wusste, dass Grit seine Leidenschaft für den köstlichen Honig des Inselimkers teilte. Paulsen war einigermaßen überrascht gewesen, als Falk ihm die Idee mit der Patenschaft unterbreitet hatte, hatte sich aber schnell überzeugen lassen.

Der findige Piet glaubte sofort, dass sich mit dieser Idee bei den Touristen gutes Geld machen ließ, schließlich kamen manche Stammgäste bereits seit zwanzig oder dreißig, manche sogar seit vierzig Jahren nach Heisterhoog. Er bedauerte, dass wohl niemand eine Bratfisch-Patenschaft übernehmen würde.

Piet hatte bei Stefan, dem Koch der »Auster«, ein Überraschungsmenü für den Abend bestellt – eigentlich für drei Leute, aber Stefan hatte kurzerhand erklärt, dass er die Herausforderung annehmen und seine Leckereien für fünf Personen zubereiten würde.

Es waren insgesamt fünf köstliche Gänge. Vorneweg gab es für jeden zwei Sylter Royal-Austern, dazu kleine Schwarzbrotscheiben und Meersalzbutter. Danach folgte eine Tasse duftende Friesische Bouillabaisse mit hausgebackenem Roggenröstbrot, das mit Knoblauchrouille bestrichen war. Der Fischgang bestand aus knusprig gebratenen Schollenfilets mit frischen Krabben auf einem Bett aus in Hummerbutter geschmortem Sauerkraut. Als Hauptgang stellte Stefan einen butterzarten Lammrollbraten auf den Tisch, in Milch und Kräutern sanft geschmort. Als Beilage reichte er Ratatouille und Kartoffelgratin, dazu einfachen grünen Salat mit frischen Kräutern aus dem Garten der »Auster«. Den Abschluss machte ein Ziegenkäsesoufflé mit heißen Rosmarin-Quitten. Die Weinbegleitung war umwerfend und der Abend so entspannt, wie er nur eben sein konnte mit Harms Thomsen am Tisch. Denn dieser erwies sich – wie Grit und Falk bereits vorausgesehen hatte – als ziemlich unangenehmer Gast. So zurückhaltend er sich anfangs gegeben hatte, so sehr riss er nun das Gespräch am Tisch an sich. Immer wieder gab er Anekdoten aus seinem – zugegeben sehr bewegten – Leben von sich. Harms hatte durch seine frühen Jahre in Los Angeles einige Berührung mit der Traumfabrik gehabt und kannte intime Anekdoten von zahlreichen Hollywood-Größen. Auch später, als er nach Manhattan umgezogen war, hatte er Kontakt zu anderen prominenten Schriftstellern, Regisseuren und Schauspielern gehabt. Es war nicht so, dass seine Geschichten langweilig oder verstaubt waren, aber sie waren hier, an Grits Fünfzigstem in Heisterhoog, völlig fehl am

Platz. Piet, der Pirat, und auch Falk bemühten sich nach Kräften, das Gespräch von Harms Thomsen weg und auf Themen, die Grit interessierten, zu lenken, aber der Schriftsteller kreuzte immer wieder störend den Kurs. Er kannte nur ein einziges interessantes Thema, und das hieß: Harms Thomsen.

Falk stieß es außerdem äußerst unangenehm auf, dass Harms sich beim Essen und Trinken nicht zurückhielt. Im Gegenteil. Er legte einen Appetit an den Tag, als hätte er seit Wochen nichts Richtiges mehr zwischen die Kiemen bekommen. Was vermutlich auch zutraf, wenn man ihn betrachtete. Seine Klamotten schlotterten förmlich an dem großen Mann, der einst recht kräftig gewesen war, nun aber nur mehr aus Haut und Knochen bestand. Auch den anderen am Tisch fiel Harms' Essverhalten auf, aber niemand sagte etwas, um an Grits Jubeltag keinen Streit vom Zaun zu brechen.

Das, was Harms zu viel aß, nahm Gina zu wenig zu sich. Die Austern hatte sie komplett verweigert, obwohl sie sonst eine Schwäche für die glibberigen Delikatessen hatte. Im restlichen Essen stocherte sie lustlos herum, was angesichts der besonderen Köstlichkeiten, die der Koch auffahren ließ, verwunderlich war und sehr untypisch für Gina, die sonst immer mit großem Heißhunger über alles Essbare herfiel. Ein Wesenszug, den Falk besonders an ihr liebte. Auf Nachfrage räumte Gina aber ein, dass sie vermutlich eine kleine Magengeschichte habe, ausgelöst von ihrer derzeitigen Berufskrise.

Das Beängstigende an Harms' Anwesenheit aber war weder sein Drang zur Selbstdarstellung noch seine mangelnde Zurückhaltung beim Essen – es war der Husten, der alle Anwesenden am Tisch daran hinderte, den Abend in vollen Zügen zu genießen. Immer wieder wurde Harms von starken krampfartigen Hustenanfällen geschüttelt. Dann hielt er sich ein Taschentuch vor den Mund und hustete minutenlang hinein. Falk, Piet, Grit und Gina blickten sich an und dachten alle dasselbe: Das ist der Lungenkrebs. Aber niemand brachte es übers Herz, den Schriftsteller darauf anzusprechen.

Als sie gerade beim vierten Gang, dem Hauptgang, angelangt waren, stand auf einmal Franziska vom Campingplatz an ihrem Tisch. Im Schlepptau hatte sie ihren Mann Robert, der immer einen Schritt hinter seiner Frau stand und selten den Mund aufmachte, stattdessen ein Dauerlächeln im Gesicht trug. Aber Franzi, die Frohnatur aus Gelsenkirchen, sprach sowieso für zwei. Die beiden wollten eben das Restaurant verlassen, sie hatten in einer anderen Ecke der »Auster« gesessen und mussten nun an Grits Tisch vorbei. Franziska begrüßte Piet, mit dem sie gut bekannt war, herzlich und gab ihrer Freude Ausdruck, Piets »große Flamme«, wie sie offenbar schon wusste, kennenzulernen. Falk wurde ebenfalls geknuddelt und Gina neugierig in Augenschein genommen. Zu guter Letzt begrüßte Franziska Harms Thomsen, den sie zur Überraschung der am Tisch Sitzenden heftig am Ohr zog und dann gegen die Schulter knuffte.

»Na, mein Süßer – edel geht die Welt zugrunde, was? Keine Platzmiete bezahlen, aber in der ›Auster‹ essen!«

Falk fiel beinahe das Lamm aus dem Mund. Das also war des Rätsels Lösung! Von wegen Hotel oder Pension – sein verarmter Vater hatte sich auf dem Campingplatz einquartiert! Und sich offenbar deswegen geschämt, denn er hatte das gut verborgen. Tatsächlich war Harms das öffentliche Outing peinlich.

»Ich bin eingeladen«, murmelte er und zeigte verstohlen auf Piet.

»Na, dann ist ja gut«, lachte Franziska laut mit ihrer Reibeisenstimme und zog wieder heftig an Harms' Ohr. »Aber der Tag der Abrechnung kommt noch, mein Süßer, was, Robert?« Damit drehte sie sich zu ihrem Gatten um und zwinkerte ihm zu. Der Angesprochene lächelte und legte Harms eine Pranke auf die Schulter. Eine Geste, die mögliche Rückschlüsse darauf zuließ, dass der ewig lächelnde Robert mit Zechprellern keinen Spaß kannte.

Harms schrumpfte um ein paar Zentimeter. Ihm war anzusehen, dass er diese Begegnung äußerst unangenehm fand. Franziska aber machte keine Anstalten, das Lokal zu verlassen. Stattdessen wedelte sie mit ihrer Schachtel Eve-Zigaretten in der Luft herum und gab eine weitere Anekdote über Harms preis, die weniger schmeichelhaft war als das, was er selber den Abend lang von sich erzählt hatte.

»Da steht der Vogel eines Tages bei mir aufm Platz und will ein Bett. ›Ich hab kein Bett‹, sag ich, ›das musst du schon selber mitbringen.‹« Herzhaftes Lachen von Franzi, Hustenanfall von Harms. »Und da stellt sich raus, kommt der Vogel hier nur mit seinem Rollkoffer an! Hat nix. Kein Zelt, keine Isomatte, keinen Schlafsack. Ich sage: ›Wat bist du denn für einer?‹ Sagt der zu mir: ›Ich bin ein weltbekannter Schriftsteller aus New York!‹«

Franziska wollte sich ausschütten vor Lachen, während Harms peinlich berührt unter sich starrte. Falk und Grit machte die Erzählung aber durchaus Freude. Die Art, wie Franziska den großen Harms Thomsen so gar nicht ernst nahm, stutzte ihn auf ein erträgliches Maß.

»Aber«, fuhr Franzi fort, »ich hab ja ein Herz für schräge Typen. Ich also zu Robert: ›Hol mal aus dem Fundus ’ne Ausstattung, ja?‹ Ich hab ja alles da – wat die Leute vergessen, dat glaubste nich – und den erst ma versorgt hier.«

Sie zog erneut an Harms’ Ohr, aber dieses Mal schüttelte er den Kopf, so dass sie von ihm abließ.

»Und jetzt kommt er immer mal auf einen Kaffee bei mir vorbei und erzählt mir seine Geschichtchen. Die sind nicht schlecht, sag ich euch, nicht schlecht.«

Harms lächelte gequält.

»Na, wir wollen euch nicht länger aufhalten«, schloss Franziska ihre Einlage und zu Harms’ großer Erleichterung verließ sie mit Robert im Schlepptau das Lokal.

Harms atmete erleichtert auf.

Zunächst sagte keiner etwas, alle blickten Harms an, als warteten sie auf eine Erklärung des soeben Gehörten. Aber da kam nichts. Harms widmete sich schnell seinem Teller.

Es war Grit, die sich als Erste äußerte.

»Das geht gar nicht, Harms«, sagte sie streng. »Es geht mich im Grunde genommen nichts an, aber in deinem Zustand solltest du nicht draußen übernachten. Über Tage hinweg!«

Harms nickte, sah Grit ganz kurz schuldbewusst an und hustete dann ein bisschen. »Ich weiß, so geht der verdammte Husten nie weg«, gab er zu. »Es ist verdammt kalt nachts.«

Grit legte erbost ihr Besteck zur Seite. »Ich weiß nicht, wie schlimm es schon ist, aber auch mit Lungenkrebs muss man nicht sehenden Auges Selbstmord begehen!« Grits Stimme zitterte, man merkte ihr an, dass die Sorge um Harms' Gesundheit sie so wütend werden ließ. Da sprach die Krankenschwester mit einem ungezogenen Patienten. »Das ist alles andere als gut für dich! Krebs hin oder her! Dein Körper ist geschwächt, Kälte und Feuchtigkeit, das bringt dich dem Tod näher als ohnehin schon!« Grit war so aufgelöst, dass Piet beruhigend ihre Hand nahm.

Harms dagegen blickte Grit völlig baff an. »Lungenkrebs? Wieso Lungenkrebs?«

Nun fühlte sich Falk bemüßigt einzugreifen. »Du musst uns nichts vormachen, Papa. Wir wissen Bescheid.«

Harms blickte Falk verdattert an. »Ich weiß nicht, wovon ihr redet. Ich hab eine Bronchitis. Das ist alles. Verschleppt. Seit ich aufgehört habe zu rauchen.«

Falk und Grit blickten sich verunsichert an. »Du hast keinen Krebs?«

Harms schüttelte den Kopf und sah dabei äußerst glaubhaft aus. Er schien tatsächlich völlig überrascht davon zu sein, dass die anderen dachten, er hätte Lungenkrebs.

»Aber …«, Falks Gehirn konnte sich noch nicht so schnell auf die völlig veränderte Situation einstellen. »Warum bist du dann hier, wenn du nicht …?« Er blickte verunsichert zu Grit.

Aber die zuckte auch nur ratlos mit den Achseln.

Harms stotterte nun verlegen herum. »Also, ich hab doch schon gesagt, ich hatte Sehnsucht nach der alten Heimat …«

»Quatsch mit Soße!« Falk spürte die jahrelange Wut auf seinen Vater in sich aufsteigen. Wenn Harms nicht gekommen war, um Abschied zu nehmen, wenn er nicht, wie vermutet, dem Tode nahe war, dann gab es für seine Anwesenheit nur eine Erklärung: Falk und Grit waren die einzigen Menschen, die er noch nicht angepumpt hatte.

»Du hast dich nicht gerade um mich bemüht, seit du hier bist. Also erzähl deine Geschichten jemand anderem, der sie glaubt. Ich weiß, dass du pleite bist«, stieß Falk wütend hervor.

»Aber woher …?« Nun war Harms wirklich richtig erschrocken.

»Dein Anwalt hat angerufen, Maximilian Irgendwas. Die Steuerfahndung ist hinter dir her. Du sollst zurückkommen und dich stellen.«

Harms wischte sich den Schweiß von der Stirn. Er sah ziemlich verzweifelt aus, und Falk schämte sich sofort, dass er über seinen alten Vater so harsch hergefallen war.

»Harms«, Grit hatte sich wieder gefangen und übernahm.

Piet und Gina blickten wie beim Tennismatch erstaunt zwischen den Diskutierenden hin und her.

»Lass uns mal Tacheles reden. Wenn du gehofft hast, dass Falk und ich dich durchbringen, wir, die dir viele Jahre keinen Pfifferling wert waren«, sie sah Harms sehr scharf an, der ihr unangenehm berührt auswich, »dann hast du dich geschnitten. Bei uns ist nichts zu holen.«

»Aber das Grundstück …«, entfuhr es Harms.

Nun war also die Katze aus dem Sack. Sein Vater war hier, um sich den Teil vom Erbe seines Bruders, den er einst ausgeschlagen hatte, von Falk zurückzuholen. Wie auch immer er das anstellen wollte. Falk schlug mit der Faust auf den Tisch, so dass das Porzellan klirrte, die anderen Gäste in der »Auster«

sich erschrocken nach ihnen umblickten und Falks Weißweinglas umfiel. Der Inhalt ergoss sich über die Tischdecke, und Gina hielt sich plötzlich die Hand vor den Mund. Mit weit aufgerissenen Augen stürmte sie zur Tür und verhinderte so, dass Falk seiner starken Geste eine ebensolche Rede folgen lassen konnte.

Für den Bruchteil einer Sekunde war Falk hin- und hergerissen, ob er nun, wie er gewollt hatte, Harms eine böse Standpauke halten sollte oder aber nachsehen, wie es seiner Liebsten ging. Er entschied sich für Letzteres. Nicht ohne Harms einen bitterbösen Blick zuzuwerfen, bevor auch er das Lokal verließ.

Draußen brauchte er Gina nicht lange zu suchen. Sie stand über einen üppigen purpurfarbenen Hortensienbusch gebeugt und hielt sich mit einer Hand am Pfosten mit der Speisekarte fest. Als sie Falk sah, richtete sie sich mühsam wieder auf, kramte ein Taschentuch aus ihrer Jeanstasche und wischte sich damit den Mund ab. Falk kam besorgt näher.

Gina sah ihn an, und in ihren Augen stand das Wasser. »Ich bin schwanger«, sagte sie mit matter Stimme.

# 21.

Nachdem Falk und Gina sich lange in den Armen gelegen hatten – Falk überglücklich, Gina ebenfalls glücklich, aber etwas mitgenommen –, waren sie in die »Auster« zurückgekehrt. Grit befand sich mitten in einem Streitgespräch mit Harms, dem sie die Leviten wegen seiner Spekulation auf Falks Besitz las. Piet hielt sich zurück und war offensichtlich sehr froh, als Falk und Gina von draußen zurückkehrten.

Grit unterbrach ihre Standpauke und wandte sich besorgt zu Gina. »Und? Alles okay?«

Falk konnte sein seliges Grinsen nicht unterdrücken, wollte es aber der künftigen Mutter überlassen, die frohe Botschaft zu verkünden.

Bevor Gina auch nur den Mund aufmachen konnte, schlug Grit plötzlich beide Hände vor den Mund. »O Gott!«, nuschelte sie aufgeregt durch die Finger. »Ist das wahr?«

Gina lachte. »Ja, du hast's erraten.«

Bei Piet fiel ebenfalls sofort der Groschen. »Mensch, gratuliere!« Er stand auf und kam hinter dem Tisch hervor, um Gina und Falk zu umarmen.

Nur bei Harms dauerte es etwas länger, bis er kapierte, was Sache war. Er guckte ratlos von einem zum anderen und war irritiert, dass er nun nicht mehr im Mittelpunkt des Interesses stand.

Während Grit ihre Schwiegertochter in spe umarmte und dabei spitze Laute der Freude ausstieß, stellte Falk sich neben

Harms und blickte auf seinen Vater hinab. »Auch wenn du es nicht verdient hast: Du wirst Opa.«

Auf Harms' Gesicht spiegelte sich in Sekundenschnelle die ganze Bandbreite der Gefühle: Unverständnis, Schock und schließlich Freude. Er sprang auf und umarmte Falk. Fest und herzlich, und in dieser Umarmung war Falk bereit, den Verrat von Harms zu vergessen. Er wurde Vater, er würde Gina heiraten, sie waren alle eine Familie – wenn jetzt nicht der Moment war, um zu verzeihen, wann dann?

Sie fielen sich rundum in die Arme, sogar Grit und Harms. Piet orderte eine weitere Flasche Champagner, Grit brach in Tränen der Freude aus, später ebenso Gina, weil sie so überfordert und glücklich gleichermaßen war. Falk sprach den weiteren Abend über kaum ein Wort, er genoss den Zustand absoluten Glücks, trank, aß und bestaunte immer wieder seine wunderbare Freundin, seine große Liebe, zukünftige Ehefrau und Mutter seines Kindes. Das war also der Grund für die heftigen Stimmungswechsel gewesen, die hysterischen Anfälle und das etwas mitgenommene Äußere. Gina gestand ihm, dass sie den Test bereits in Berlin gemacht hatte, vor ein paar Tagen. Aber sie hatte Falk nichts sagen wollen, bevor sie nicht ganz sicher war. Und einen Tag vor der Abfahrt hatte ihre Frauenärztin bestätigt, was der blaue Streifen bereits angezeigt hatte: Gina war schwanger, in der achten Woche. Sie litt darunter, dass ihr permanent schlecht war und sie sich elend fühlte, aber Grit beruhigte sie sofort, dass das ja, gerade am Anfang, ganz normal sei.

Natürlich wurde auch darüber gesprochen, wie es nun weitergehen sollte, mit Falk und Gina, mit Berlin und Heisterhoog, Architektur und Strandkorbvermietung. Falk hatte ebenso wie Gina noch keinen Schimmer, das würden sie beide in den nächsten Wochen und Monaten besprechen und planen. Natürlich war klar, dass Harms unter diesen Bedingungen nicht darauf hoffen durfte, aus einem möglichen Verkauf des

Grundstücks – denn darauf hatte er ja spekuliert – auch nur einen Pfennig herauszuholen.

Tatsächlich war Harms im Verlauf des Abends so angetrunken und beseelt von der völlig unerwarteten Tatsache, dass er Großvater werden würde, dass er einwilligte, nach Manhattan zurückzukehren und sich dort, mit Unterstützung seines Anwalts, der Steuerbehörde zu stellen. Schließlich würde er, das gestand Harms auch ein, ab und zu einen Scheck von seinen Buchverkäufen bekommen, das müsste für ein bescheidenes Leben reichen. Das Geld der vergangenen Jahre war weg. Komplett. Er war einem Investmentbanker auf den Leim gegangen, der ihn jahrelang betrogen hatte. Harms hatte weiterhin ein ausschweifendes Leben geführt, ohne zu merken, dass er längst nichts mehr besaß. Falk zweifelte daran, dass es Harms gelingen würde, ein Leben unter dem Level, das er jahrelang gehalten hatte, zu führen, aber das war nicht mehr seine Sache. Harms war gesund, wenn man von seiner verschleppten Bronchitis absah, und er müsste eben einfach weiter arbeiten, um Geld zu verdienen. Das war eine weitaus bessere Lage, als Falk und Grit gedacht hatten. Um seinen Vater müsste er sich keine Sorgen machen, der würde immer wieder auf die Füße fallen, davon war Falk nun überzeugt, nachdem er erlebt hatte, wie schlitzohrig und, ja, auch skrupellos dieser sein konnte.

Erst weit nach Mitternacht trennte man sich voneinander. Piet hatte Falk und Gina noch zur Kate gefahren und sich bereit erklärt, Harms am Campingplatz abzusetzen. Die letzten Meter gingen Falk, Gina und die treue Leika zu Fuß. Der Himmel war sternenklar, der Mond eine weiße Sichel, als Gina ihren Arm um Falks Hüfte legte.

»Ich weiß, dass du ein toller Papa wirst«, flüsterte sie, schob ihre Hand unter sein T-Shirt und legte ihren Kopf an seine Brust.

So standen sie eine halbe Ewigkeit in der kühlen Nachtluft. Falk hatte die Augen geschlossen und wusste, dass er nun endlich, endlich erwachsen geworden war. Und er war verdammt glücklich darüber.

Wenige Tage später brachte Falk seinen Vater zur Fähre. Harms hatte angeblich mit seinem Anwalt Maximilian Newbay alles geklärt und versprach hoch und heilig, dass er nach Amerika zurückkehren werde. Mit einem Abstecher über Braunschweig allerdings, dort lebte eine entfernte Verwandte von Harms, deren Mann Aufsichtsratsvorsitzender eines großen Autokonzerns war und der sich Harms förmlich aufgedrängt hatte. Aber was sein Vater dort machte und wie er sich benahm, war nicht länger Falks Problem, also ließ er ihn getrost ziehen. Harms hatte von Franzi Schlafsack und Isomatte geschenkt bekommen und stand nun, aufgeregt wie ein Schüler vorm Zeltlager, an der Mole. Falk hatte noch ein Fährticket für ihn gelöst, und als er zum Landungssteg schlenderte, sah er, dass Harms mit einer jungen Frau ins Gespräch vertieft war.

Als er näher kam, erkannte er Jasemina, die Schauspielerin. Auch das Filmteam reiste also ab, ein paar Meter entfernt von Harms und Falk hatten die von Boisterns ihren schweren weißen Geländewagen geparkt, und Thea, Nancy und Hubsi verabschiedeten sich unter viel Gebussel und einer Menge Krokodilstränen vom Fernsehteam. Im Vorbeigehen hatte Falk gerade noch mitbekommen, wie der Produzent Karli Nancy eine Rolle in seinem nächsten Film anbot, was diese mit hysterischem Gekreische quittierte. Falk fragte sich, was Ole Reents wohl davon hielt.

Harms umgarnte Jasemina und gab sich als der charmante intellektuelle Grandseigneur. Und mit der Masche schien er bei dem jungen TV-Sternchen sogar Erfolg zu haben. Harms hatte schon berichtet, dass er im »Big Apple« lebte und internationaler Bestsellerautor war. Jasemina blickte mit geröteten Wangen zu ihm auf und schien Feuer und Flamme zu sein. Falk fragte sich belustigt, wie das Bild, das sein Vater da gerade von sich zeichnete, mit dem Schlafsack und der Isomatte zusammenging, aber auch das sollte ihn nicht mehr kümmern, sobald Harms an Bord gegangen war.

»›Wie Feuer und Eis‹ hieß mein größter Erfolg, das sagt Ihnen bestimmt etwas«, ließ Harms soeben großspurig verlauten.

Jasemina guckte etwas ratlos, nickte aber eifrig und gab vor, das Buch gelesen zu haben. Dann runzelte sie ihre zierlich gezupften Augenbrauen und setzte das kleine Etwas, das sich auch bei ihr Hirn schimpfte, in Gang. »Aber Ihr Name sagt mir noch irgendwas, ich weiß bloß gerade nicht genau …«

»Friedenspreis des deutschen Buchhandels 1986«, versuchte Harms ihr mit stolzgeschwellter Brust auf die Sprünge zu helfen, aber das schien nicht ganz das, was Jasemina meinte.

Schließlich leuchtete das Gesicht der jungen Schauspielerin auf.

»Na klar!«, sagte sie, und ihre Stirn glättete sich sofort wieder wie ein Babypopo. »Wir haben doch gerade eine Story von Ihnen gedreht!«

Harms blickte sie völlig verdattert an. »Die Dreharbeiten? Eine Geschichte von mir?« Harms schüttelte väterlich den Kopf. »Nein, nein. Das wüsste ich.«

»Doch«, beharrte Jasemina, »ich war sogar mit dem Typ zusammen, der das erste Drehbuch dazu geschrieben hat. Also damals, jetzt nicht mehr, der ist so ein Arsch.« Sie kicherte.

Aber Harms schien sich nun sehr für die Geschichte zu interessieren. »Ach«, fragte er betont harmlos, »Ihr Freund hat also aus einer Geschichte von mir ein Drehbuch gemacht?«

»Jaja, das weiß ich noch genau.« Jasemina nickte eifrig. »Ich habe die Story ja gelesen, mit der Landung der Alliierten. Und in Ihrer Geschichte ist ja gar keine Frau drin, aber Ben, also mein Freund, also mein Exfreund, meinte, er schreibt eine Rolle für mich rein.«

Harms lächelte Jasemina an und tätschelte ihr den Arm.

Falk kannte das Lächeln von Harms, es war das eines hungrigen Hais, kurz bevor er sich einen leckeren Surfer vom Brett ziehen würde.

»Und steht denn mein Name auch auf dem Drehbuch?«, fragte er mit hinterhältiger Freundlichkeit.

»Nein!« Jasemina winkte ab. »Das weiß doch keiner. Ben wurde nach der ersten Fassung gekickt, und dann haben noch ein paar andere daran rumgeschrieben. Also, ich glaube, außer mir weiß das keiner.«

Die *Aurora* hatte ihre letzten Passagiere von Bord gelassen, und der Bootsmann begann, die ersten Autos auf das Schiff einzuweisen.

Harms küsste Jasemina auf die Stirn. »Vielen Dank, meine Liebe. Das war sehr aufschlussreich. Wir sehen uns gleich an Deck.«

Damit war die junge Schauspielerin entlassen, und sie trippelte glücklich zu einer Gruppe ihres Filmteams.

Harms blickte Falk finster an. »Das ist ja die Höhe«, sagte er. »Die haben gar keine Rechte eingeholt. Denen werde ich einheizen.« Er holte sein Handy hervor und wählte eine Nummer. Dann überzog ein breites Lächeln Harms' Gesicht. *»Max? It's me, Harms. Got a job to do for you and don't worry about the money, hahaha …«*

Falk beobachtete seinen Vater, der sich umgedreht hatte und sehr geschäftig ein paar Schritte mit dem Handy umherwanderte. Er ging nun viel weniger gebeugt, sondern hatte das Kreuz durchgedrückt und schritt mit weit ausholenden Schritten einher, anstatt zu schlurfen. Falk musste schmunzeln. Harms war ein Unikat, ein Lebenskünstler, einer, der es schaffte, immer den Kopf oben zu behalten. Falk fragte sich, was er von seinem Vater geerbt hatte und vor allem: was er davon weitervererben würde.

»Mit dir hab ich noch ein Hühnchen zu rupfen!«, riss ihn die dröhnende Stimme Hubert von Boisterns aus seinen Überlegungen. Überrascht drehte Falk sich um und sah den fetten

Hundertkilobauch auf sich zurollen. Hubsi trug wieder mal Festtagskluft, also weißer Stetson und weiße Cowboy-Boots mit goldenen Applikationen.

»Wieso, was habe ich denn jetzt wieder verbrochen?«, fragte Falk belustigt, der sich keines Verbrechens schuldig fand. Hubsi war nun bei ihm angelangt und legte einen Arm um Falks Schulter. Als er zudrückte, glaubte Falk seine Knochen knacken zu hören.

»Ich dachte, wir sind Freunde«, begann Hubsi das Gespräch, und dabei schob er seine fette Unterlippe schmollend nach vorne und blickte Falk mit treuherzigem Hundeblick an.

»Das sind wir doch auch, Hubsi.« Falk versuchte sanft, den Klammerarm von seiner Schulter zu schieben, aber von Boistern war hartnäckig.

»Und warum verkaufst du dann dein Land, ohne mit mir zu sprechen?« Hubsi hatte noch immer den Kleine-Jungen-Tonfall, aber dem Druck seines Ringerarmes auf Falks Schultern nach zu urteilen, war er ernsthaft böse.

»Hä?« Falk schüttelte den Kopf. »Spinnst du? Wovon redest du?«

»Immoscout«, flötete Hubert von Boistern ganz unschuldig. »Ich habe die Anzeige gesehen. 8000 qm Dünenland auf Heisterhoog gegen Gebot – wer soll das denn sonst sein? Du Könner.« Nun hatte Huberts Ton alles Süßliche verloren und war schneidend geworden.

Harms hatte das Telefonat mit seinem New Yorker Anwalt offenbar zu seiner Zufriedenheit beendet und kam breit grinsend auf sie zugeschlendert.

»Ich weiß echt nicht, wovon du redest«, meinte Falk, doch ihn beschlich eine zwar kleine, aber umso bösere Ahnung.

»Ist 'ne Telefonnummer dabei, wir können ja mal anrufen«, gab Hubert schneidend zurück. »Ich habe sie extra gespeichert.« Demonstrativ drückte er auf seinem Smartphone herum.

Harms stand nun neben Falk und breitete die Arme aus. »Mein Junge!«, hob er salbungsvoll an. »Es ist Zeit, Abschied zu nehmen.« In diesem Moment klingelte etwas in seiner Hose.

Hubsi guckte irritiert erst zu Falk, dann zu Harms, dann auf Harms' Hosentasche.

Harms guckte zu Falk, dann zu Hubsi, dann holte er sein Telefon heraus. »Hallo?«

Hubert sagte ebenfalls »Hallo?«, dann sahen sich die beiden Männer verständnislos an.

Falk verdrehte die Augen nach oben und schüttelte den Kopf. »Papa, du bist das Letzte. Mach, dass du auf die Fähre kommst.«

Harms, der nichts verstanden hatte, packte seine Sachen, hob irritiert die Hand zum Gruß und ging in Richtung Fähre.

Falk sah ihm nach. Er sah, wie der graue Schopf von Harms zunächst auf der *Aurora* verschwand und später auf dem zweiten Deck wieder auftauchte. Falk hob seine Hand und winkte. Er winkte so lange, bis die Fähre am Horizont verschwunden war und mit ihr aller Ärger, alle Ängste und alle offenen Fragen an das Leben. Zurück an der Mole blieb Falk Thomsen, der glücklichste Mann im ganzen Wattenmeer.

# Epilog

Als Falk spürte, dass seine Zehen unangenehm zu prickeln begannen, versuchte er, sie zu bewegen. Zunächst zaghaft, denn der kiloschwere Sand verhinderte allzu großen Spielraum. Doch je mehr er wackelte, desto lockerer wurde die Masse um ihn herum. Falk fand, dass es eigentlich Zeit war, wieder aus dem Sand, in den sie ihn eingegraben hatten, herauszukommen. Ob sie ihn wieder ausbuddeln würden? Er blinzelte in die Sonne und drehte den Kopf hin und her, aber er konnte seine Familie nirgendwo entdecken. Vermutlich waren sie vorne am Wasser und hatten ihn und die Zeit vergessen.

Jetzt entdeckte Falk einen kleinen weißen Terrier, der zielstrebig auf ihn zuhielt. Er schnüffelte mal links, mal rechts, hob das Bein an einem Strandkorb schräg vor Falk und setzte dann seinen Kurs fort. Direkt auf den Kopf von Falk zu. Dieser begann nun hektisch, mit Zehen und Fingern nicht nur zu wackeln, sondern versuchte verzweifelt, diese ganz aus seinem provisorischen Gefängnis zu ziehen, aber erfolglos. Der nasse Sand war zu schwer. Panisch sah Falk, wie der Hund ihn nun klar ins Visier genommen hatte und locker auf seinen Kopf, das Einzige, was von Falk noch aus dem Sand guckte, zuhielt. Er hechelte, was aus der Perspektive von Falk aussah wie ein besonders perfides Grinsen, und leckte sich mit der kleinen rosa Zunge über die Schnauze. Der Stummelschwanz wackelte vorfreudig hin und her. Doch kurz bevor der Terrier Falks Kopf erreicht hatte, vernahm er eine deutliche Warnung. Leika, die hinter ihm im Schatten des Strandkorbes geschlafen hatte, war aufgewacht und bellte den Eindringling kurz, aber unmissverständlich an. Dann schoss sie hervor, stellte sich direkt neben Falks Kopf und knurrte böse. Doch wenn Falk auch inständig gehofft hatte, dass seine treue Gefährtin den Terrier damit abschrecken würde, hatte er sich getäuscht. Der kleine Hund stellte die Nackenhaare auf und erwiderte die Drohung der um einiges größeren Leika mit Knurren und Zähnefletschen. Falk kniff die Augen in Erwartung einer bösen Rauferei zusammen und bat einen imaginären Gott darum, dass die beiden keifenden Köter sich wenigstens ein Stück von seinem Gesicht wegbewegen mochten. Doch nun ertönte ein gellender Pfiff, gefolgt von einem herrischen »Lurchi!«. Wie durch ein Wunder hüpfte der Terrier um die eigene Achse, schüttelte sich und flitzte in die Richtung, aus der der Pfiff ertönt war. Mit seinem Herrchen war offenbar nicht zu spaßen, dafür ließ Lurchi auch mal eine handfeste Keilerei sausen. Falk dankte dem unbekannten Hundebesitzer von ganzem Herzen. Jetzt schüttelte sich Leika ebenfalls ausgiebig, legte sich neben Falk und leckte ihrem wehrlosen Besitzer stolz das ganze Gesicht ab – schließlich hatte sie ihn großartig bewacht.

Als Leika endlich von ihm abgelassen hatte, verschaffte Falk sich mehr Spielraum für seine Gliedmaßen und konnte sich endlich gänzlich aus dem Sand befreien. Er war paniert von oben bis unten, und es wäre sicherlich das Beste gewesen, sofort ins Wasser zu hüpfen, aber Falk entschied sich, den Sand nur abzuschütteln und ein paar kostbare Minuten im Strandkorb zu lesen. Vermutlich würde er das Comicheft gerade erst aufgeschlagen haben, da würde ihn seine Familie schon wieder belagern, aber einen Versuch war es wert.

Er hatte es sich eben im Korb bequem gemacht, ein Salamibrötchen aus der Brotzeittüte geholt und einen Schluck Wasser genommen, da hörte er von links eine lautstarke Auseinandersetzung. Neugierig streckte Falk den Kopf aus dem Korb und musste schmunzeln. Natürlich waren Thies und Kai wieder aneinandergeraten. Es verging kein Tag, an dem Vater und Sohn sich nicht in die Wolle kriegten. Und kein Abend, an dem sie nicht einträchtig und versöhnt bei einem Bier auf der Veranda des DLRG-Häuschens saßen.

Anlass des Streits war wie immer die Surfschule, die Kai neben der Strandkorbvermietung gegründet hatte. Die Schule war mittlerweile zum Treff der jungen Leute, Insulaner wie Touristen, geworden, und entsprechend ging es dort zu wie im Taubenschlag. Junge Damen in knappen Bikinis umlagerten die muskulösen Jungs, die sich dann und wann dazu herabließen, eine Kostprobe ihres Könnens auf den Boards zu geben. Oder sie spielten gemeinsam Beachvolleyball, grillten und machten nachts Party. Immer lief laute Musik, immer war etwas los. Das nackte Grauen für den Einsiedlerkrebs Thies Hoop, der es am liebsten hatte, wenn er von seinem Westernfort aus in aller Ruhe die Vögel beobachten konnte, unterbrochen nur von einer abendlichen Skatrunde oder einem Plausch mit Nille. Kai jedoch fühlte sich sichtlich wohl als King Kacke vom Strand und machte gern auf dicke Hose. Die Auseinandersetzung mit seinem Vater war also vorprogrammiert. Auch dieses Mal endete der Streit damit, dass Thies mit seinem Luftgewehr einen Warnschuss in die Luft abgab, bevor er in seine Hütte zurückstapfte und die Tür hinter sich mit Verve zuschmiss. Darauf war ein paar Minuten absolute Stille, sogar die spielenden Kinder trauten sich nicht mehr, auch nur einen Mucks zu machen, bevor wieder der übliche Lärmpegel über den Strand waberte, den Falk so liebte. Das Kreischen der Möwen, die knatternden Drachen in der Luft, Hundegebell, der Dubstep-Hip-Hop-Trance der Surfschule, Kreischen, Rufen und Lachen der spielenden Kinder, das gleichförmige Plock-Plock der Beachballer – Falk schloss die Augen und genoss den Soundteppich. Er vermisste diese Tage am Strand. Nicht nur die Schönwettertage in der Hochsaison. Ihm fehlten auch die grauen, windigen und regnerischen Tage, die er einsam, in eine Decke eingewickelt und an einem Becher Kaffee festgekrallt, in seiner Hütte verbracht hatte. Er dachte mit Sehnsucht daran zurück. Aber dann wurde er gewahr, wogegen er sie eingetauscht hatte, und war nicht minder glücklich.

Jetzt sah er sie alle drei vom Wasser kommen, Louis natürlich voran, Gina mit Lino an der Hand hinterher. Die Zwillinge trugen beide ihre kleinen dunkelblauen Frotteebademäntel, in denen sie aussahen wie geheimnisvolle Zwergenmönche. Louis breitete die Arme aus und rief: »Papa!« Falk legte sofort das Brötchen und das Comicheft – er hatte noch nicht mal geschafft, es aufzuschlagen – beiseite und kniete sich mit ausgebreiteten Armen vor den Strandkorb in den Sand. Louis beschleunigte auf den letzten Metern und ließ sich dann schwer in Falks Arme fallen. Dieser hob das 15-Kilo-Paket in die Höhe und drehte sich mit ihm einmal um die eigene Achse. Louis warf den Kopf zurück und jauchzte vor Wohlbehagen. Falk setzte seinen ersten Sohn im Strandkorb ab, um sofort den zweiten ebenso in Empfang zu nehmen. Gina war neben ihm stehen geblieben und wartete, bis Falk mit beiden Jungs fertig war, um sich dann ihren Begrüßungskuss abzuholen. Verliebt schloss Falk seine Frau in die Arme und streichelte zart über ihre Hüften. Gina hatte seit der Geburt vor zweieinhalb Jahren ein paar Pfunde mehr auf den Rippen, und er liebte diese Rundungen.

Gina nahm seine Hand von ihrer Hüfte und seufzte. »Menno. Erinnere mich heute Abend daran. Und zwar vor dem Dessert.« Falk grinste und küsste Gina zärtlich in die Halsbeuge. Es war der dritte Hochzeitstag, und zu diesem Anlass hatten sie abends einen Tisch in der »Auster« reserviert. Die Zwillinge wurden nachher von Grit und Piet abgeholt und schliefen auch gleich bei Oma und Opa, so dass Falk und Gina am Sonntag sogar ein bisschen liegen bleiben durften. Allerdings nicht zu lange, denn der Umbau der Kate war noch immer nicht ganz fertiggestellt, und Falk hatte sich vorgenommen, den Fußboden im Elternschlafzimmer zu ölen. Unter der Woche kam er nur selten zum Werkeln, denn seit er nicht nur den Job des Tourismusmanagers übernommen hatte, sondern auch den von Norbert, der für Presse- und Öffentlichkeitsarbeit zuständig gewesen war, hatte er eine normale Vierzigstundenwoche. Und die Abende gehörten den Zwillingen und Gina. Also blieben nur die Wochenenden für den Ausbau, und auch an diesen waren er und seine Frau lieber mit den Zwillingen und sich selbst beschäftigt als mit Kacheln, Verputzen, Zimmern oder Streichen.

»Geh doch noch mal schwimmen, ich halte hier die Stellung.« Falk wusste, dass sich Gina besser fühlen würde, wenn sie ihr Schwimmtraining absolvieren konnte – die fünf Gänge würde sie heute Abend trotzdem verputzen und dazu eine nicht unbeträchtliche Menge Wein. Jammern würde sie erst morgen früh wieder, wenn sie versuchte, in ihre Jeans von früher zu passen.

»Willst du mich heiraten?« Gina lächelte ihn mit ihren veilchenblauen Augen an, küsste ihn zärtlich und verschwand schnell zum Wasser, noch bevor einer der Zwillinge auf die Idee käme, nach ihr zu rufen. Aber die waren viel zu beschäftigt damit, sich um Papas Salamibrötchen zu streiten. Falk sah sich genötigt einzuschreiten, als Lino Louis auf den Finger biss, den dieser ihm in den Mund gesteckt hatte, mit der Absicht, die Salami dort herauszuholen.

»Jungs, Jungs, Jungs«, beschwichtigte Falk mit sonorer Papastimme und zwängte sich neben die Frotteemönche in den Strandkorb. Louis schrie noch wie am Spieß, als Falk versuchte, gleichzeitig auf den malträtierten kleinen Finger zu pusten, zwei kleine Päckchen Schokomilch aus der Tasche zu holen und das Bilderbuch zu suchen.

Da stand plötzlich Nille vor ihm – ein rettender Engel mit zwei Eis in den Händen. Er strahlte und reichte jedem Zwilling eine kalte Süßigkeit. Louis vergaß seinen Schmerz sofort, und auch Lino verlor das Interesse am Salamibrötchen, sondern griff mit beiden kleinen Händen gierig nach der Eiswaffel.

Falk sah Nille dankbar an, der geistesgegenwärtig von der Strandkorbvermietung, die er gemeinsam mit Kai von Falk übernommen hatte, herübergekommen war.

Aber Nille winkte ab, deutete auf die Zwillinge und klopfte Falk über sein ganzes Mondgesicht strahlend auf die Schulter. »S-s-super, F-f-falk, s-s-super!«

# Mein Dank

geht an meinen Freund Peter Schlesselmann, für seine Begeisterung und Kritik. Wie kein Zweiter weiß er, was ein guter Cliff ist – und ich durfte bei ihm in die Lehre gehen.

Mein erster und wichtigster Leser aber ist mein wunderbarer Ehemann, der jedes meiner Kapitel bekommt, sobald es geschrieben ist. Dann muss er es sofort durchackern und die schlimmsten Schnitzer ausmerzen. Er verbessert mich klug und liebevoll, wofür ich ihm unendlich dankbar bin, denn ich bin gewiss: Er ist der bessere Autor von uns beiden. Er erträgt außerdem geduldig, dass ich wahlweise mit meinem Schreibpensum prahle oder hysterisch werde, weil ich ebenjenes nicht erreicht habe. Vermutlich hält er es nur aus, weil er weiß: Wenn sie erst auf Heisterhoog im Strandkorb sitzt, gibt sie endlich Ruhe.

Die Entdeckung dieser Insel im Alter von vier Jahren verdanke ich meinen großartigen Eltern – wie auch das meiste andere in meinem Leben (ausgenommen zum Beispiel den tollen Ehemann, s. o.). Nach über vierzig Jahren können sie nun nicht mehr Urlaub auf der schönsten aller Inseln machen, und ich hoffe, dass ich ihnen mit den Geschichten von dort ein kleines bisschen Nordseeurlaubsgefühl ersetzen kann.

Zu guter Letzt danke ich den besten Kindern der Welt, die sich nicht die Bohne für meine Schreiberei interessieren – und mich folglich einfach machen lassen.

*Marie Matisek im Sommer 2012*

Marie Matisek

# NACKT UNTER KRABBEN

*Ein Küsten-Roman*

Schachmatt

im Watt

ISBN 978-3-548-28547-4

Als Falk den Strandkorbverleih auf der schönen Nordseeinsel Heisterhoog von seinem Onkel erbt, freut er sich auf Sonne, Strand und dicke Kohle. Doch weit gefehlt. Das Ganze artet in Arbeit aus. Wenn Nachbar Thies, der Einsiedlerkrebs aus dem DLRG-Häuschen, nicht wäre, könnte Falk schon am ersten Tag einpacken. Sollte er das Grundstück nicht doch lieber verkaufen? Dann verliebt sich Falk auch noch. Unversehens gerät er zwischen alle Fronten – und das in der Hauptsaison.

Auch als ebook erhältlich e-book

www.ullstein-buchverlage.de

ullstein

UB694

Stefan Scheich

**Blutwurstblues.**

Ein Mick-Brisgau-Krimi

Der große Roman mit dem Team von *Der letzte Bulle*
320 Seiten. Klappenbroschur
ISBN 978-3-471-35094-2

Kommissar Mick Brisgau ist ein aus der Zeit gefallener Bilderbuch-Macho mit Herz, seine Erfolge als Polizist und bei den Frauen geben ihm Recht. Das Leben mit ihm ist für Polizeikollegen Andreas, Psychologin Tanja und Tochter Isa immer wieder eine knallbunte Achterbahnfahrt zum Soundtrack der 80er. In *Blutwurstblues* ermittelt er mit dem Team aus *Der letzte Bulle* in einer alten Zechensiedlung, wo alles ganz harmlos mit dem Tod eines Taubenzüchters beginnt.

Diesen Mick-Brisgau-Krimi können Sie nicht sehen, aber lesen!

»Was heißt hier ›immer mit dem Kopf durch die Wand‹? Ich trete meistens die Tür ein.«
*Mick Brisgau*

List

Joanne Harris

# Himmlische Träume

Die Fortsetzung des Weltbestsellers »Chocolat«
Aus dem Englischen von Adelheid Zöfel
496 Seiten. Gebunden mit Schutzumschlag
ISBN 978-3-471-35091-1

**Ein Fest für die Sinne**

Vianne Rocher lebt mit ihren Töchtern auf einem Hausboot in Paris. Noch immer verzaubert sie mit ihren Schokoladenkreationen die Menschen. Eines Tages erhält sie einen Brief. Ihre alte Freundin Armande bittet sie, zurück nach Lansquenet zu kommen. Das Städtchen braucht ihre Hilfe ...

Der Duft von Pfirsichen und ein verheißungsvoller Wind treiben Vianne in Richtung Süden. Und wirklich, der kleine Ort ist zutiefst zerstritten, und ausgerechnet der Priester Reynaud scheint hinter allem zu stecken.

»Eine großartige, bittersüße Geschichte«
*Sunday Times*

List

Ida Hansen

# *Es geht immer noch schlimmer*

Roman | 224 Seiten | Klappenbroschur
ISBN 978-3-547-71186-8

Mit Familie ist das Chaos garantiert

Amke hat die Nase gestrichen voll. Von ihrem untreuen Partner und der anstrengenden Arbeit. Sie flieht in ihre Heimat Ostfriesland, um sich zu erholen. Doch statt idyllischer Ruhe erwartet sie das absolute Chaos. Ihr Vater ist völlig durchgeknallt und gräbt den ganzen Garten um. Ihre Schwester hat Mann, Kinder und Hund sitzen lassen und ist nach Norwegen abgehauen. Amke wird klar: Hier ist ein Beratungsprofi wie sie gefragt. Nur leider erweist sich ihre Familie als hartnäckiger Problemkunde. Als wäre das nicht schlimm genug, verliebt sich Amke auch noch.